LES AUTEURS GRECS

EXPLIQUÉS D'APRÈS UNE MÉTHODE NOUVELLE

PAR DEUX TRADUCTIONS FRANÇAISES

L'UNE LITTÉRALE ET JUXTALINÉAIRE PRÉSENTANT LE MOT A MOT FRANÇAIS
EN REGARD DES MOTS GRECS CORRESPONDANTS
L'AUTRE CORRECTE ET PRÉCÉDÉE DU TEXTE GREC

avec des sommaires et des notes

PAR UNE SOCIÉTÉ DE PROFESSEURS
ET D'HELLÉNISTES

XÉNOPHON

CINQUIÈME LIVRE DE L'ANABASE

EXPLIQUÉ LITTÉRALEMENT ET ANNOTÉ
PAR M. F. DE PARNAJON

ET TRADUIT EN FRANÇAIS
PAR M. TALBOT

PARIS
LIBRAIRIE DE L. HACHETTE ET Cie
BOULEVARD SAINT-GERMAIN, N° 77

LES

AUTEURS GRECS

EXPLIQUÉS D'APRÈS UNE MÉTHODE NOUVELLE

PAR DEUX TRADUCTIONS FRANÇAISES

Ce livre a été expliqué littéralnment et annoté par M. F. de Parnajon, professeur au lycée Napoléon, et traduit en français par M. Talbot.

Imprimerie générale de Ch. Lahure, rue de Fleurus, 9, à Paris.

LES

AUTEURS GRECS

EXPLIQUÉS D'APRÈS UNE MÉTHODE NOUVELLE

PAR DEUX TRADUCTIONS FRANÇAISES

L'UNE LITTÉRALE ET JUXTALINÉAIRE PRÉSENTANT LE MOT A MOT FRANÇAIS
EN REGARD DES MOTS GRECS CORRESPONDANTS
L'AUTRE CORRECTE ET PRÉCÉDÉE DU TEXTE GREC

avec des sommaires et des notes

PAR UNE SOCIÉTÉ DE PROFESSEURS
ET D'HELLÉNISTES

XÉNOPHON

CINQUIÈME LIVRE DE L'ANABASE

PARIS
LIBRAIRIE DE L. HACHETTE ET Cie
BOULEVARD SAINT-GERMAIN, N° 77

1865

AVIS

RELATIF A LA TRADUCTION JUXTALINÉAIR

On a réuni par des traits les mots français qui traduisent un seul mot grec.

On a imprimé en *italique* les mots qu'il était nécessaire d'ajouter pour rendre intelligible la traduction littérale, et qui n'avaient pas leur équivalent dans le grec.

Enfin, les mots placés entre parenthèses, dans le français, doivent être considérés comme une seconde explication, plus intelligible que la version littérale.

ARGUMENT ANALYTIQUE

DU CINQUIÈME LIVRE DE L'ANABASE.

I. Délibération sur la route qui reste à suivre. — On envoie Chirisophe chercher des navires. — En son absence, Xénophon pourvoit à tout.

II. Xénophon, pour se procurer des vivres, conduit une partie de l'armée contre les Driles. — Les Driles se retirent dans une place forte. — Les Grecs y pénètrent. — Forcés d'en sortir, ils y mettent le feu, et rentrent dans leur camp avec des vivres.

III. Fatigués d'attendre Chirisophe, les Grecs embarquent les malades, les femmes et les enfants, et poursuivent leur route par terre. — Arrivée à Cérasonte. — Dénombrement de l'armée. — Répartition du butin. — Les chefs se partagent la dîme prélevée pour Apollon et Diane Éphésienne. — Emploi que Xénophon fait, dans la suite, de cet argent.

IV. Arrivée aux frontières des Mossynèques. — Les Grecs s'allient à une partie de ces barbares pour battre les autres. — Mœurs de ce peuple.

V. Les Grecs traversent le pays des Chalybes et des Tibarènes. — Ils arrivent à Cotyore, colonie de Sinope. — Les Sinopéens se plaignent de la conduite des Grecs. — Fière réponse de Xénophon.

VI. Délibération sur la route à suivre. — D'après le conseil du Sinopéen Hécatonyme, on se décide à prendre la voie de mer. — Accusations dirigées contre Xénophon. — Il se justifie devant les soldats.

VII. Néon d'Asinée répand le bruit que Xénophon veut ramener l'armée au Phase. — Discours de Xénophon. — Non-seulement il repousse cette calomnie, mais il dénonce les violences commises contre les alliés des Cérasontins, et obtient la punition des coupables.

VIII. Les Grecs décrètent que les stratéges rendront compte de leur conduite. — Philésias, Xanthiclès et Sophénète sont condamnés à des amendes. — Accusé d'avoir frappé plusieurs soldats, Xénophon se justifie dans un langage plein de noblesse.

ΞΕΝΟΦΩΝΤΟΣ

ΚΥΡΟΥ ΑΝΑΒΑΣΕΩΣ

ΒΙΒΛΙΟΝ ΠΕΜΠΤΟΝ.

I. Ὅσα μὲν δὴ ἐν τῇ ἀναβάσει τῇ μετὰ Κύρου[2] ἔπραξαν οἱ Ἕλληνες, καὶ ὅσα ἐν τῇ πορείᾳ τῇ μέχρι ἐπὶ θάλατταν τὴν ἐν τῷ Εὐξείνῳ Πόντῳ[3], καὶ ὡς εἰς Τραπεζοῦντα[4] πόλιν Ἑλληνίδα ἀφίκοντο, καὶ ὡς ἀπέθυσαν ἃ εὔξαντο σωτήρια θύσειν, ἔνθα πρῶτον εἰς φιλίαν γῆν ἀφίκοιντο, ἐν τῷ πρόσθεν λόγῳ δεδήλωται.

Ἐκ δὲ τούτου ξυνελθόντες ἐβουλεύοντο περὶ τῆς λοιπῆς πορείας. Ἀνέστη τε πρῶτος Ἀντιλέων Θούριος καὶ ἔλεξεν ὧδε·

I. Tout ce que firent les Grecs durant l'expédition de Cyrus et dans leur marche jusqu'à la mer qui se nomme le Pont-Euxin, puis leur arrivée à Trapézonte, ville grecque où ils firent les sacrifices promis pour leur délivrance dès qu'ils seraient en pays ami, a été raconté dans les livres précédents.

On s'assemble, et l'on délibère sur la route qui reste à suivre. Antiléon de Thurium se lève le premier et parle en ces termes :

XÉNOPHON.

L'ANABASE.

LIVRE CINQUIÈME.

I. Ὅσα μὲν δὴ
οἱ Ἕλληνες ἔπραξαν
ἐν τῇ ἀναβάσει
τῇ μετὰ Κύρου,
καὶ ὅσα
ἐν τῇ πορείᾳ
τῇ μέχρι ἐπὶ θάλατταν
τὴν ἐν τῷ Πόντῳ Εὐξείνῳ,
καὶ ὡς ἀφίκοντο
εἰς Τραπεζοῦντα
πόλιν Ἑλληνίδα,
καὶ ὡς ἀπέθυσαν
σωτήρια,
ἃ εὔξαντο θύσειν,
ἔνθα ἀφίκοιντο πρῶτον
εἰς γῆν φιλίαν,
δεδήλωται
ἐν τῷ λόγῳ πρόσθεν.
Ἐκ δὲ τούτου
ξυνελθόντες ἐβουλεύοντο
περὶ τῆς πορείας λοιπῆς.
Ἀντιλέων τε Θούριος
ἀνέστη πρῶτος
καὶ ἔλεξεν ὧδε·
Ἐγὼ μὲν τοίνυν, ἔφη,

I. Toutes-les-choses-que d'une-
les Grecs firent [part
dans la marche-en-haut
celle avec Cyrus,
et toutes-les-choses-qu'*ils firent*
dans la marche
celle jusque vers la mer
celle (la mer) dans le Pont-Euxin,
et comment ils arrivèrent
à Trapézonte,
ville grecque,
et comment ils sacrifièrent
les sacrifices-pour-le-salut [crifier
qu'ils avaient fait-vœu devoir sa-
là-où ils arriveraient pour-la-pre-
en pays ami, [mière-fois
a été montré
dans le discours d'-auparavant.
Or à-la-suite-de cela
s'étant assemblés ils délibéraient
sur la marche restante.
Et Antiléon de-Thurium
se leva le premier
et parla ainsi :
Moi d'une-part donc, dit-il,

Ἐγὼ μὲν τοίνυν, ἔφη, ὦ ἄνδρες, ἀπείρηκα ἤδη ξυσκευαζόμενος, καὶ βαδίζων, καὶ τρέχων, καὶ τὰ ὅπλα φέρων, καὶ ἐν τάξει ἰών, καὶ φυλακὰς φυλάττων, καὶ μαχόμενος· ἐπιθυμῶ δὲ ἤδη παυσάμενος τούτων τῶν πόνων, ἐπεὶ θάλατταν ἔχομεν, πλεῖν τὸ λοιπόν, καὶ ἐκταθείς, ὥσπερ Ὀδυσσεύς [1], καθεύδων ἀφικέσθαι εἰς τὴν Ἑλλάδα. Ταῦτα ἀκούσαντες οἱ στρατιῶται ἀνεθορύβησαν ὡς εὖ λέγοι· καὶ ἄλλος ταὐτὰ ἔλεγε, καὶ πάντες οἱ παρόντες. Ἔπειτα δὲ Χειρίσοφος [2] ἀνέστη καὶ εἶπεν ὧδε· Φίλος μοί ἐστιν, ὦ ἄνδρες, Ἀναξίβιος, ναυαρχῶν δὲ καὶ τυγχάνει. Ἢν οὖν πέμψητέ με, οἴομαι ἂν ἐγὼ ἐλθεῖν καὶ τριήρεις ἔχων καὶ πλοῖα τὰ ἡμᾶς ἄξοντα· ὑμεῖς δὲ εἴπερ πλεῖν βούλεσθε, περιμένετε ἔστ' ἂν ἐγὼ ἔλθω· ἥξω δὲ ταχέως. Ἀκούσαντες ταῦτα οἱ στρατιῶται ἥσθησάν τε καὶ ἐψηφίσαντο πλεῖν αὐτὸν ὡς τάχιστα.

« Pour ma part, dit-il, camarades, je suis las de plier bagage, d'aller, de courir, de porter des armes, de marcher en rang, de monter la garde, de me battre : je veux une trêve à tous ces travaux. Puisque nous voilà au bord de la mer, je veux m'embarquer, et, comme Ulysse, étendu et dormant, arriver jusqu'en Grèce. » En entendant ces mots, les soldats s'écrient avec grand bruit qu'il a bien parlé. Un autre répète les mêmes paroles, et après lui tous les assistants. Chirisophe se lève alors et dit : « J'ai pour ami, chers camarades, Anaxibius, qui se trouve en ce moment à la tête d'une flotte. Si vous m'envoyez à lui, j'espère revenir avec les trirèmes et les bâtiments de transport qui nous sont nécessaires. Puisque vous voulez vous embarquer, attendez mon retour ; je reviendrai dans peu. » Ces paroles ravissent les soldats, qui décident que Chirisophe partira dans le plus bref délai.

ὦ ἄνδρες,	ô hommes, [sent
ἀπείρηκα ἤδη	j'ai renoncé (je suis las) dès-à-pré-
ξυσκευαζόμενος,	faisant-mon-paquet
καὶ βαδίζων, καὶ τρέχων,	et marchant, et courant,
καὶ φέρων τὰ ὅπλα,	et portant les (mes) armes,
καὶ ἰὼν ἐν τάξει,	et allant en rang,
καὶ φυλάττων φυλακάς,	et gardant (montant) des gardes,
καὶ μαχόμενος·	et combattant;
ἐπιθυμῶ δὲ ἤδη	or je désire dès-à-présent
παυσάμενος τούτων τῶν πόνων,	ayant cessé ces fatigues,
ἐπεὶ ἔχομεν θάλατταν,	puisque nous avons la mer,
πλεῖν τὸ λοιπόν,	naviguer le reste,
καὶ ἐκταθείς, ὥσπερ Ὀδυσσεύς,	et étendu, comme Ulysse,
ἀφικέσθαι καθεύδων	être arrivé dormant
εἰς τὴν Ἑλλάδα.	dans la Grèce.
Οἱ στρατιῶται ἀκούσαντες ταῦτα	Les soldats ayant entendu ces choses
ἀνεθορύβησαν	firent-du-bruit
ὡς εὖ λέγοι·	comme-quoi il disait bien;
καὶ ἄλλος ἔλεγε τὰ αὐτά,	et un autre disait les mêmes choses,
καὶ πάντες οἱ παρόντες.	et tous les étant présents.
Ἔπειτα δὲ Χειρίσοφος	Et ensuite Chirisophe
ἀνέστη καὶ εἶπεν ὧδε·	se leva et parla ainsi :
Ὦ ἄνδρες,	O hommes,
Ἀναξίβιός ἐστι φίλος μοι,	Anaxibius est ami à moi,
τυγχάνει δὲ καὶ	d'autre-part il se trouve aussi
ναυαρχῶν.	commandant-une-flotte.
Ἢν οὖν πέμψητέ με,	Si donc vous avez envoyé moi,
οἶομαι ἐλθεῖν ἂν	je pense devoir venir (que je vien-
ἔχων καὶ τριήρεις	ayant et des trirèmes [drais)
καὶ πλοῖα	et des bâtiments-de-transport
τὰ ἄξοντα ἡμᾶς·	les devant transporter nous;
ὑμεῖς δὲ	vous d'autre-part
εἴπερ βούλεσθε πλεῖν,	puisque vous voulez naviguer,
περιμένετε ἔστε	attendez jusqu'à-ce-que
ἐγὼ ἔλθω ἄν·	moi je sois venu (revenu);
ἥξω δὲ ταχέως.	or je viendrai promptement.
Οἱ στρατιῶται ἀκούσαντες ταῦτα	Les soldats ayant entendu ces choses
ἥσθησάν τε καὶ ἐψηφίσαντο	et se réjouirent et votèrent
αὐτὸν πλεῖν	lui naviguer [tement.
ὡς τάχιστα.	comme *il est possible* le plus promp-

Μετὰ τοῦτον Ξενοφῶν[1] ἀνέστη καὶ ἔλεξεν ὧδε· Χειρίσοφος μὲν δὴ ἐπὶ πλοῖα στέλλεται, ἡμεῖς δὲ ἀναμενοῦμεν. Ὅσα μοι οὖν δοκεῖ καιρὸς εἶναι ποιεῖν ἐν τῇ μονῇ, ταῦτα ἐρῶ. Πρῶτον μὲν τὰ ἐπιτήδεια δεῖ πορίζεσθαι ἐκ τῆς πολεμίας· οὔτε γὰρ ἀγορά ἐστιν ἱκανή, οὔτε ὅτου ὠνησόμεθα εὐπορία, εἰ μὴ ὀλίγοις τισίν· ἡ δὲ χώρα πολεμία· κίνδυνος οὖν πολλοὺς ἀπόλλυσθαι, ἢν ἀμελῶς τε καὶ ἀφυλάκτως πορεύησθε ἐπὶ τὰ ἐπιτήδεια. Ἀλλά μοι δοκεῖ σὺν προνομαῖς λαμβάνειν τὰ ἐπιτήδεια, ἄλλως δὲ μὴ πλανᾶσθαι, ὡς σώζησθε, ἡμᾶς δὲ τούτων ἐπιμελεῖσθαι. Ἔδοξε ταῦτα. Ἔτι τοίνυν ἀκούσατε καὶ τάδε. Ἐπὶ λείαν γὰρ ὑμῶν ἐκπορεύσονταί τινες. Οἴομαι οὖν βέλτιον εἶναι ἡμῖν εἰπεῖν τὸν μέλλοντα ἐξιέναι, φράζειν δὲ καὶ ὅποι, ἵνα καὶ τὸ πλῆθος

Après lui, Xénophon se lève et dit : « Chirisophe va nous aller chercher des vaisseaux, et nous, nous resterons ici. Par conséquent, ce qu'il nous convient de faire durant ce séjour, je vais vous le dire. D'abord il faut tirer des vivres du pays ennemi, car le marché ne suffit pas à nos besoins et nous n'avons pas, sauf quelques-uns, d'argent pour acheter des vivres. De plus, ce pays étant ennemi, il y a risque que beaucoup des nôtres périssent, si vous vous avancez sans soin et sans précaution pour vous procurer des vivres. Je crois donc qu'il faut aller marauder à distance pour nous faire des provisions, que personne ne s'écarte, si nous voulons ne pas être perdus, et que nous y veillions tous. » Cet avis est adopté.

« Écoutez encore ceci. Plusieurs d'entre vous iront à la maraude. Il est donc bon, je crois, que celui qui sortira le premier nous prévienne et nous indique où il va, afin que nous connaissions le

Μετὰ τοῦτον	Après celui-ci
Ξενοφῶν ἀνέστη	Xénophon se leva
καὶ ἔλεξεν ὧδε·	et parla ainsi :
Χειρίσοφος μὲν δὴ	Chirisophe d'une-part certes
στέλλεται ἐπὶ πλοῖα,	va vers des bâtiments-de-transport,
ἡμεῖς δὲ ἀναμενοῦμεν.	nous d'autre-part nous attendrons.
Ἐρῶ οὖν ταῦτα	Je dirai donc ces choses
ὅσα δοκεῖ μοι	toutes-celles qu'il paraît à moi
εἶναι καιρὸς ποιεῖν	être le moment de faire
ἐν τῇ μονῇ.	dans la (cette) halte.
Πρῶτον μὲν	D'une-part d'abord
δεῖ πορίζεσθαι	il faut nous-procurer
τὰ ἐπιτήδεια	les choses nécessaires
ἐκ τῆς πολεμίας·	*les tirant* du *pays* ennemi ;
οὔτε γὰρ ἀγορά	car ni un-marché-de-vivres
ἐστιν ἱκανή,	n'est suffisant,
οὔτε εὐπορία	ni abondance,
εἰ μή τισιν ὀλίγοις	sinon à quelques-uns peu-nombreux
ὅτου ὠνησόμεθα·	*en échange* de quoi nous achèterons;
ἡ δὲ χώρα πολεμία·	d'autre-part le pays *est* ennemi :
κίνδυνος οὖν	donc risque *est*
πολλοὺς ἀπόλλυσθαι,	beaucoup périr,
ἢν πορεύησθε	si vous marchez
ἀμελῶς τε καὶ ἀφυλάκτως	et sans-soin et sans-précaution
ἐπὶ τὰ ἐπιτήδεια.	vers les choses nécessaires.
Ἀλλὰ δοκεῖ μοι	Mais il paraît-bon à moi
λαμβάνειν τὰ ἐπιτήδεια	de prendre les choses nécessaires
σὺν προνομαῖς,	avec (par) des courses-en-avant,
μὴ δὲ πλανᾶσθαι ἄλλως,	mais de ne pas errer à-l'aventure,
ὡς σώζησθε,	afin que vous soyez sauvés,
ἡμᾶς δὲ ἐπιμελεῖσθαι τούτων.	et nous avoir-soin de ces choses.
Ταῦτα ἔδοξε.	Ces choses parurent-bonnes.
Ἀκούσατε τοίνυν ἔτι	Ayez donc écouté encore
καὶ τάδε.	aussi ces choses-ci.
Τινὲς γὰρ ὑμῶν	Car quelques-uns de vous
ἐκπορεύσονται ἐπὶ λείαν.	sortiront vers le butin.
Οἴομαι οὖν εἶναι βέλτιον	Je pense donc être meilleur
τὸν μέλλοντα ἐξιέναι	le devant sortir
εἰπεῖν ἡμῖν,	*l'*avoir dit à nous,
φράζειν δὲ καὶ ὅποι,	d'autre-part indiquer aussi où *il va*,

εἰδῶμεν τῶν ἐξιόντων καὶ τῶν μενόντων, καὶ ξυμπαρασκευάζωμεν ἐάν τι δέῃ, κἂν βοηθῆσαί τισι καιρὸς ᾖ, εἰδῶμεν ὅποι δεήσει βοηθεῖν, καὶ ἐάν τις τῶν ἀπειροτέρων ἐγχειρῇ ποι, ξυμβουλεύωμεν, πειρώμενοι εἰδέναι τὴν δύναμιν ἐφ' οὓς ἂν ἴωσιν. Ἔδοξε καὶ ταῦτα.

Ἐννοεῖτε δὲ καὶ τόδε, ἔφη. Σχολὴ τοῖς πολεμίοις λῄζεσθαι, καὶ δικαίως ἡμῖν ἐπιβουλεύουσιν· ἔχομεν γὰρ τὰ ἐκείνων· ὑπερκάθηνται δ' ἡμῶν. Φύλακας δή μοι δοκεῖ δεῖν περὶ τὸ στρατόπεδον εἶναι· ἐὰν οὖν κατὰ μέρος μερισθέντες φυλάττωμεν καὶ σκοπῶμεν, ἧττον ἂν δύναιντο ἡμᾶς θηρᾶν οἱ πολέμιοι. Ἔτι τοίνυν τάδε ὁρᾶτε. Εἰ μὲν ἠπιστάμεθα σαφῶς ὅτι ἥξει πλοῖα Χειρίσοφος ἄγων ἱκανά, οὐδὲν ἂν ἔδει ὧν μέλλω λέγειν· νῦν δ'

nombre des sortant et des restant, et que nous nous tenions prêts au besoin. S'il faut porter secours à quelqu'un, nous saurons où courir. Si quelqu'un sans expérience médite une entreprise, nous en délibérerons avec lui et nous tâcherons de savoir à quelle force il aura affaire. » On adopte cet avis.

« Songez encore à ceci, dit Xénophon. L'ennemi de son côté peut piller à son aise, et il a le droit de nous tendre des piéges, puisque nous nous sommes approprié ce qui est à lui. Il est posté au-dessus de nous. Je crois donc qu'il faut des gardes tout autour du camp. Si nous nous divisons par compagnies pour garder et veiller, les ennemis auront moins de chances de nous surprendre. Voici encore une chose. Si nous avions la certitude que Chirisophe revînt avec une flotte capable de transporter l'armée, ce que je vais dire serait inutile. Mais comme en ce moment le fait est

ἵνα καὶ εἰδῶμεν	afin que et nous sachions
τὸ πλῆθος τῶν ἐξιόντων	le nombre des sortant
καὶ τῶν μενόντων,	et des restant, [temps
καὶ ξυμπαρασκευάζωμεν	et *que* nous préparions-en-même-
ἐάν δέῃ τι,	s'il est besoin en-quelque-chose,
καὶ ἂν καιρὸς ᾖ	et si le moment est [uns,
βοηθῆσαί τισι,	d'avoir porté-secours à quelques-
εἰδῶμεν ὅποι	*que* nous sachions où
δεήσει βοηθεῖν·	il faudra porter-secours;
καὶ ἐάν τις	et si quelqu'un
τῶν ἀπειροτέρων	des plus inexpérimentés
ἐγχειρῇ ποι,	entreprend vers-quelque-endroit,
ξυμβουλεύωμεν,	*que* nous *le* conseillions
πειρώμενοι εἰδέναι τὴν δύναμιν	essayant de savoir la force
ἐπὶ οὓς ἴωσιν ἄν.	*de ceux* contre lesquels ils iront.
Ταῦτα ἔδοξε.	Ces choses parurent-bonnes. [ceci,
Ἐννοεῖτε δὲ καὶ τόδε,	D'autre-part réfléchissez aussi à
ἔφη.	dit-il.
Σχολὴ τοῖς πολεμίοις λῄζεσθαι,	Loisir *est* aux ennemis de piller,
καὶ ἐπιβουλεύουσιν ἡμῖν	et ils tendent-des-piéges à nous
δικαίως·	justement; [là;
ἔχομεν γὰρ τὰ ἐκείνων·	car nous avons les choses de ceux-
ὑπερκάθηνται δὲ ἡμῶν.	d'autre-part ils sont placés-au-des-
Δοκεῖ δή μοι	Il paraît donc à moi [sus de nous.
δεῖν φύλακας εἶναι	falloir des gardes être
περὶ τὸ στρατόπεδον.	autour du camp.
Ἐὰν οὖν μερισθέντες	Si donc étant divisés
κατὰ μέρος	par partie (en compagnies)
φυλάττωμεν καὶ σκοπῶμεν,	nous gardions et nous examinions,
οἱ πολέμιοι δύναιντο ἂν ἧττον	les ennemis pourraient moins
θηρᾶν ἡμᾶς.	chasser nous.
Ὁρᾶτε τοίνυν ἔτι τάδε.	Voyez donc encore ces-choses-ci.
Εἰ μὲν ἠπιστάμεθα σαφῶς	Si d'une-part nous savions claire-
ὅτι Χειρίσοφος ἥξει	que Chirisophe viendra [ment
ἄγων πλοῖα	amenant des bâtiments-de-transport
ἱκανά,	assez-nombreux,
ἔδει ἂν οὐδὲν	il ne serait-besoin *en* rien
ὧν μέλλω λέγειν·	des choses que je vais dire;
ἐπεὶ δὲ	mais puisque
τοῦτο ἄδηλον νῦν,	ceci *est* non-manifeste maintenant,

ἐπεὶ τοῦτο ἄδηλον, δοκεῖ μοι πειρᾶσθαι πλοῖα συμπαρασκευάζειν καὶ αὐτόθεν. Ἢν μὲν γὰρ ἔλθῃ, ὑπαρχόντων ἐνθάδε, ἐν ἀφθονωτέροις πλευσούμεθα· ἐὰν δὲ μὴ ἄγῃ, τοῖς ἐνθάδε χρησόμεθα. Ὁρῶ δὲ ἐγὼ πλοῖα πολλάκις παραπλέοντα· εἰ οὖν αἰτησάμενοι παρὰ Τραπεζουντίων μακρὰ πλοῖα κατάγοιμεν[1] καὶ φυλάττοιμεν αὐτά, τὰ πηδάλια παραλυόμενοι, ἕως ἂν ἱκανὰ τὰ ἄξοντα γένηται, ἴσως ἂν οὐκ ἀπορήσαιμεν κομιδῆς οἵας δεόμεθα. Ἔδοξε καὶ ταῦτα.

Ἐννοήσατε δ', ἔφη, εἰ εἰκὸς καὶ τρέφειν ἀπὸ κοινοῦ οὓς ἂν κατάγωμεν, ὅσον ἂν χρόνον ἡμῶν ἕνεκεν μένωσι, καὶ ναῦλον ξυνθέσθαι, ὅπως ὠφελοῦντες καὶ ὠφελῶνται. Ἔδοξε καὶ ταῦτα. Δοκεῖ τοίνυν μοι, ἔφη, ἢν ἄρα καὶ ταῦτα ἡμῖν μὴ ἐκπεραίνηται

douteux, je suis d'avis de nous pourvoir ici même de bâtiments. Si nous les avons, quand il reviendra, nous n'en manquerons pas pour naviguer; s'il n'en amène pas, nous userons de ceux d'ici. Je vois souvent des navires longer cette côte. Empruntons aux Trapézontins de longs navires; amenons-les ici et gardons-les, après en avoir détaché le gouvernail, jusqu'à ce que nous en ayons un nombre suffisant; peut-être alors ne manquerons-nous pas des moyens de transport que nous désirons. » Cette proposition est encore adoptée.

« Examinez aussi, continue Xénophon, s'il n'est pas juste de nourrir à frais communs les gens que nous amènerons, durant tout le temps qu'ils resteront ici, et de convenir avec eux du passage, afin qu'ils profitent en nous profitant. » La proposition est accueillie. « Enfin, dit Xénophon, je suis d'avis, s'il nous est impossible d'ar-

δοκεῖ μοὶ πειρᾶσθαι	il paraît-bon à moi d'essayer,
συμπαρασκευάζειν	de préparer-en-même-temps
πλοῖα	des bâtiments-de-transport
καὶ αὐτόθεν·	aussi de-là-même (d'ici).
Ἢν γὰρ μὲν ἔλθῃ,	Car si d'une part il est venu,
ὑπαρχόντων ἐνθάδε,	*des bâtiments* étant ici, [dants;
πλευσούμεθα ἐν ἀφθονωτέροις·	nous naviguerons dans de plus abon-
ἐὰν δὲ μὴ ἄγῃ,	d'autre-part si il n'*en* amène pas,
χρησόμεθα τοῖς ἐνθάδε.	nous nous servirons de ceux *étant*
Ἐγὼ δὲ ὁρῶ	Or je vois [ici.
πολλὰ πλοῖα	beaucoup de bâtiments-de-trans-
παραπλέοντα·	naviguant-le-long; [port
εἰ οὖν αἰτησάμενοι	si donc ayant demandé
παρὰ τῶν Τραπεζουντίων	des (aux) Trapézontins
μακρὰ πλοῖα	de longs bâtiments-de-transport
κατάγοιμεν	nous amenions-au-rivage
καὶ φυλάττοιμεν αὐτά,	et nous gardions eux,
παραλυόμενοι τὰ πηδάλια,	détachant les gouvernails, [ter
ἕως τὰ ἄξοντα	jusqu'à ce que les devant transpor-
γένηται ἂν ἱκανά,	soient devenus assez-nombreux,
ἴσως οὐκ ἀπορήσαιμεν ἂν	peut-être nous ne manquerions pas
κομιδῆς	du transport
οἵας δεόμεθα.	tel-que nous *en* avons-besoin.
Καὶ ταῦτα ἔδοξε.	Ces choses aussi parurent-bonnes.
Ἐννοήσατε δὲ, ἔφη,	Or ayez réfléchi, dit-il,
εἰ εἰκὸς	s'il est naturel (juste)
καὶ τρέφειν ἀπὸ κοινοῦ	et de nourir du commun [rivage,
οὓς κατάγωμεν ἄν,	ceux que nous aurons amenés-au-
ὅσον χρόνον	autant de temps que
μένωσιν ἂν	ils resteront
ἕνεκεν ἡμῶν,	à-cause de nous, [passage,
καὶ ξυνθέσθαι ναῦλον,	et d'être convenus du-prix-du-
ὅπως ὠφελοῦντες	afin qu'étant utiles
καὶ ὠφελῶνται.	*eux* aussi tirent-de-l'utilité.
Καὶ ταῦτα ἔδοξε.	Ces choses aussi parurent-bonnes.
Δοκεῖ τοίνυν μοι, ἔφη,	Or donc il paraît-bon à moi, dit-il,
ἢν ἄρα καὶ ταῦτα	si certes et ces choses
μὴ ἐκπεραίνηται ἡμῖν	ne sont pas effectuées par nous
ὥστε πλοῖα	de manière à les bâtiments-de-
ἀρκεῖν,	suffire, transport

ὥστε ἀρκεῖν πλοῖα, τὰς ὁδούς, ἃς δυσπόρους ἀκούομεν εἶναι, ταῖς παρὰ θάλατταν οἰκουμέναις πόλεσιν ἐντείλασθαι ὁδοποιεῖν· πείσονται γὰρ καὶ διὰ τὸ φοβεῖσθαι καὶ διὰ τὸ βούλεσθαι ἡμῶν ἀπαλλαγῆναι.

Ἐνταῦθα δὲ ἀνέκραγον ὡς οὐ δέοι ὁδοιπορεῖν. Ὁ δὲ ὡς ἔγνω τὴν ἀφροσύνην αὐτῶν, ἐπεψήφισε μὲν οὐδέν, τὰς δὲ πόλεις ἑκούσας ἔπεισε ὁδοποιεῖν, λέγων ὅτι θᾶττον ἀπαλλάξονται, ἢν εὔποροι γένωνται αἱ ὁδοί. Ἔλαβον δὲ καὶ πεντηκόντορον[1] παρὰ τῶν Τραπεζουντίων, ᾗ ἐπέστησαν Δέξιππον Λάκωνα περίοικον[2]. Οὗτος ἀμελήσας τοῦ ξυλλέγειν πλοῖα, ἀποδρὰς ᾤχετο ἔξω τοῦ Πόντου, ἔχων τὴν ναῦν. Οὗτος μὲν οὖν δίκαια ἔπαθεν ὕστερον· ἐν Θρᾴκῃ γὰρ παρὰ Σεύθῃ[3] πολυπραγμονῶν τι ἀπέθανεν ὑπὸ Νικάνδρου τοῦ Λάκωνος. Ἔλαβον δὲ καὶ τριακόντορον[4], ᾗ ἐπεστάθη Πολυκράτης Ἀθηναῖος, ὃς ὁπόσα λαμβάνοι πλοῖα, κατῆ-

river à nous procurer assez de bâtiments, d'ordonner aux villes maritimes de réparer les chemins, qui, d'après ce que nous savons, sont en fort mauvais état. Elles obéiront par crainte et par le désir de se voir débarrassées de nous. »

Tout le monde s'écrie qu'il ne fallait pas aller par la route de terre. Xénophon, voyant leur folie, ne va point aux voix, mais il engage les villes à réparer d'elles-mêmes les routes, en leur disant qu'elles seront plus vite débarrassées, si celles-ci sont praticables. On reçoit des Trapézontins un pentécontore, dont on donne le commandement au Laconien Dexippe. Cet homme, sans se préoccuper de réunir des navires, prend la fuite et s'échappe du Pont-Euxin avec le vaisseau qu'il a. Mais dans la suite il fut justement puni. Ayant intrigué en Thrace, auprès de Seuthès, il y fut tué par le Laconien Nicandre. Les Grecs empruntent aussi un triacontore, dont on confie le commandement à Polycrate d'Athènes, qui

ἐντείλασθαι ταῖς πόλεσιν	d'avoir ordonné aux villes
οἰκουμέναις παρὰ θάλατταν,	habitées le-long-de la mer
ὁδοποιεῖν	de faire-des-routes (préparer)
τὰς ὁδοὺς ἃς ἀκούομεν	les routes que nous entendons-dire
εἶναι δυσπόρους·	être difficiles;
πείσονται γὰρ καὶ διὰ τὸ	car elles obéiront et à-cause de ceci
φοβεῖσθαι	craindre,
καὶ διὰ τὸ	et à-cause-de ceci
βούλεσθαι ἀπαλλαγῆναι ἡμῶν.	vouloir être débarrassées de nous.
Ἐνταῦθα δὲ ἀνέκραγον	Mais là (alors) ils s'écrièrent
ὡς οὐ δέοι ὁδοιπορεῖν.	qu'il ne fallait pas aller-par-des
Ὁ δὲ ὡς ἔγνω	Or lui comme, il connut [routes.
τὴν ἀφροσύνην αὐτῶν,	l'imprudence d'eux,
ἐπεψήφισε μὲν οὐδέν,	d'une-part ne mit-aux-voix rien,
ἔπεισε δὲ	d'autre-part il persuada
τὰς πόλεις ἑκούσας	les (aux) villes le-voulant-bien
ὁδοποιεῖν,	de faire-des-routes,
λέγων ὅτι	disant que
ἀπαλλάξονται θᾶττον,	elles seront débarrassées plus vite,
ἢν αἱ ὁδοὶ γένωνται εὔποροι.	si les routes, sont devenues faciles.
Καὶ δὲ ἔλαβον	D'autre-part aussi ils reçurent
παρὰ τῶν Τραπεζουντίων	des Trapézontins
πεντηκόντορον,	un pentécontore
ᾗ ἐπέστησαν Δέξιππον	auquel ils préposèrent Dexippe
περίοικον Λάκωνα.	perièque laconien.
Οὗτος ἀμέλησας	Celui-ci ayant négligé [port,
τοῦ ξυλλέγειν πλοῖα,	de réunir des bâtiments-de-trans-
ἀποδρὰς ᾤχετο	s'étant échappé s'en alla
ἔξω τοῦ Πόντου,	hors du Pont-*Euxin*,
ἔχων τὴν ναῦν.	ayant le (ce) navire.
Οὗτος μὲν οὖν	Celui-ci d'une-part donc [justes;
ἔπαθεν ὕστερον δίκαια·	souffrit dans-la-suite des choses
πολυπραγμονῶν γάρ τι	car intriguant *en* quelque chose
ἐν Θράκῃ παρὰ Σεύθῃ	en Thrace auprès de Seuthès
ἀπέθανεν	il mourut (fut tué)
ὑπὸ Νικάνδρου τοῦ Λάκωνος.	par Nicandre le Laconien. [contore
Καὶ δὲ ἔλαβον τριακόντορον,	Et d'autre-part ils reçurent un tria-
ᾗ Πολυκράτης Ἀθηναῖος	auquel Polycrate athénien
ἐπεστάθη,	fut préposé,
ὃς κατῆγεν ἐπὶ τὸ στρατόπεδον	qui amenait vers le camp

γεν ἐπὶ τὸ στρατόπεδον. Καὶ τὰ μὲν ἀγώγιμα, εἴ τι ἦγον, ἐξαιρούμενοι, φύλακας καθίστασαν, ὅπως σῶα εἴη, τοῖς δὲ πλοίοις ἐχρήσαντο εἰς παραγωγήν. Ἐν ᾧ δὲ ταῦτα ἦν, ἐπὶ λείαν ἐξῄεσαν οἱ Ἕλληνες, καὶ οἱ μὲν ἐλάμβανον, οἱ δὲ καὶ οὔ. Κλεαίνετος δ' ἐξαγαγὼν καὶ τὸν ἑαυτοῦ καὶ ἄλλον λόχον[1] πρὸς χωρίον χαλεπόν, αὐτός τε ἀπέθανε καὶ ἄλλοι πολλοὶ τῶν σὺν αὐτῷ.

II. Ἐπεὶ δὲ τὰ ἐπιτήδεια οὐκέτι ἦν λαμβάνειν ὥστε ἀπαυθημερίζειν ἐπὶ τὸ στρατόπεδον, ἐκ τούτου λαβὼν Ξενοφῶν ἡγεμόνας τῶν Τραπεζουντίων ἐξάγει εἰς Δρίλας τὸ ἥμισυ τοῦ στρατεύματος, τὸ δὲ ἥμισυ κατέλιπε φυλάττειν τὸ στρατόπεδον· οἱ γὰρ Κόλχοι[2], ἅτε ἐκπεπτωκότες τῶν οἰκιῶν, πολλοὶ ἦσαν ἀθρόοι καὶ ὑπερεκάθηντο ἐπὶ τῶν ἄκρων. Οἱ δὲ Τραπεζούντιοι,

ramène près du camp tous les vaisseaux qu'il peut prendre. On en tire la cargaison, que l'on met sous bonne garde, afin qu'il ne s'en perde rien, et l'on se sert des bâtiments pour le transport. En même temps les Grecs sortent pour la maraude : les uns prennent, les autres ne trouvent pas. Cléénète, ayant conduit son loche et celui d'un autre contre un poste difficile, y est tué, et plusieurs autres avec lui.

II. Les vivres manquant, il était difficile au soldat de revenir le même jour au camp. Xénophon prend donc des guides à Trapézonte, et conduit la moitié de l'armée contre les Driles, en laissant l'autre moitié de garde au camp, attendu que les Colques, chassés de leurs habitations, s'étaient réunis en grand nombre et portés

πλοῖα	des bâtiments-de-transport
ὁπόσα λαμβάνοι.	autant-qu'il *en* prenait.
Καὶ ἐξαιρούμενοι μὲν	Et enlevant d'une-part
τὰ ἀγώγιμα,	les cargaisons,
εἰ ἦγόν τι,	s'ils transportaient quelque chose,
καθίστασαν φύλακας,	ils plaçaient des gardes,
ὅπως εἴη σῶα,	afin qu'elles fussent sauves,
ἐχρήσαντο δὲ	d'autre-part ils se servirent
τοῖς πλοίοις	des bâtiments-de-transport
εἰς παραγωγήν.	pour le trajet. [étaient,
Ἐν ᾧ δὲ ταῦτα ἦν,	Or dans *le temps* que ces choses
οἱ Ἕλληνες ἐξῄεσαν	les Grecs sortirent
ἐπὶ λείαν,	vers le butin,
καὶ οἱ μὲν ἐλάμβανον	et les uns prenaient,
οἱ δὲ καὶ οὔ.	les autres aussi non.
Κλεαίνετος δὲ ἐξαγαγὼν	Or Cléénète ayant fait-sortir
καὶ τὸν λόχον ἑαυτοῦ	et le loche de lui-même
καὶ ἄλλον	et un autre
πρὸς χωρίον χαλεπόν,	vers un lieu difficile,
αὐτός τε ἀπέθανε	et lui-même mourut (fut tué),
καὶ πολλοὶ ἄλλοι	et beaucoup d'autres
τῶν σὺν αὐτῷ.	de ceux *étant* avec lui.
II. Ἐπεὶ δὲ	II. Or après que
οὐκέτι ἦν λαμβάνειν	il n'était-plus-possible de prendre
τὰ ἐπιτήδεια,	les choses nécessaires,
ὥστε ἀπαυθημερίζειν	de manière à revenir-le-même-jour
ἐπὶ τὸ στρατόπεδον,	vers le camp,
ἐκ τούτου	à-la-suite-de cela
Ξενοφῶν λαβὼν ἡγεμόνας	Xénophon ayant pris des guides
τῶν Τραπεζουντίων	des (parmi les) Trapézontins
ἐξάγει εἰς Δρίλας	fait-sortir contre les Driles
τὸ ἥμισυ τοῦ στρατεύματος·	la moitié de l'armée;
κατέλιπε δὲ τὸ ἥμισυ	d'autre-part il laissa la moitié
φυλάττειν τὸ στρατόπεδον·	*pour* garder le camp;
οἱ γὰρ Κόλχοι,	car les Colques, [chassés)
ἅτε ἐκπεπτωκότες	comme étant tombés (ayant été
τῶν οἰκιῶν	des (de leurs) maisons,
ἦσαν ἀθρόοι πολλοὶ	étaient rassemblés nombreux
καὶ ὑπερεκάθηντο	et étaient assis-au-dessus
ἐπὶ τῶν ἄκρων.	sur les hauteurs

ὁπόθεν μὲν τὰ ἐπιτήδεια ῥᾷδιον ἦν λαβεῖν, οὐκ ἦγον· φίλοι γὰρ αὐτοῖς ἦσαν· εἰς τοὺς Δρίλας δὲ προθύμως ἦγον, ὑφ' ὧν κακῶς ἔπασχον, εἰς χωρία τε ὀρεινὰ καὶ δύσβατα καὶ ἀνθρώπους πολεμικωτάτους τῶν ἐν τῷ Πόντῳ.

Ἐπεὶ δὲ ἦσαν ἐν τῇ ἄνω χώρᾳ οἱ Ἕλληνες, ὁποῖα τῶν χωρίων τοῖς Δρίλαις ἁλώσιμα εἶναι ἐδόκει, ἐμπιπράντες ἀπῄεσαν· καὶ οὐδὲν ἦν λαμβάνειν, εἰ μὴ ὗς ἢ βοῦς ἢ ἄλλο τι κτῆνος τὸ πῦρ διαπεφευγός. Ἓν δὲ ἦν χωρίον μητρόπολις αὐτῶν· εἰς τοῦτο πάντες ξυνερρυήκεσαν· περὶ δὲ τοῦτο ἦν χαράδρα ἰσχυρῶς βαθεῖα, καὶ πρόσοδοι χαλεπαὶ πρὸς τὸ χωρίον. Οἱ δὲ πελτασταὶ προδραμόντες στάδια [1] πέντε ἢ ἓξ τῶν ὁπλιτῶν, διαβάντες τὴν χαράδραν, ὁρῶντες πρόβατα πολλὰ καὶ ἄλλα χρήματα, προσέβαλλον πρὸς τὸ χωρίον· ξυνείποντο δὲ καὶ δορυφόροι πολλοὶ οἱ ἐπὶ τὰ

sur les hauteurs. Les Trapézontins, de leur côté, ne menaient point où il eût été facile d'avoir des vivres, parce que c'eût été chez des amis; mais ils conduisent de grand cœur chez les Driles, dont ils avaient à se plaindre. C'est un pays montueux et âpre : les habitants sont les plus belliqueux de tout le Pont-Euxin.

Dès que les Grecs sont arrivés dans le haut pays, tous les endroits qui paraissent aux Driles d'une prise facile, ils y mettent le feu en se retirant. On n'y trouve à prendre que des porcs, des bœufs et autres bestiaux échappés aux flammes. Il y avait un lieu qu'on appelait leur métropole. Ils s'y étaient tous réfugiés. Alentour était un ravin très-profond, avec des abords difficiles. Les peltastes, qui avaient couru cinq ou six stades en avant des hoplites, traversent le ravin, en voyant beaucoup de bestiaux, ainsi que d'autres objets de bonne prise, et attaquent le poste. Ils étaient suivis d'un grand nombre de doryphores, qui étaient sortis pour trouver des

Οἱ δὲ Τραπεζούντιοι	Mais les Trapézontins
οὐκ ἦγον	ne conduisaient pas
ὁπόθεν μὲν ἦν ῥᾴδιον	*là* d'où d'une-part il était facile
λαβεῖν τὰ ἐπιτήδεια·	d'avoir pris les choses nécessaires;
ἦσαν γὰρ φίλοι αὐτοῖς·	car ils étaient amis à eux; [sement
ἦγον δὲ προθύμως	mais ils conduisaient avec-empres-
εἰς τοὺς Δρίλας,	chez les Driles, [mal),
ὑπὸ ὧν ἔπασχον κακῶς,	desquels ils éprouvaient mal (du
εἰς χωρία τε ὀρεινὰ	dans des lieux et montagneux
καὶ δύσβατα,	et difficiles-à-passer, [liqueux
καὶ ἀνθρώπους πολεμικωτάτους	et *contre* les hommes les plus bel-
τῶν ἐν Πόντῳ.	de ceux dans le Pont.
Ἐπεὶ δὲ οἱ Ἕλληνες	Or après que les Grecs
ἦσαν ἐν τῇ χώρᾳ ἄνω,	furent dans le pays d'-en-haut,
ἐμπιπράντες	*les Driles* brûlant
ὁποῖα τῶν χωρίων	tous-ceux-qui d'*entre* les lieux
ἐδόκει τοῖς Δρίλαις ἁλώσιμα,	paraissaient aux Driles prenables,
ἀπῄεσαν·	s'en allèrent;
καὶ οὐδὲν ἦν λαμβάνειν,	et rien n'était à prendre,
εἰ μὴ ὗς ἢ βοῦς	sinon un cochon ou un bœuf
ἤ τι ἄλλο κτῆνος	ou quelque autre bétail [au feu.
τὸ διαπεφευγὸς τὸ πῦρ.	le ayant échappé (qui avait échappé)
Ἓν δὲ χωρίον ἦν	Or une place était
μητρόπολις αὐτῶν·	métropole d'eux; [celle-ci;
πάντες ξυνεῤῥυήκεσαν εἰς τοῦτο·	tous avaient afflué-ensemble dans
χαράδρα δὲ ἰσχυρῶς βαθεῖα	or un ravin fort profond
ἦν περὶ τοῦτο,	était autour de celle-ci,
καὶ πρόσοδοι χαλεπαὶ	et des accès difficiles
πρὸς τὸ χωρίον.	vers la (cette) place.
Οἱ δὲ πελτασταὶ	Mais les peltastes
προδραμόντες τῶν ὁπλιτῶν	ayant couru-en-avant des hoplites
πέντε ἢ ἓξ στάδια,	cinq ou six stades,
διαβάντες τὴν χαράδραν,	ayant traversé le ravin,
ὁρῶντες πολλὰ πρόβατα	voyant beaucoup de troupeaux
καὶ ἄλλα χρήματα,	et d'autres objets,
προσέβαλλον πρὸς τὸ χωρίον·	se jetaient sur la place; [ryphores
πολλοὶ δὲ καὶ δορυφόροι	d'autre-part aussi beaucoup de do-
οἱ ἐξωρμημένοι	ceux étant sortis
ἐπὶ τὰ ἐπιτήδεια	vers les choses nécessaires
ξυνείποντο·	suivaient-avec;

ἐπιτήδεια ἐξωρμημένοι· ὥστε ἐγένοντο οἱ διαβάντες πλείους ἢ εἰς δισχιλίους ἀνθρώπους. Ἐπεὶ δὲ μαχόμενοι οὐκ ἐδύναντο λαβεῖν τὸ χωρίον, καὶ γὰρ τάφρος ἦν περὶ αὐτὸ εὐρεῖα ἀναβεβλημένη, καὶ σκόλοπες ἐπὶ τῆς ἀναβολῆς, καὶ τύρσεις πυκναὶ ξύλιναι πεποιημέναι, ἀπιέναι δὴ ἐπεχείρουν· οἱ δὲ ἐπέκειντο αὐτοῖς. Ὡς δὲ οὐκ ἐδύναντο ἀποτρέχειν, ἦν γὰρ ἐφ' ἑνὸς ἡ κατάβασις ἐκ τοῦ χωρίου εἰς τὴν χαράδραν, πέμπουσι πρὸς Ξενοφῶντα, ὃς ἡγεῖτο τοῖς ὁπλίταις. Ὁ δ' ἐλθὼν λέγει ὅτι ἔστι χωρίον χρημάτων πολλῶν μεστόν· τοῦτο οὔτε λαβεῖν δυνάμεθα· ἰσχυρὸν γάρ ἐστιν· οὔτε ἀπελθεῖν ῥᾴδιον· μάχονται γὰρ ἐπεξεληλυθότες, καὶ ἡ ἄφοδος χαλεπή.

Ἀκούσας ταῦτα ὁ Ξενοφῶν προσαγαγὼν πρὸς τὴν χαράδραν τοὺς μὲν ὁπλίτας, θέσθαι ἐκέλευσε τὰ ὅπλα, αὐτὸς δὲ διαβὰς σὺν τοῖς λοχαγοῖς ἐσκοπεῖτο πότερον εἴη κρεῖττον ἀπάγειν καὶ τοὺς

vivres, de sorte qu'il y avait plus de deux mille hommes au delà du ravin. Ne pouvant pas enlever par un combat la place qu'entourait un large fossé, dont une palissade et beaucoup de tours de bois garnissaient le ravin, ils essayent de se replier; mais les ennemis fondent sur eux. Impossible de revenir sur ses pas, vu qu'on ne pouvait descendre qu'un à un de la place au ravin. Ils députent à Xénophon, qui commandait les hoplites. L'envoyé lui dit que la place est pleine d'un riche butin. « Mais nous ne pouvons l'emporter: le lieu est fort; il n'est pas facile non plus de se retirer: on tombe sur nous dans des sorties, et la retraite n'est pas commode. »

En entendant ces mots, Xénophon mène les hoplites jusqu'au bord du ravin et fait poser les armes, passe seul avec les lochages, et examine s'il vaut mieux ramener ceux qui ont traversé

ὥστε οἱ διαβάντες	de sorte que ceux ayant passé
ἐγένοντο πλείους	furent plus nombreux
ἢ εἰς δισχιλίους ἀνθρώπους.	que jusqu'à deux mille hommes.
Ἐπεὶ δὲ μαχόμενοι	Mais comme combattant
οὐκ ἐδύναντο λαβεῖν	ils ne pouvaient avoir pris (prendre)
τὸ χωρίον,	la place,
καὶ γὰρ τάφρος εὐρεῖα	car un fossé large
ἦν ἀναβεβλημένη	était rejeté-sur-les-bords (creusé)
περὶ αὐτό,	autour d'elle,
καὶ σκόλοπες	et des pieux [du-fossé
ἐπὶ τῆς ἀναβολῆς,	sur la terre-rejetée-sur-les-bords-
καὶ τύρσεις πυκναὶ	et des tours serrées
πεποιημέναι ξύλιναι,	faites en-bois,
ἐπεχείρουν δὴ ἀπιέναι·	ils tâchaient donc de s'en aller;
οἱ δὲ ἐπέκειντο αὐτοῖς.	mais ceux-ci pressaient eux.
Ὡς δὲ οὐκ ἐδύναντο	Or comme ils ne pouvaient
ἀποτρέχειν,	s'éloigner-en-courant;
ἡ γὰρ κατάβασις	car la descente
ἐκ τοῦ χωρίου εἰς τὴν χαράδραν	de la place dans le ravin
ἦν ἐπὶ ἕνος,	était sur un (pour un seul homme),
πέμπουσι πρὸς Ξενοφῶντα,	ils envoient vers Xénophon.
ὃς ἡγεῖτο τοῖς ὁπλίταις.	qui commandait aux hoplites.
Ὁ δὲ ἐλθὼν λέγει	Or celui étant arrivé dit
ὅτι χωρίον ἐστι	qu'une place est
μέστον πολλῶν χρημάτων·	pleine de beaucoup d'objets; [ci;
οὔτε δυνάμεθα λαβεῖν τοῦτο·	ni nous ne pouvons avoir pris celle-
ἐστὶ γὰρ ἰσχυρόν·	car elle est forte;
οὔτε ῥᾴδιον ἀπελθεῖν·	ni il n'*est* facile d'en être parti,
ἐπεξεληλυθότες γὰρ μάχονται,	car étant sortis-sur *nous* ils combat-
καὶ ἡ ἄφοδος χαλεπή.	et la retraite est difficile. [tent,
Ὁ Ξενοφῶν ἀκούσας ταῦτα	Xénophon ayant entendu ces choses
προσαγαγὼν τοὺς μὲν ὁπλίτας	ayant amené les hoplites d'une-part
πρὸς τὴν χαράδραν,	vers le ravin,
ἐκέλευσε θέσθαι τὰ ὅπλα,	*leur* ordonna d'avoir posé les armes,
διαβὰς δὲ αὐτὸς	d'autre-part ayant passé lui-même
σὺν τοῖς λοχαγοῖς	avec les lochages
ἐσκοπεῖτο πότερον	il examinait laquelle chose
εἴη κρεῖττον	était meilleure
ἀπάγειν	de ramener
καὶ τοὺς διαβεβηκότας,	même ceux ayant passé,

διαβεβηκότας, ἢ καὶ τοὺς ὁπλίτας διαβιβάζειν ὡς ἁλόντος ἂν τοῦ χωρίου. Ἐδόκει γὰρ τὸ μὲν ἀπάγειν οὐκ εἶναι ἄνευ πολλῶν νεκρῶν, ἑλεῖν δ' ἂν ᾤοντο καὶ οἱ λοχαγοὶ τὸ χωρίον. Καὶ ὁ Ξενοφῶν ξυνεχώρησε τοῖς ἱεροῖς πιστεύσας· οἱ γὰρ μάντεις ἀποδεδειγμένοι ἦσαν ὅτι μάχη μὲν ἔσται, τὸ δὲ τέλος καλὸν τῆς ἐξόδου. Καὶ τοὺς μὲν λοχαγοὺς ἔπεμπε διαβιβάσοντας τοὺς ὁπλίτας, αὐτὸς δὴ ἔμενεν ἀναχωρίσας ἅπαντας τοὺς πελταστάς, καὶ οὐδένα εἴα ἀκροβολίζεσθαι. Ἐπεὶ δ' ἧκον οἱ ὁπλῖται, ἐκέλευσε τὸν λόχον ἕκαστον ποιῆσαι τῶν λοχαγῶν ὡς ἂν κράτιστα οἴηται ἀγωνιεῖσθαι· ἦσαν γὰρ οἱ λοχαγοὶ πλησίον ἀλλήλων, οἳ πάντα τὸν χρόνον ἀλλήλοις περὶ ἀνδραγαθίας ἀντεποιοῦντο. Καὶ οἱ μὲν ταῦτα ἐποίουν· ὁ δὲ τοῖς πελτασταῖς πᾶσι παρήγγελλε

ou faire traverser les hoplites, dans l'espoir de prendre la place. D'une part ce n'était pas probable qu'on pût revenir sans perdre beaucoup de monde, de l'autre les lochages pensaient qu'on pouvait prendre la place. Xénophon se rend à leur avis, plein de confiance dans les victimes, les devins ayant, en effet, déclaré qu'il y aurait bataille, mais que la fin de l'affaire serait heureuse. Il renvoie alors les lochages pour faire passer le ravin aux hoplites. Pour lui, il reste, ordonne aux peltastes de reprendre leurs rangs et interdit toute escarmouche. Les hoplites arrivés, il commande à chaque lochage de former son loche sur l'ordre qu'il croit le plus avantageux à la bataille. Comme les lochages étaient près l'un de l'autre, ils ne pouvaient manquer, comme de tout temps, de faire assaut de courage. Les lochages exécutent cet ordre. Alors il prescrit à tous les peltastes de s'avancer, la main sur la courroie

ἢ διαβιβάζειν	ou de faire-passer
καὶ τοὺς ὁπλίτας	aussi les hoplites,
ὡς τοῦ χωρίου ἁλόντος ἄν.	comme la place pouvant être prise.
Τὸ μὲν γὰρ ἀπάγειν	Car d'une-part le ramener
οὐκ ἐδόκει εἶναι	ne paraissait pas être
ἄνευ πολλῶν νεκρῶν,	sans beaucoup de morts,
οἱ δὲ λοχαγοὶ	d'autre-part les lochages
ᾤοντο ἑλεῖν ἄν	pensaient devoir prendre (qu'on
τὸ χωρίον.	la place. [prendrait)
Καὶ ὁ Ξενοφῶν ξυνεχώρησε	Et Xénophon consentit
πιστεύσας τοῖς ἱεροῖς·	ayant eu-confiance aux victimes;
οἱ γὰρ μάντεις	car les devins
ἦσαν ἀποδεδειγμένοι	étaient ayant déclaré
ὅτι μάχη μὲν ἔσται,	qu'un combat d'une-part sera,
τὸ δὲ τέλος τῆς ἐξόδου	d'autre-part *que* la fin de l'issue
καλόν.	*sera* belle (favorable). [part
Καὶ ἔπεμπε τοὺς μὲν λοχαγοὺς	*et* il envoyait les lochages d'une-
διαβιβάσοντας τοὺς ὁπλίτας,	devant faire-passer les hoplites,
αὐτὸς δὴ ἔμενεν	lui-même certes restait
ἀναχωρίσας	ayant fait-reculer
ἅπαντας τοὺς πελταστάς,	tous les peltastes, [cher.
καὶ εἴα οὐδένα ἀκροβολίζεσθαι.	et ne permettait aucun escarmou-
Ἐπεὶ δὲ οἱ ὁπλῖται ἧκον,	Or après que les hoplites furent
ἐκέλευσεν	il ordonna [venus,
ἕκαστον τῶν λοχαγῶν	chacun des lochages
ποιῆσαι τὸν λόχον,	avoir fait (disposé) le (son) loche,
ὡς οἴηται ἄν	comme il croirait
ἀγωνιεῖσθαι κράτιστα·	devoir lutter le mieux;
οἱ γὰρ λοχαγοὶ ἦσαν	car les lochages étaient
πλησίον ἀλλήλων,	près les-uns-des-autres,
οἳ ἀντεποιοῦντο	lesquels rivalisaient
πάντα τὸν χρόνον	*dans* tout le temps (toujours)
ἀλλήλοις	les-uns-avec-les-autres
περὶ ἀνδραγαθίας.	sur la vaillance. [choses;
Καὶ οἱ μὲν ἐποίουν ταῦτα·	Et ceux-ci d'une-part faisaient ces
ὁ δὲ παρήγγελλε,	lui d'autre-part ordonnait
πᾶσι τοῖς πελτασταῖς ἰέναι	à tous les peltastes d'aller
διηγκυλωμένους,	tenant-les-courroies-des-javelots,
ὡς	comme [drait
δεῆσον	devant falloir (attendu qu'il fau-

διηγκυλωμένους ἰέναι, ὡς, ὁπόταν σημήνῃ, ἀκοντίζειν δεῆσον, καὶ τοὺς τοξότας ἐπιβεβλῆσθαι ἐπὶ ταῖς νευραῖς, ὡς, ὁπόταν σημήνῃ, τοξεύειν δεῆσον, καὶ τοὺς γυμνῆτας λίθων ἔχειν μεστὰς τὰς διφθέρας· καὶ τοὺς ἐπιτηδείους ἔπεμψε τούτων ἐπιμεληθῆναι.

Ἐπεὶ δὲ πάντα παρεσκεύαστο, καὶ οἱ λοχαγοὶ καὶ οἱ ὑπολοχαγοὶ καὶ οἱ ἀξιοῦντες τούτων μὴ χείρους εἶναι, πάντες παρατεταγμένοι ἦσαν, καὶ ἀλλήλους μὲν δὴ ξυνεώρων· μηνοειδὴς γὰρ διὰ τὸ χωρίον ἡ τάξις ἦν· ἐπεὶ δ' ἐπαιάνισαν[1] καὶ ἡ σάλπιγξ ἐφθέγξατο, ἅμα τε τῷ Ἐνυαλίῳ[2] ἠλάλαξαν καὶ ἔθεον δρόμῳ οἱ ὁπλῖται, καὶ τὰ βέλη ὁμόσε ἐφέρετο, λόγχαι, τοξεύματα, σφενδόναι, καὶ πλεῖστοι δ' ἐκ τῶν χειρῶν λίθοι· ἦσαν δὲ οἳ καὶ πῦρ προσέφερον. Ὑπὸ δὲ τοῦ πλήθους τῶν βελῶν ἔλιπον οἱ πολέμιοι τά τε σταυρώματα καὶ τὰς τύρσεις· ὥστε Ἀγασίας

du javelot, pour le lancer au premier signal, et aux archers de tenir la corde pour la décocher au premier signal; puis il recommande aux gymnètes d'avoir leurs sacs pleins de pierres, et charge les hommes soigneux d'y veiller.

Quand tout est prêt, les lochages, les hypolochages et les simples soldats, qui ne s'estimaient pas moins qu'eux, sont tous rangés en bataille et se voient les uns les autres, la nature du terrain permettant d'embrasser toute la ligne d'un coup d'œil. On chante le péan, la trompette résonne, on crie tout d'une voix : « Ényalius ! » et les hoplites s'avancent au pas de course. Bientôt c'est une pluie de traits, de javelots, de flèches, de pierres lancées par les frondes et plus encore par les mains; il y en a même qui lancent du feu. Sous cette quantité de projectiles, les ennemis abandonnent la palissade et les tours. Alors Agasias de Stymphale

ἀκοντίζειν,	lancer-des-traits,
ὁπόταν σημήνῃ,	lorsqu'il donnerait-le-signal,
καὶ τοὺς τοξότας	et les archers
ἐπιβεβλῆσθαι ἐπὶ ταῖς νευραῖς,	avoir mis *des flèches* sur les cordes,
ὡς δεῆσον	comme devant falloir (attendu qu'il
τοξεύειν,	tirer-de-l'arc, [faudrait)
ὁπόταν σημήνῃ,	lorsqu'il donnerait-le-signal,
καὶ τοὺς γυμνῆτας	et les gymnètes
ἔχειν τὰς διφθέρας	avoir les (leurs) sacs-de-peau
μεστὰς λίθων·	pleins de pierres; [*cela*
καὶ ἔπεμψε τοὺς ἐπιτηδείους	et il envoya *les hommes* propres *à*
ἐπιμεληθῆναι τούτων.	*pour* avoir eu-soin de ces choses.
Ἐπεὶ δὲ πάντα	Or après que toutes choses
παρεσκεύαστο,	eurent été préparées,
καὶ οἱ λοχαγοὶ	et *que* les lochages
καὶ οἱ ὑπολοχαγοὶ	et les hypolochages
καὶ οἱ ἀξιοῦντες	et ceux pensant
μὴ εἶναι χείρους τούτων,	n'être pas pires que ceux-ci,
ἦσαν πάντες παρατεταγμένοι,	étaient tous rangés-en-bataille,
καὶ μὲν δὴ ξυνεώρων	et d'une-part certes ils *se* voyaient
ἀλλήλους·	les-uns-les-autres;
ἡ γὰρ τάξις διὰ τὸ χωρίον	car la disposition à cause du lieu
ἦν μηνοειδής·	était en-forme-de-croissant;
ἐπεὶ δὲ	après que d'autre-part
ἐπαιάνισαν,	ils eurent chanté-le-péan,
καὶ ἡ σαλπίγξ ἐφθέγξαντο	et *que* la trompette eut résonné,
ἅμα τε ἠλάλαξαν	et en-même-temps ils chantèrent
τῷ Ἐνυαλίῳ	à (en l'honneur de) Ényalius
καὶ οἱ ὁπλῖται	et les hoplites
ἔθεον δρόμῳ,	couraient par la course,
καὶ τὰ βέλη ἐφέρετο	et les traits étaient lancés
ὁμόσε,	vers-la-même-direction,
λόγχαι, τοξεύματα, σφενδόναι,	javelots, flèches, frondes,
καὶ δὲ λίθοι πλεῖστοι	et d'autre-part des pierres très-
ἐκ τῶν χειρῶν·	des mains; [nombreuses
ἦσαν δὲ οἳ	or étaient (il y en avait) qui
προσέφερον καὶ πῦρ.	apportaient aussi du feu.
Οἱ δὲ πολέμιοι ἔλιπον	Et les ennemis abandonnèrent
τά τε σταυρώματα καὶ τὰς τύρσεις	et les palissades et les tours
ὑπὸ τοῦ πλήθους τῶν βελῶν·	sous la multitude des traits;

Στυμφάλιος καὶ Φιλόξενος Πελληνεύς, καταθέμενοι τὰ ὅπλα, ἐν χιτῶνι μόνον ἀνέβησαν, καὶ ἄλλος ἄλλον εἷλκε, καὶ ἄλλος ἀναβεβήκει, καὶ ἡλώκει τὸ χωρίον, ὡς ἐδόκει. Καὶ οἱ μὲν πελτασταὶ καὶ οἱ ψιλοὶ εἰσδραμόντες ἥρπαζον ὅ τι ἕκαστος ἐδύνατο· ὁ δὲ Ξενοφῶν, στὰς κατὰ τὰς πύλας, ὁπόσους ἐδύνατο κατεκώλυε τῶν ὁπλιτῶν ἔξω· πολέμιοι γὰρ ἄλλοι ἐφαίνοντο ἐπ' ἄκροις τισὶν ἰσχυροῖς. Οὐ πολλοῦ δὲ χρόνου μεταξὺ γενομένου, κραυγή τε ἐγίγνετο ἔνδον, καὶ ἔφευγον οἱ μὲν καὶ ἔχοντες ἃ ἔλαβον, τάχα δέ τις καὶ τετρωμένος· καὶ πολὺς ἦν ὠθισμὸς ἀμφὶ τὰ θύρετρα. Καὶ ἐρωτώμενοι οἱ ἐκπίπτοντες ἔλεγον ὅτι ἄκρα τέ ἐστιν ἔνδον καὶ οἱ πολέμιοι πολλοί, οἳ παίουσιν ἐκδεδραμηκότες τοὺς ἔνδον ἀνθρώπους.

Ἐνταῦθα ἀνειπεῖν ἐκέλευσε Τολμίδην[1] τὸν κήρυκα ἰέναι εἴσω

et Philoxène de Pélène laissent leurs armes et montent en simple tunique; les uns entraînent les autres; d'autres sont déjà montés; la place est prise, on le croit. Les peltastes et les psiles y courent, et se mettent à piller, chacun du mieux qu'il peut. Cependant Xénophon, debout auprès des portes, retient dehors le plus d'hoplites possible, car d'autres ennemis se faisaient voir sur des hauteurs fortifiées. Quelques moments après, un cri se fait entendre à l'intérieur; les uns fuient avec le butin qu'ils ont pris, plusieurs sont blessés : on se bouscule aux portes, on interroge ceux qui sortent. Ils répondent qu'il y a dans la place un fort d'où les ennemis ont fait une sortie et blessé beaucoup de monde.

Au même instant, Xénophon fait publier par le héraut Tolmidas

ὥστε Ἀγασίας Στυμφάλιος	de sorte que Agasias de-Stymphale
καὶ Φιλόξενος Πελληνεύς,	et Philoxène de-Pélène,
καταθέμενοι τὰ ὅπλα,	ayant déposé les (leurs armes),
ἀνέβησαν μόνον ἐν χιτῶνι,	montèrent seulement en tunique,
καὶ ἄλλος εἷλκεν ἄλλον,	et un traînait un autre,
καὶ ἄλλος ἀναβεβήκει,	et un autre était monté,
καὶ τὸ χωρίον ἡλώκει,	et la place était prise,
ὡς ἐδόκει.	comme il paraissait.
Καὶ οἱ μὲν πελτασταὶ	Et les peltastes d'une-part
καὶ οἱ ψιλοὶ	et les psiles
εἰσδραμόντες ἥρπαζον	étant-entrés-en-courant pillaient
ὅ τι ἕκαστος ἐδύνατο.	ce que chacun pouvait.
Ὁ δὲ Ξενοφῶν	Mais Xénophon
στὰς κατὰ τὰς πύλας,	se tenant près des portes
κατεκώλυεν ἔξω	retenait dehors
ὁπόσους τῶν ὁπλίτων ἐδύνατο·	autant d'hoplites qu'il pouvait;
ἄλλοι γὰρ πολέμιοι ἐφαίνοντο	car d'autres ennemis se montraient
ἐπί τισιν ἄκροις ἰσχυροῖς.	sur certaines hauteurs fortes.
Οὐ πολλοῦ δὲ χρόνου	Or non beaucoup de temps
γενομένου μεταξύ,	ayant été entre,
κραυγή τε ἐγίγνετο ἔνδον,	et un cri avait-lieu à-l'-intérieur,
καὶ ἔφευγον	et ils fuyaient
οἱ μὲν καὶ ἔχοντες	les uns même ayant
ἃ ἔλαβον,	les choses qu'ils avaient prises,
τάχα δέ τις καὶ	et peut-être quelqu'un aussi
τετρωμένος·	ayant été blessé;
καὶ πολὺς ὠθισμὸς	et une grande presse
ἦν ἀμφὶ τὰ θύρετρα.	était autour des portes.
Καὶ οἱ ἐκπίπτοντες	Et les sortant
ἐρωτώμενοι ἔλεγον	étant interrogés disaient
ὅτι ἄκρα τε ἔστιν ἔνδον,	que et une citadelle est à-l'-intérieur
καὶ οἱ πολέμιοι πολλοί,	et les ennemis nombreux,
οἳ ἐκδεδραμηκότες,	lesquels ayant fait-une-sortie
παίουσι τοὺς ἀνθρώπους	frappent les hommes
ἔνδον.	à-l'-intérieur (qui étaient entrés).
Ἐνταῦθα ἐκέλευσε	Là (alors) il ordonna
τὸν κήρυκα Τολμίδην ἀνειπεῖν	le héraut Tolmidas avoir déclaré
τὸν βουλόμενον λαμβάνειν τι	le voulant prendre quelque chose
ἰέναι εἴσω,	aller à-l'intérieur, [rieur,
καὶ πολλοὶ ἵεντο εἴσω,	et beaucoup se jetaient à-l'-inté-

τὸν βουλόμενόν τι λαμβάνειν, καὶ ἵεντο πολλοὶ εἴσω, καὶ νικῶσι τοὺς ἐκπίπτοντας οἱ εἰσωθούμενοι καὶ κατακλείουσι τοὺς πολεμίους πάλιν εἰς τὴν ἄκραν. Καὶ τὰ μὲν ἔξω τῆς ἄκρας πάντα διηρπάσθη καὶ ἐξεκομίσαντο οἱ Ἕλληνες· οἱ δὲ ὁπλῖται ἔθεντο τὰ ὅπλα, οἱ μὲν περὶ τὰ σταυρώματα, οἱ δὲ κατὰ τὴν ὁδὸν τὴν ἐπὶ τὴν ἄκραν φέρουσαν. Ὁ δὲ Ξενοφῶν καὶ οἱ λοχαγοὶ ἐσκόπουν, εἰ οἷόν τε εἴη τὴν ἄκραν λαβεῖν· ἦν γὰρ οὕτω σωτηρία ἀσφαλής, ἄλλως δὲ πάνυ χαλεπὸν ἐδόκει εἶναι ἀπελθεῖν· σκοπουμένοις δὲ αὐτοῖς ἔδοξε παντάπασιν ἀνάλωτον εἶναι τὸ χωρίον. Ἐνταῦθα παρεσκευάζοντο τὴν ἄφοδον, καὶ τοὺς σταυροὺς ἕκαστοι τοὺς καθ' αὑτοὺς διῄρουν, καὶ τοὺς ἀχρείους καὶ φορτία ἔχοντας ἐξεπέμποντο καὶ τῶν ὁπλιτῶν τὸ πλῆθος· κατέλιπον δὲ οἱ λοχαγοὶ οἷς ἕκαστος ἐπίστευεν.

Ἐπεὶ δὲ ἤρξαντο ἀποχωρεῖν, ἐπεξέθεον ἔνδοθεν πολλοί, γέρρα

que quiconque veut piller peut entrer. Bon nombre s'y portent et les nouveaux entrés repoussent la sortie de l'ennemi, qu'ils renferment de nouveau dans la citadelle. Tout ce qui est en dehors est pillé et enlevé par les Grecs. Les hoplites se tenaient en armes, les uns près de la palissade, les autres dans le chemin qui menait à la citadelle. Xénophon et les lochages vont reconnaître s'il est possible de s'en emparer : c'était un moyen d'assurer leur retraite; autrement, il paraissait bien difficile de l'opérer. Après avoir bien observé, ils jugent la place absolument imprenable. Ils se préparent donc à la retraite : les soldats arrachent, chacun devant soi, les pieux de la palissade : on renvoie les gens inutiles et ceux qui sont chargés de butin, ainsi que la plupart des hoplites, et les lochages ne laissent que ceux en qui ils ont le plus de confiance.

La retraite commencée, un gros d'ennemis fait une sortie,

καὶ οἱ εἰσωθούμενοι	et ceux s'introduisant
νικῶσι τοὺς ἐκπίπτοντας	vainquent ceux faisant-une-sortie
καὶ κατακλείουσι τοὺς πολεμίους	et enferment les ennemis
πάλιν εἰς τὴν ἄκραν.	de-nouveau dans la citadelle.
Καὶ τὰ μὲν ἔξω τῆς ἄκρας	Et d'une-part les choses en dehors
διηρπάσθη,	furent pillées, [de la citadelle
καὶ οἱ Ἕλληνες ἐξεκομίσαντο·	et les Grecs *les* emportèrent ;
οἱ δὲ ὁπλῖται	d'autre-part les hoplites
ἔθεντο τὰ ὅπλα,	posèrent les (leurs) armes,
οἱ μὲν περὶ τὰ σταυρώματα,	les uns autour des palissades,
οἱ δὲ κατὰ τὴν ὁδὸν	les autres le-long-de la route
τὴν φέρουσαν ἐπὶ τὴν ἄκραν.	celle portant vers la citadelle.
Ὁ δὲ Ξενοφῶν	Mais Xénophon
καὶ οἱ λοχαγοὶ ἐσκόπουν	et les lochages examinaient
εἰ εἴη οἷόν τε	s'il était possible
λαβεῖν τὴν ἄκραν·	d'avoir pris la citadelle ;
σωτηρία γὰρ	car le salut
ἦν ἀσφαλὴς οὕτω,	était sûr ainsi,
ἄλλως δὲ ἐδόκει	mais autrement il paraissait
εἶναι πάνυ χαλεπὸν	être tout-à-fait difficile
ἀπελθεῖν·	de s'être en allé ;
τὸ δὲ χωρίον	or la place
ἔδοξεν αὐτοῖς σκοπουμένοις	parut à eux examinant
εἶναι παντάπασιν ἀνάλωτον.	être tout-à-fait imprenable.
Ἐνταῦθα παρεσκευάζοντο	Là (alors) ils préparaient-pour-eux
τὴν ἄφοδον,	la retraite,
καὶ διῄρουν ἕκαστοι	et ils arrachaient chacuns
τοὺς σταυροὺς	les pieux
τοὺς κατὰ αὐτούς,	ceux le-long-de (devant) eux,
καὶ ἐξεπέμποντο	et ils envoyaient-dehors
τοὺς ἀχρείους	les *gens* inutiles
καὶ ἔχοντας φορτία	et ayant des fardeaux
καὶ τὸ πλῆθος τῶν ὁπλιτῶν·	et la multitude des hoplites ;
οἱ δὲ λοχαγοὶ κατέλιπον	et les lochages laissèrent
οἷς ἕκαστος ἐπίστευεν.	*ceux* auxquels chacun se fiait.
Ἐπεὶ δὲ	Mais après que
ἤρξαντο ἀποχωρεῖν,	ils commencèrent à se retirer
πολλοὶ ἐπεξέθεον	beaucoup sortaient-en-courant-sur
ἔνδοθεν,	de-l'-intérieur, [*eux*
ἔχοντες γέρρα καὶ λόγχας	ayant des gerres et des lances

καὶ λόγχας ἔχοντες καὶ κνημῖδας καὶ κράνη Παφλαγονικά, καὶ ἄλλοι ἐπὶ τὰς οἰκίας ἀνέβαινον τὰς ἔνθεν καὶ ἔνθεν τῆς εἰς τὴν ἄκραν φερούσης ὁδοῦ· ὥστε οὐδὲ διώκειν ἀσφαλὲς ἦν κατὰ τὰς πύλας τὰς εἰς τὴν ἄκραν φερούσας. Καὶ γὰρ ξύλα μεγάλα ἐπερρίπτουν ἄνωθεν, ὥστε χαλεπὸν ἦν καὶ μένειν καὶ ἀπιέναι· καὶ ἡ νὺξ φοβερὰ ἦν ἐπιοῦσα. Μαχομένων δὲ αὐτῶν καὶ ἀπορουμένων, θεῶν τις αὐτοῖς μηχανὴν σωτηρίας δίδωσιν. Ἐξαπίνης γὰρ ἀνέλαμψεν οἰκία τῶν ἐν δεξιᾷ ὅτου δὴ ἐνάψαντος. Ὡς δ' αὕτη ξυνέπιπτεν, ἔφευγον οἱ ἀπὸ τῶν ἐν δεξιᾷ οἰκιῶν. Ὡς δὲ ἔμαθεν ὁ Ξενοφῶν τοῦτο παρὰ τῆς τύχης, ἐνάπτειν ἐκέλευε καὶ τὰς ἐν ἀριστερᾷ οἰκίας, αἳ ξύλιναι ἦσαν, ὥστε καὶ ταχὺ ἐκαίοντο· ἔφευγον οὖν καὶ οἱ ἀπὸ τούτων τῶν οἰκιῶν. Οἱ δὲ κατὰ τὸ στόμα δὴ ἔτι μόνοι ἐλύπουν, καὶ δῆλοι ἦσαν ὅτι ἐπικείσονται ἐν τῇ ἐξόδῳ τε καὶ καταβάσει. Ἐνταῦθα παραγγέλλει φέρειν ξύλα,

ayant des boucliers d'osier, des piques, des jambières et des casques paphlagoniens : d'autres montent sur les maisons des deux côtés du chemin qui mène à la citadelle ; de sorte qu'il n'était pas sûr de les poursuivre jusqu'aux portes qui y donnaient entrée.

Comme ils lançaient de grosses poutres du haut des maisons, il était dangereux de rester et de se retirer. La nuit, qui s'approchait, était effrayante. Les Grecs combattaient dans cette perplexité, lorsqu'une divinité leur offrit un moyen de salut. Tout à coup une maison de la droite s'enflamme sans qu'on sache qui y a mis le feu. A peine est-elle écroulée, que tous ceux des maisons de la droite prennent la fuite.

Xénophon, profitant de cette leçon du hasard, fait mettre le feu aux maisons de gauche : elles étaient de bois, elles s'enflamment bien vite. Tous ceux qui s'y trouvaient prennent la fuite. Ceux qu'on avait en tête inquiétaient seuls ; et il était évident qu'ils attaqueraient dans la retraite et à la descente. Xénophon ordonne

καὶ κνημῖδας	et des cnémides
καὶ κράνη Παφλαγονικά,	et des casques paphlagoniens,
καὶ ἄλλοι ἀνέβαινον	et d'autres montaient
ἐπὶ τὰς οἰκίας	sur les maisons
τὰς ἔνθεν καὶ ἔνθεν	celles d'un-côté et de-l'-autre
τῆς ὁδοῦ φερούσης	de la route portant
εἰς τὴν ἄκραν·	dans la citadelle;
ὥστε οὐδὲ ἦν ἀσφαλὲς	de sorte qu'il n'était pas-même sûr
διώκειν κατὰ τὰς πύλας	de *les* poursuivre le-long des portes
τὰς φερούσας εἰς τὴν ἄκραν.	celles portant dans la citadelle.
Καὶ γὰρ ἐπερρίπτουν ἄνωθεν	Car ils jetaient d'en-haut
μεγάλα ξύλα,	de grands morceaux-de-bois,
ὥστε ἦν χαλεπὸν	de sorte qu'il était difficile
καὶ μένειν καὶ ἀπιέναι·	et de rester et de s'en aller;
καὶ ἡ νὺξ ἐπιοῦσα	et la nuit s'approchant
ἦν φοβερά.	était effrayante.
Αὐτῶν δὲ μαχομένων	Or eux combattant
καὶ ἀπορουμένων,	et étant embarrassés,
τις θεῶν δίδωσιν αὐτοῖς	quelqu'un des dieux donne à eux
μηχανὴν σωτηρίας.	un moyen de salut.
Οἰκία γὰρ τῶν ἐν δεξιᾷ	Car une maison de celles à droite
ἀνέλαμψεν ἐξαπίνης	brilla (prit feu) soudain [mé.
ὅτου ἐνάψαντος.	un *homme* quelconque ayant allu-
Ὡς δὲ αὕτη ἐξέπιπτεν,	Et comme celle-ci s'écroulait,
οἱ ἀπὸ τῶν οἰκιῶν ἐν δεξιᾷ	ceux des maisons à droite
ἔφευγον.	fuyaient.
Ὡς δὲ Ξενοφῶν	Mais comme Xénophon
ἔμαθε τοῦτο παρὰ τῆς τύχης,	eut appris cela du hasard,
ἐκέλευεν ἐνάπτειν	il ordonnait de mettre-le-feu
καὶ τὰς οἰκίας ἐν ἀριστερᾷ,	et aux maisons à gauche,
αἳ ἦσαν ξύλιναι,	qui étaient en-bois, [tement;
ὥστε ἐκαίοντο καὶ ταχύ·	de sorte qu'elles brûlaient et promp-
καὶ οἱ ἀπὸ τούτων τῶν οἰκιῶν	et ceux de ces maisons
ἔφευγον οὖν,	fuyaient donc,
οἱ δὲ κατὰ τὸ στόμα	d'autre-part ceux en tête
ἐλύπουν δὴ ἔτι μόνοι,	inquiétaient donc encore seuls,
καὶ ἦσαν δῆλοι	et ils étaient évidents
ὡς ἐπικείσονται	qu'ils se jetteront-sur (attaqueront)
ἐν τῇ ἐξόδῳ τε καὶ καταβάσει.	et à la sortie et à la descente.
Ἐνταῦθα παραγγέλλει	Là (alors) il ordonne

ὅσοι ἐτύγχανον ἔξω ὄντες τῶν βελῶν, εἰς τὸ μέσον ἑαυτῶν καὶ τῶν πολεμίων. Ἐπεὶ δὲ ἱκανὰ ἤδη ἦν, ἐνῆψαν· ἐνῆπτον δὲ καὶ τὰς παρ' αὐτὸ τὸ χαράκωμα οἰκίας, ὅπως οἱ πολέμιοι ἀμφὶ ταῦτα ἔχοιεν. Οὕτω μόλις ἀπῆλθον ἀπὸ τοῦ χωρίου, πῦρ ἐν μέσῳ ἑαυτῶν καὶ τῶν πολεμίων ποιησάμενοι. Καὶ κατεκαύθη πᾶσα ἡ πόλις καὶ αἱ οἰκίαι καὶ αἱ τύρσεις καὶ τὰ σταυρώματα καὶ τ' ἄλλα πάντα πλὴν τῆς ἄκρας.

Τῇ δὲ ὑστεραίᾳ ἀπῄεσαν οἱ Ἕλληνες, ἔχοντες τὰ ἐπιτήδεια. Ἐπεὶ δὲ τὴν κατάβασιν ἐφοβοῦντο τὴν εἰς Τραπεζοῦντα, πρανὴς γὰρ ἦν καὶ στενή, ψευδενέδραν ἐποιήσαντο. Καὶ ἀνήρ, Μυσὸς τὸ γένος καὶ τοὔνομα τοῦτο ἔχων, τῶν Κρητῶν λαβὼν δέκα ἔμενεν ἐν λασίῳ χωρίῳ καὶ προσεποιεῖτο τοὺς πολεμίους πειρᾶσθαι λανθάνειν· αἱ δὲ πέλται αὐτῶν ἄλλοτε καὶ ἄλλοτε διεφαίνοντο χαλκαῖ οὖσαι. Οἱ μὲν οὖν πολέμιοι ταῦτα διορῶντες

alors à tous ceux qui sont hors de l'atteinte des traits d'apporter du bois et de le jeter entre eux et l'ennemi. Quand il s'en trouve assez, on y met le feu ; on met aussi le feu aux maisons voisines du fossé, pour donner de l'occupation à l'ennemi. C'est ainsi qu'on se retire à grand'peine de cette place, ayant le feu pour barrière entre soi et les ennemis. Tout fut brûlé : ville, maisons, tours, palissades, et le reste, excepté la citadelle.

Le lendemain, les Grecs se retirent avec des vivres. Comme ils craignaient la descente vers Trapézonte, passage étroit et escarpé, ils font une fausse embuscade. Un Mysien d'origine, et qui portait le nom de son pays, prend avec lui quatre ou cinq Crétois. se poste dans un lieu fourré, et fait semblant de se dérober à la vue des ennemis ; or, leurs peltes d'airain, brillant par intervalles, les rendaient fort visibles. Les ennemis, voyant cela, ont

ὅσοι ἐτύγχανον	tous-ceux-qui se trouvaient
ὄντες ἔξω τῶν βελῶν,	étant hors des traits,
φέρειν ξύλα	apporter des morceaux-de-bois
εἰς τὸ μέσον ἑαυτῶν	dans le milieu d'eux-mêmes
καὶ τῶν πολεμίων.	et des ennemis. [bois) étaient
Ἐπεὶ δὲ ἦν	Et après qu'ils (ces morceaux-de-
ἤδη ἱκανά,	déjà assez-nombreux,
ἐνῆψαν·	ils *y* mirent-le-feu;
ἐνῆπτον δὲ	d'autre-part ils mettaient-le-feu
καὶ τὰς οἰκίας	aussi aux maisons
παρὰ τὸ χαράκωμα αὐτό,	auprès du fossé lui-même,
ὅπως οἱ πολέμιοι	afin que les ennemis [choses.
ἔχοιεν ἀμφὶ ταῦτα.	fussent autour de (occupés à) ces
Ἀπῆλθον οὕτως μόλις	Ils s'éloignèrent ainsi avec-peine
ἐκ τοῦ χωρίου,	de la place,
ποιησάμενοι πῦρ ἐν μέσῳ	ayant fait du feu au milieu
ἑαυτῶν καὶ τῶν πολεμίων.	d'eux-mêmes et des ennemis.
Καὶ πᾶσα ἡ πόλις κατεκαύθη,	Et toute la ville fut consumée,
καὶ αἱ οἰκίαι καὶ αἱ τύρσεις	et les maisons et les tours,
καὶ τὰ σταυρώματα,	et les palissades
καὶ πάντα τὰ ἄλλα	et toutes les autres choses
πλὴν τῆς ἄκρας.	excepté la citadelle.
Τῇ δὲ ὑστεραίᾳ	Et le *jour* d'-après
οἱ Ἕλληνες ἀπήεσαν	les Grecs s'en allèrent
ἔχοντες τὰ ἐπιτήδεια.	ayant les choses nécessaires:
Ἐπεὶ δὲ ἐφοβοῦντο	mais comme ils craignaient
τὴν κατάβασιν	la descente
τὴν εἰς Τραπεζοῦντα,	celle à Trapézonte,
ἦν γὰρ πρανὴς καὶ στενή,	car elle était en-pente et étroite,
ἐποιήσαντο ψευδενέδραν.	ils firent une fausse-embuscade.
Καὶ ἀνήρ, Μύσος τὸ γένος,	Et un homme, mysien, *quant à*
καὶ ἔχων τοῦτο τὸ ὄνομα,	et ayant ce nom, [*l'*origine
λαβὼν δέκα τῶν Κρητῶν,	ayant pris dix des Crétois,
ἔμενεν ἐν χωρίῳ λασίῳ,	restait dans un lieu fourré,
καὶ προσεποιεῖτο πειρᾶσθαι	et feignait de tâcher
λανθάνειν τοὺς πολεμίους·	d'être caché aux ennemis;
αἱ δὲ πελταὶ αὐτῶν	or les peltes d'eux
οὖσαι χαλκαῖ	étant d'-airain
διεφαίνοντο ἄλλοτε καὶ ἄλλοτε.	brillaient une fois et une autre fois.
Οἱ μὲν οὖν πολέμιοι	D'une-part donc les ennemis

ἐφοβοῦντο ὡς ἐνέδραν οὖσαν· ἡ δὲ στρατιὰ ἐν τούτῳ κατέβαινεν. Ἐπεὶ δὲ ἐδόκει ἤδη ἱκανὸν ὑπεληλυθέναι, τῷ Μυσῷ ἐσήμηνε φεύγειν ἀνὰ κράτος· καὶ ὃς ἐξαναστὰς φεύγει καὶ οἱ σὺν αὐτῷ. Καὶ οἱ μὲν ἄλλοι Κρῆτες, ἁλίσκεσθαι γὰρ ἔφασαν τῷ δρόμῳ, ἐκπεσόντες ἐκ τῆς ὁδοῦ εἰς ὕλην, κατὰ τὰς νάπας κυλινδούμενοι ἐσώθησαν· ὁ Μυσὸς δὲ κατὰ τὴν ὁδὸν φεύγων ἐβόα βοηθεῖν· καὶ ἐβοήθησαν αὐτῷ, καὶ ἀνέλαβον τετρωμένον. Καὶ αὐτοὶ ἐπὶ πόδα ἀνεχώρουν βαλλόμενοι οἱ βοηθήσαντες καὶ ἀντιτοξεύοντές τινες τῶν Κρητῶν. Οὕτως ἀφίκοντο ἐπὶ τὸ στρατόπεδον πάντες σῶοι ὄντες.

III. Ἐπεὶ δὲ οὔτε ὁ Χειρίσοφος ἧκεν, οὔτε πλοῖα ἱκανὰ ἦν, οὔτε τὰ ἐπιτήδεια ἦν λαμβάνειν ἔτι, ἐδόκει ἀπιτέον εἶναι. Καὶ

peur de quelque embuscade. Cependant l'armée descend. Quand elle parut assez loin, la trompette donne le signal de fuir à toutes jambes; alors le Mysien se redressant s'enfuit avec les siens. Les Crétois, qui craignent d'être joints à la course, quittent le chemin et se sauvent en roulant de la montagne dans le bois. Le Mysien, qui fuit le long de la route, crie au secours: on le secourt en effet et on le ramène blessé. Ceux qui lui étaient venus en aide se retirent à reculons sous les traits de l'ennemi, auquel quelques Crétois renvoient des flèches: on arrive de la sorte au camp, tous sains et saufs.

III. Cependant Chirisophe n'arrive point: on n'a point de vaisseaux en nombre; on ne trouve plus de vivres à enlever; on se

διορῶντες ταῦτα	distinguant ces choses [étant;
ἐφοβοῦντο ὡς ἐνέδραν οὖσαν ·	craignaient comme une embuscade
ἡ δὲ στρατιὰ κατέβαινεν	d'autre-part l'armée descendait
ἐν τούτῳ.	dans ce *temps*.
Ἐπεὶ δὲ ἐδόκει	Or après qu'elle paraissait
ὑπεληλυθέναι ἱκανόν,	s'être avancée suffisamment,
ἐσήμηνε τῷ Μύσῳ	*on* donna-le-signal au Mysien
φεύγειν ἀνὰ κράτος.	de fuir selon *sa* force (de toutes ses
Καὶ ὃς ἐξαναστὰς φεύγει	et lui s'étant relevé fuit [forces).
καὶ οἱ σὺν αὐτῷ.	et ceux avec lui.
Καὶ οἱ μὲν ἄλλοι Κρῆτες,	Et les autres Crétois d'une-part,
ἔφασαν γὰρ	car ils disaient [la course,
ἁλίσκεσθαι δρόμῳ,	être pris (qu'on allait les prendre) à
ἐκπεσόντες ἐκ τῆς ὁδοῦ	étant sortis de la route [forêt)
εἰς ὕλην,	dans une forêt (pour gagner une
κυλινδούμενοι κατὰ τὰς νάπας	roulant le-long des vallées
ἐσώθησαν.	furent sauvés;
ὁ δὲ Μυσὸς	mais le Mysien
φεύγων κατὰ τὴν ὁδὸν	fuyant le-long-de-la route
ἐβόα βοηθεῖν ·	criait de *le* secourir;
καὶ ἐβοήθησαν αὐτῷ,	et ils secoururent lui,
καὶ ἀνέλαβον τετρωμένον.	et ils reprirent *lui* blessé.
Καὶ οἱ βοηθήσαντες	Et ceux ayant secouru
ἀνεχώρουν αὐτοὶ	se retiraient eux-mêmes
ἐπὶ πόδα	vers un pied (à reculons)
βαλλόμενοι,	frappés-par des-traits,
καί τινες τῶν Κρῆτων	et quelques-uns des Crétois
ἀντιτοξεύοντες.	renvoyant-des-flèches.
Ἀφίκοντο οὕτως	Ils arrivèrent ainsi
ἐπὶ τὸ στρατόπεδον,	vers le camp,
ὄντες πάντες σῶοι.	étant tous saufs.
III. Ἐπεὶ δὲ	III. Or après que
οὔτε ὁ Χειρίσοφος,	ni Chirisophe ne venait,
οὔτε πλοῖα	ni des bâtiments-de-transport
ἦν ἱκανά,	n'étaient suffisants, [core
οὔτε ἦν λαμβάνειν ἔτι	ni il n'était-possible de prendre en-
τὰ ἐπιτήδεια,	les choses nécessaires,
ἐδόκει εἶναι	il paraissait être
ἀπιτέον.	à s'en aller (qu'il fallait s'en aller).
Καὶ ἐνεβίβασαν	Et ils firent-monter

εἰς μὲν τὰ πλοῖα τούς τε ἀσθενοῦντας ἐνεβίβασαν καὶ τοὺς ὑπὲρ τετταράκοντα ἔτη καὶ παῖδας καὶ γυναῖκας καὶ τῶν σκευῶν ὅσα μὴ ἀνάγκη ἦν ἔχειν· καὶ Φιλήσιον καὶ Σοφαίνετον τοὺς πρεσβυτάτους τῶν στρατηγῶν εἰσβιβάσαντες, τούτων ἐκέλευον ἐπιμελεῖσθαι· οἱ δὲ ἄλλοι ἐπορεύοντο· ἡ δὲ ὁδὸς ὡδοπεποιημένη ἦν. Καὶ ἀφικνοῦνται πορευόμενοι εἰς Κερασοῦντα[1] τριταῖοι, πόλιν Ἑλληνίδα ἐπὶ θαλάττῃ, Σινωπέων ἄποικον ἐν τῇ Κολχίδι χώρᾳ. Ἐνταῦθα ἔμειναν ἡμέρας δέκα· καὶ ἐξέτασις ἐν τοῖς ὅπλοις ἐγίγνετο καὶ ἀριθμός, καὶ ἐγένοντο ὀκτακισχίλιοι καὶ ἑξακόσιοι. Οὗτοι ἐσώθησαν ἐκ τῶν ἀμφὶ τοὺς μυρίους· οἱ δὲ ἄλλοι[2] ἀπώλοντο ὑπό τε τῶν πολεμίων καὶ χιόνος καὶ εἴ τις νόσῳ.

Ἐνταῦθα καὶ διαλαμβάνουσι τὸ ἀπὸ τῶν αἰχμαλώτων ἀργύριον γενόμενον. Καὶ τὴν δεκάτην, ἣν τῷ Ἀπόλλωνι ἐξεῖλον καὶ τῇ Ἐφεσίᾳ Ἀρτέμιδι, διέλαβον οἱ στρατηγοὶ τὸ μέρος

décide à partir. On embarque les malades, ceux qui ont passé la quarantaine, les enfants, les femmes, tous les équipages inutiles, et l'on charge Philésius et Sophénète, les plus âgés des stratéges, de s'embarquer avec eux et d'en prendre soin. Les autres se mettent en marche : les chemins avaient été réparés. On arrive au bout de trois jours à Cérasonte, ville grecque, sur la mer, colonie des Sinopéens, sur le territoire de la Colchide. On y reste dix jours. On passe la revue et l'on fait le dénombrement des soldats sous les armes. Il y en a huit mille six cents : c'étaient les débris d'environ dix mille ; les autres avaient été détruits par les ennemis, les neiges, la maladie.

On partage alors l'argent provenant de la vente des prisonniers ; on prélève pour Apollon et pour Diane d'Éphèse un dixième que les stratéges se divisent entre eux et se chargent de mettre en

εἰς τὰ πλοῖα	dans les bâtiments-de-transport
τούς τε ἀσθενοῦντας	et ceux étant-malades
καὶ τοὺς ὑπὲρ τετταράκοντα ἔτη	et ceux au-delà-de quarante ans
καὶ παῖδας καὶ γυναῖκας	et les enfants et les femmes
καὶ τῶν σκευῶν	et des bagages [d'avoir;
ὅσα ἀνάγκη μὴ ἦν ἔχειν·	tous-ceux-que nécessité n'était pas
καὶ εἰσβιβάσαντες	et ayant-fait-monter
Φιλήσιον καὶ Σοφαίνετον	Philésius et Sophénète,
τοὺς πρεσβυτάτους	les plus vieux
τῶν στρατηγῶν	des stratéges, [soin
ἐκέλευον ἐπιμελεῖσθαι	ils *leur* ordonnaient de prendre-
τούτων·	de ceux-ci;
οἱ δὲ ἄλλοι ἐπορεύοντο·	et les autres marchaient;
ἡ δὲ ὁδὸς ἦν ὡδοπεποιημένη.	or la route était faite-comme-route.
Καὶ πορευόμενοι ἀφικνοῦνται	Et marchant ils arrivent [sonte,
τριταῖοι εἰς Κερασοῦντα,	étant-au-troisième-jour à Céra-
πόλιν Ἑλληνίδα ἐπὶ θαλάττῃ,	ville grecque sur la mer,
ἄποικον Σινώπεων	colonie des Sinopéens
ἐν τῇ χώρᾳ Κολχίδι.	dans le pays colque.
Ἐνταῦθα ἔμειναν δέκα ἡμέρας·	Là ils restèrent dix jours :
καὶ ἐξέτασις ἐν τοῖς ὅπλοις	et inspection dans (sous) les armes
καὶ ἀριθμός	et dénombrement,
ἐγίγνετο,	avait lieu,
καὶ ἐγένοντο ὀκτακισχίλιοι	et ils furent huit-mille
καὶ ἑξακόσιοι.	et six-cents.
Οὗτοι ἐσώθησαν	Ceux-ci furent sauvés
ἐκ τῶν ἀμφὶ μυρίους·	des autour (d'environ) dix-mille ;
οἱ δὲ ἄλλοι ἀπώλοντο	et les autres avaient péri
ὑπό τε τῶν πολεμίων	et par les ennemis
καὶ χιόνος	et la neige [de maladie
καὶ εἴ τις νόσῳ.	et si quelqu'un (et quelques-uns)
Ἐνταῦθα καὶ διαλαμβάνουσι	Là aussi ils partagent
τὸ ἀργύριον τὸ γενόμενον	l'argent celui ayant été (provenant)
ἀπὸ τῶν αἰχμαλώτων.	des prisonniers-de-guerre.
Καὶ οἱ στρατηγοὶ	Et les stratéges
διέλαβον τὴν δεκάτην,	partagèrent la dîme,
ἣν ἐξεῖλον τῷ Ἀπόλλωνι	qu'ils avaient prélevée pour Apollon
καὶ τῇ Ἀρτέμιδι Ἐφεσίᾳ,	et Diane éphésienne,
ἕκαστος φυλάττειν	chacun *pour* garder
τὸ μέρος τοῖς θεοῖς.	la part aux dieux.

ἕκαστος φυλάττειν τοῖς θεοῖς· ἀντὶ δὲ Χειρισόφου Νέων ὁ Ἀσιναῖος[1] ἔλαβε.

Ξενοφῶν οὖν τὸ μὲν τοῦ Ἀπόλλωνος ἀνάθημα ποιησάμενος ἀνατίθησιν εἰς τὸν ἐν Δελφοῖς τῶν Ἀθηναίων θησαυρόν[2], καὶ ἐπέγραψε τό τε αὑτοῦ ὄνομα καὶ τὸ Προξένου, ὃς σὺν Κλεάρχῳ[3] ἀπέθανε· ξένος γὰρ ἦν αὐτοῦ[4]. Τὸ δὲ τῆς Ἀρτέμιδος τῆς Ἐφεσίας, ὅτε ἀπῄει σὺν Ἀγησιλάῳ[5] ἐκ τῆς Ἀσίας τὴν εἰς Βοιωτοὺς ὁδόν, καταλείπει παρὰ Μεγαβύζῳ τῷ τῆς Ἀρτέμιδος νεωκόρῳ[6], ὅτι αὐτὸς κινδυνεύσων ἐδόκει ἰέναι, καὶ ἐπέστειλεν, ἢν μὲν αὐτὸς σωθῇ, αὐτῷ ἀποδοῦναι· ἢν δέ τι πάθῃ, ἀναθεῖναι ποιησάμενον τῇ Ἀρτέμιδι ὅ τι οἴοιτο χαριεῖσθαι τῇ θεῷ.

Ἐπεὶ δ' ἔφευγεν[7] ὁ Ξενοφῶν, κατοικοῦντος ἤδη αὐτοῦ ἐν Σκιλλοῦντι, ὑπὸ τῶν Λακεδαιμονίων οἰκισθέντι παρὰ τὴν Ὀλυμπίαν, ἀφικνεῖται Μεγάβυζος εἰς Ὀλυμπίαν θεωρήσων, καὶ ἀποδίδωσι τὴν παρακαταθήκην αὐτῷ. Ξενοφῶν δὲ λαβὼν

réserve afin de l'offrir aux dieux. On remet à Néon d'Asinée la part de Chirisophe.

Xénophon mettant à part l'offrande d'Apollon, la consacre à Delphes dans le trésor des Athéniens, et y fait inscrire son nom et celui de Proxène, son hôte, qui avait péri avec Cléarque. Quant à la part de Diane, quand il quitta l'Asie avec Agésilas pour se rendre en Béotie, il laissa cet argent à Mégabyse, néocore de Diane, ne doutant pas qu'il n'eût à courir de grands dangers avec Agésilas, et il recommanda au dépositaire de le lui rendre, s'il survivait; mais, s'il lui arrivait malheur, d'en faire l'offrande qu'il croirait la plus agréable à la déesse.

Lorsque, durant son exil, Xénophon habitait Scillonte, ville bâtie par Les Lacédémoniens dans les environs d'Olympie, Mégabyse vint voir les jeux Olympiques et lui rendit son dépôt. Xénophon

Νέων δὲ Ἀσιναῖος	Et Néon d'-Asinée
ἔλαβεν ἀντὶ Χειρισόφου.	reçut au-lieu-de Chirisophe.
Ξενοφῶν οὖν	Xénophon donc
ποιησάμενος	ayant fait-pour-soi (ayant mis à part)
τὸ μὲν ἀνάθημα τοῦ Ἀπόλλωνος	d'une-part l'offrande d'Apollon
ἀνατίθησιν εἰς τὸν θησαυρὸν	*la* consacre dans le trésor
τῶν Ἀθηναίων ἐν Δελφοῖς,	des Athéniens à Delphes,
καὶ ἐπέγραψε	et il écrivit-dessus
τό τε ὄνομα αὐτοῦ	et le nom de lui-même
καὶ τὸ Προξένου,	et celui de Proxène,
ὃς ἀπέθανε σὺν Κλεάρχῳ·	qui mourut avec Cléarque;
ἦν γὰρ ξένος αὐτοῦ.	car il était hôte de lui.
Καταλείπει δὲ	D'autre-part il laisse
τὸ τῆς Ἀρτέμιδος τῆς Ἐφεσίας	celle de Diane éphésienne
παρὰ Μεγαβύζῳ	chez Mégabyze
τῷ νεωκόρῳ τῆς Ἀρτέμιδος,	le néocore de Diane,
ὅτε ἀπῄει σὺν Ἀγησιλάῳ	lorsqu'il allait avec Agésilas
ἐκ τῆς Ἀσίας	de l'Asie
τὴν ὁδὸν εἰς Βοιωτούς,	*par* la route vers les Béotiens,
ὅτι ἐδόκει αὐτὸς	parce qu'il paraissait lui-même
ἰέναι κινδυνεύσων,	aller devant-courir-des-dangers,
καὶ ἐπέστειλεν ἀποδοῦναι αὐτῷ,	et il ordonna d'avoir rendu à lui,
ἢν μὲν αὐτὸς σωθῇ·	si d'une-part lui-même est sauvé;
ἢν δὲ πάθῃ τι,	mais s'il a souffert quelque chose,
ἀναθεῖναι	d'avoir consacré
ποιησάμενον τῇ Ἀρτέμιδι	ayant fait à Diane
ὅ τι οἴοιτο	ce *en* quoi il penserait
χαριεῖσθαι τῇ θεῷ.	devoir faire-plaisir à la déesse.
Ἐπεὶ δὲ ὁ Ξενοφῶν ἔφευγεν,	Or après que Xénophon fuyait (était
αὐτοῦ κατοικοῦντος ἤδη	lui habitant déjà [en exil),
ἐν Σκιλλοῦντι,	à Scillonte,
οἰκισθέντι	bâtie
ὑπὸ τῶν Λακεδαιμονίων	par les Lacédémoniens
παρὰ τὴν Ὀλυμπίαν,	auprès d'Olympie,
Μεγάβυζος ἀφικνεῖται	Megabyze arrive
εἰς Ὀλυμπίαν	à Olympie,
θεωρήσων,	devant regarder *les jeux*,
καὶ ἀποδίδωσιν αὐτῷ	et il rend à lui
τὴν παρακαταθήκην.	le dépôt.
Ξενοφῶν δὲ λαβὼν	Et Xénophon *l'*ayant pris

χωρίον ὠνεῖται τῇ θεῷ, ὅπου ἀνεῖλεν ὁ θεός. Ἔτυχε δὲ διὰ μέσου ῥέων τοῦ χωρίου ποταμὸς Σελινοῦς· καὶ ἐν Ἐφέσῳ δὲ παρὰ τὸν τῆς Ἀρτέμιδος νεὼν Σελινοῦς ποταμὸς παραῤῥεῖ, καὶ ἰχθύες δὲ ἐν ἀμφοτέροις ἔνεισι καὶ κόγχαι· ἐν δὲ τῷ ἐν Σκιλλοῦντι χωρίῳ καὶ θῆραι πάντων, ὁπόσα ἐστὶν ἀγρευόμενα θηρία.

Ἐποίησε δὲ καὶ βωμὸν καὶ ναὸν ἀπὸ τοῦ ἱεροῦ ἀργυρίου, καὶ τὸ λοιπὸν δὲ ἀεὶ δεκατεύων τὰ ἐκ τοῦ ἀγροῦ ὡραῖα, θυσίαν ἐποίει τῇ θεῷ, καὶ πάντες οἱ πολῖται καὶ οἱ πρόσχωροι, ἄνδρες καὶ γυναῖκες, μετεῖχον τῆς ἑορτῆς. Παρεῖχε δὲ ἡ θεὸς τοῖς σκηνῶσιν ἄλφιτα, ἄρτους, οἶνον, τραγήματα, καὶ τῶν θυομένων ἀπὸ τῆς ἱερᾶς νομῆς λάχος, καὶ τῶν θηρευομένων δέ. Καὶ γὰρ θήραν ἐποιοῦντο εἰς τὴν ἑορτὴν οἵ τε Ξενοφῶντος παῖδες καὶ οἱ τῶν ἄλλων πολιτῶν, οἱ δὲ βουλόμενοι καὶ ἄνδρες ξυνεθήρων·

l'accepte, et achète un terrain qu'il consacre à la déesse, sur l'indication même du dieu. Ce territoire est traversé par le fleuve Sélinus, fleuve du même nom que celui qui coule en Asie près du temple de Diane à Éphèse. On trouve dans tous les deux des poissons et des coquillages. Dans le domaine de Scillonte il y a des terrains de chasse et du gibier de toute espèce.

De l'argent sacré Xénophon érige aussi un temple et un autel, et, depuis ce temps, il n'a cessé d'offrir à la déesse un sacrifice et la dîme des productions de ses terres. Tous les habitants de la ville et des environs, hommes et femmes, prennent part à la fête. La déesse fournit aux assistants de la farine d'orge, du pain, du vin, des friandises, une portion des victimes engraissées dans les pâturages sacrés, et du gibier. En effet, à l'occasion de cette fête, les fils de Xénophon et ceux des autres habitants faisaient une grande chasse, à laquelle prenaient part tous ceux qui voulaient. On

ὠνεῖται τῇ θεῷ	achète à (pour) la déesse
χωρίον ὅπου	un terrain là-où [les
ὁ θεὸς ἀνεῖλεν.	le dieu répondit *qu'il fallait ache-*
Ποταμὸς δὲ Σελινοῦς	Et le fleuve Sélinus
ἔτυχε ῥέων	se trouva coulant
διὰ μέσου τοῦ χωρίου	à travers le milieu du terrain;
καὶ ἐν Ἐφέσῳ δὲ	et à Éphèse d'autre-part
παρὰ τὸν ναὸν τῆς Ἀρτέμιδος	le-long-du temple de Diane
ποταμὸς Σελινοῦς	un fleuve Sélinus
παραῤῥεῖ,	coule-auprès, [coquillages
καὶ ἰχθύες δὲ καὶ κόγχαι	et des poissons d'autre-part et des
ἔνεισιν ἐν ἀμφοτέροις·	sont dans l'un-et-l'-autre;
ἐν δὲ τῷ χωρίῳ Σκιλλοῦντι	et dans le terrain de-Scillonte,
καὶ θῆραι πάντων,	et des chasses *sont* de toutes *les*
ὁπόσα θηρία	autant-que-de bêtes [*bêtes*.
ἐστὶν ἀγρευόμενα.	sont étant chassées.
Ἐποίησε δὲ καὶ	D'autre-part il fit aussi
βωμὸν καὶ ναὸν	un temple et un autel
ἀπὸ τοῦ ἀργυρίου ἱεροῦ,	de (avec) l'argent sacré, [part
καὶ τὸ λοιπὸν δὲ	et *pour* le reste (dès lors) d'autre-
δεκατεύων ἀεὶ	prélevant-la-dîme toujours
τὰ ὡραῖα ἐκ τοῦ ἀγροῦ,	des productions du champ,
ἐποίει θυσίαν τῇ θεῷ,	il faisait un sacrifice à la déesse,
καὶ πάντες οἱ πολῖται	et tous les habitants-de-la-ville
καὶ οἱ πρόσχωροι,	et les voisins,
ἄνδρες καὶ γυναῖκες,	hommes et femmes,
μετεῖχον τῆς ἑορτῆς.	prenaient-part-de (à)la fête.
Ἡ δὲ θεὸς παρεῖχε	Or la déesse fournissait
τοῖς σκηνῶσιν	à ceux étant cantonnés
ἄλφιτα, ἄρτους,	des farines, des pains,
οἶνον, τραγήματα,	du vin, des friandises,
καὶ λάχος τῶν θυομένων	et une partie des *bêtes* sacrifiées
ἀπὸ τῆς νομῆς ἱερᾶς,	*venant* du pâturage sacré, [bier.
καὶ τῶν θηρευομένων δέ.	et des *bêtes* étant chassées (du gi-
Καὶ γὰρ οἵ τε παῖδες Ξενοφῶντος	En effet et les fils de Xénophon
καὶ οἱ τῶν ἄλλων πολιτῶν	et ceux des autres habitants-de-la
ἐποιοῦντο θήραν	faisaient une chasse [ville
εἰς τὴν ἑορτήν,	pour la fête, [voulant
οἱ δὲ καὶ ἄνδρες βουλόμενοι	d'autre-part les hommes aussi *le*
ξυνεθήρων·	chassaient-avec *eux*;

καὶ ἡλίσκετο τὰ μὲν ἐξ αὐτοῦ τοῦ ἱεροῦ χώρου, τὰ δὲ καὶ ἐκ τῆς Φολόης [1], σύες καὶ δορκάδες καὶ ἔλαφοι. Ἔστι δὲ ἡ χώρα, ᾗ ἐκ Λακεδαίμονος εἰς Ὀλυμπίαν πορεύονται, ὡς εἴκοσι στάδιοι ἀπὸ τοῦ ἐν Ὀλυμπίᾳ Διὸς ἱεροῦ. Ἔνι δ' ἐν τῷ ἱερῷ χώρῳ καὶ ἄλση καὶ ὄρη δένδρων μεστά, ἱκανὰ καὶ σῦς καὶ αἶγας καὶ βοῦς τρέφειν καὶ ἵππους, ὥστε καὶ τὰ τῶν εἰς τὴν ἑορτὴν ἰόντων ὑποζύγια εὐωχεῖσθαι. Περὶ δὲ αὐτὸν τὸν ναὸν ἄλσος ἡμέρων δένδρων ἐφυτεύθη ὅσα ἐστὶ τρωκτὰ ὡραῖα. Ὁ δὲ ναός, ὡς μικρὸς μεγάλῳ, τῷ ἐν Ἐφέσῳ εἴκασται, καὶ τὸ ξόανον ἔοικεν, ὡς κυπαρίττινον χρυσῷ ὄντι, τῷ ἐν Ἐφέσῳ. Καὶ στήλη ἕστηκε παρὰ τὸν ναὸν γράμματα ἔχουσα· ΙΕΡΟΣ Ο ΧΩΡΟΣ ΤΗΣ ΑΡΤΕΜΙΔΟΣ. ΤΟΝ ΔΕ ΕΧΟΝΤΑ ΚΑΙ ΚΑΡΠΟΥΜΕΝΟΝ ΤΗΝ ΜΕΝ ΔΕΚΑΤΗΝ ΚΑΤΑΘΥΕΙΝ ΕΚΑΣΤΟΥ ΕΤΟΥΣ.

chassait soit sur le domaine sacré, soit sur celui de Pholoé, des sangliers, des chevreuils, des cerfs. Ce lieu, situé sur le chemin de Lacédémone à Olympie, est à une vingtaine de stades du temple d'Olympie consacré à Jupiter. Dans l'enceinte sacrée sont des bocages et des montagnes couvertes d'arbres, où l'on peut élever des porcs, des chèvres, des bœufs et des chevaux, si bien qu'il est facile d'y nourrir largement toutes les bêtes de somme même de ceux qui viennent à la fête. Autour du temple même on a planté un verger d'arbres fruitiers, qui donnent toutes sortes d'excellents fruits selon les saisons. Le temple ressemble, en petit, à celui d'Éphèse ; mais à Éphèse la statue de la déesse est d'or, et ici de cyprès. Près du temple est une colonne avec cette inscription : « Ce lieu est consacrée à Diane. Que celui qui l'occupera ou en recueillera le fruits en offre tous les ans un

καὶ τὰ μὲν ἡλίσκετο	et les unes *des bêtes* étaient prises
ἐκ τοῦ χωρίου ἱεροῦ αὐτοῦ,	du terrain sacré même,
τὰ δὲ καὶ ἐκ τῆς Φολόης	les autres aussi de Pholoé,
σύες καὶ δορκάδες καὶ ἔλαφοι.	sangliers et chevreuils et cerfs.
Ἡ δὲ χώρα	Or *le* (ce) pays
ᾗ πορεύονται ἐκ Λακεδαίμονος	par lequel on va de Lacédémone
εἰς Ὀλυμπίαν,	vers Olympie,
ἐστὶν ὡς εἴκοσι στάδιοι	est comme (environ) vingt stades
ἀπὸ τοῦ ἱεροῦ Διὸς	du temple de Jupiter
ἐν Ὀλυμπίᾳ.	à Olympie.
Ἐν δὲ τῷ χώρῳ ἱερῷ	Or dans le terrain sacré
καὶ ἄλση καὶ ὄρη	et des bocages et des montagnes
μεστὰ δένδρων	pleines d'arbres
ἔνι,	sont-dedans,
ἱκανὰ τρέφειν	capables de nourrir
καὶ σῦς καὶ αἶγας	et des porcs et des chèvres,
καὶ βοῦς καὶ ἵππους,	et des bœufs et des chevaux,
ὥστε καὶ τὰ ὑποζύγια	de sorte que même les bêtes-de-
τῶν ἰόντων εἰς τὴν ἑορτὴν	de ceux-venant à la fête [somme
εὐωχεῖσθαι.	se régaler.
Περὶ δὲ τὸν ναὸν αὐτὸν	Et autour du temple même [planté
ἄλσος δένδρων ἡμέρων ἐφυτεύθη,	un bois d'arbres cultivés a été
ὅσα ἐστὶ τρωκτὰ	tous-ceux-qui sont bons-à-manger
ὡραῖα.	mûrs (dans la saison).
Ὁ δὲ ναὸς	Et le temple
εἴκασται	a été assimilé (fait-semblable)
τῷ ἐν Ἐφέσῳ,	à celui dans (d') Éphèse,
ὡς μικρὸς μεγάλῳ,	comme un petit à un grand,
καὶ τὸ ξόανον ἔοικεν	et la statue-de-bois ressemble
τῷ ἐν Ἐφέσῳ,	à celle dans (d') Éphèse,
ὡς κυπαρίττινον	comme une-de-cyprès
ὄντι χρυσῷ.	à une étant d'-or.
Καὶ στήλη ἕστηκε	Et une colonne est-debout
παρὰ τὸν ναὸν	auprès du temple
ἔχουσα γράμματα·	ayant des lettres (une inscription) :
Ο ΧΩΡΟΣ ΙΕΡΟΣ ΤΗΣ ΑΡΤΕΜΙΔΟΣ.	Le (ce) lieu consacré de (à) Diane.
ΤΟΝ ΔΕ ΕΧΟΝΤΑ	Or celui *l'*ayant
ΚΑΙ ΚΑΡΠΟΥΜΕΝΟΝ	et recueillant-les-fruits
ΚΑΤΑΘΥΕΙΝ ΕΚΑΣΤΟΥ ΕΤΟΥΣ	sacrifier (offrir) chaque année
ΤΗΝ ΜΕΝ ΔΕΚΑΤΗΝ,	d'une-part la dîme,

ΕΚ ΔΕ ΤΟΥ ΠΕΡΙΤΤΟΥ ΤΟΝ ΝΑΟΝ ΕΠΙΣΚΕΥΑΖΕΙΝ. ΑΝ ΔΕ ΤΙΣ ΜΗ ΠΟΙΗΙ ΤΑΥΤΑ ΤΗΙ ΘΕΩΙ ΜΕΛΗΣΕΙ.

IV. Ἐκ Κερασοῦντος δὲ κατὰ θάλατταν μὲν ἐκομίζοντο οἵπερ καὶ πρόσθεν, οἱ δὲ ἄλλοι κατὰ γῆν ἐπορεύοντο. Ἐπεὶ δὲ ἦσαν ἐπὶ τοῖς Μοσσυνοίκων[1] ὁρίοις, πέμπουσιν εἰς αὐτοὺς Τιμησίθεον τὸν Τραπεζούντιον, πρόξενον[2] ὄντα τῶν Μοσσυνοίκων, ἐρωτῶντες πότερον ὡς διὰ φιλίας ἢ ὡς διὰ πολεμίας πορεύσονται τῆς χώρας. Οἱ δὲ εἶπον ὅτι οὐ διήσοιεν· ἐπίστευον γὰρ τοῖς χωρίοις. Ἐντεῦθεν λέγει ὁ Τιμησίθεος ὅτι πολέμιοί εἰσιν αὐτοῖς οἱ ἐκ τοῦ ἐπέκεινα. Καὶ ἐδόκει καλέσαι ἐκείνους, εἰ βούλοιντο ξυμμαχίαν ποιήσασθαι· καὶ πεμφθεὶς ὁ Τιμησίθεος ἧκεν ἄγων τοὺς ἄρχοντας. Ἐπεὶ δὲ ἀφίκοντο, συνῆλθον οἵ τε τῶν Μοσσυνοίκων ἄρχοντες καὶ οἱ στρατηγοὶ τῶν Ἑλλήνων· καὶ ἔλεγε μὲν Ξενοφῶν, ἡρμήνευε δὲ Τιμησίθεος· Ὦ ἄνδρες Μοσσύνοικοι, ἡμεῖς βουλόμεθα διασωθῆναι πρὸς τὴν Ἑλλάδα πεζῇ· πλοῖα

dixième, et que du reste il entretienne le temple : si l'on n'agit pas ainsi la déesse y veillera. »

IV. Ceux qui étaient arrivés par mer à Cérasonte en partent de même : le reste suit par terre. On arrive aux frontières des Mossynèques, on députe Timésithée de Trapézonte, proxène des Mossynèques, pour leur demander si l'on va marcher en pays ami ou ennemi. Ils répondent qu'ils ne souffriront point le passage : ils se fiaient à leurs places. Timésithée raconte alors aux Grecs que ces peuplades sont en guerre avec celles de l'autre côté du pays. On juge à propos d'inviter celles-ci à une alliance offensive contre les autres. Timésithée y est député et ramène les chefs avec lui. Quand ils sont arrivés, les chefs des Mossynèques se réunissent avec les stratéges grecs, et Xénophon leur parle ainsi, Timésithée servant d'interprète : « Mossynèques, nous voulons retourner en Grèce par terre, attendu que nous n'avons pas de vaisseaux. Nous

ΕΠΙΣΚΕΥΑΖΕΙΝ ΔΕ ΤΟΝ ΝΑΟΝ	d'autre-part entretenir le temple
ΕΚ ΤΟΥ ΠΕΡΙΤΤΟΥ.	de (avec) l'excédant. [choses
ΑΝ ΔΕ ΤΙΣ ΜΗ ΠΟΙΗΙ ΤΑΥΤΑ	Et si quelqu'un ne fait pas ces
ΜΕΛΗΣΕΙ ΤΗΙ ΘΕΩΙ.	*cela* sera-à-soin à la déesse.
IV. Οἵπερ δὲ καὶ	IV. Or ceux-qui aussi
πρόσθεν,	*étaient allés par mer* auparavant,
ἐκομίζοντο ἐκ Κερασοῦντος	étaient transportés de Cérasonte
κατὰ θάλατταν μέν,	par mer d'une-part,
οἱ δὲ ἄλλοι	d'autre-part les autres
ἐπορεύοντο κατὰ γῆν.	marchaient par terre.
Ἐπεὶ δὲ ἦσαν	Or comme ils étaient |nèques,
ἐν τοῖς ὁρίοις Μοσσυνοίκων,	dans (sur) les frontières des Mossy-
πέμπουσιν εἰς αὐτοὺς	ils envoient vers eux
Τιμησίθεον τὸν Τραπεζούντιον,	Timésithée le Trapézontin,
ὄντα πρόξενον τῶν Μοσσυνοίκων,	étant proxène des Mossynèques,
ἐρωτῶντες πότερον	demandant si
πορεύσονται τῆς χώρας	ils marcheront à *travers* le pays,
ὡς διὰ φιλίας	comme à travers *un pays* ami
ἢ ὡς διὰ πολεμίας.	ou comme à travers *un pays* ennemi.
Οἱ δὲ εἶπον	Mais ceux-ci disaient
ὅτι οὐ διήσοιεν·	qu'ils ne laisseraient-pas-passer;
ἐπίστευον γὰρ τοῖς χωρίοις.	car ils se fiaient aux lieux.
Ἐντεῦθεν ὁ Τιμησίθεος λέγει	De-là (alors) Timésithée dit
ὅτι οἱ ἐκ τοῦ ἐπέκεινά	que ceux du *côté* au-delà
εἰσι πολέμιοι αὐτοῖς.	sont ennemis à eux. [ceux-là,
Καὶ ἐδόκει καλέσαι ἐκείνους	Et il paraissait-bon d'avoir invité
εἰ βούλοιντο	s'ils voulaient
ποιήσασθαι συμμαχίαν·	avoir fait alliance;
καὶ ὁ Τιμησίθεος πεμφθεὶς	et Timésithée ayant été envoyé
ἧκεν ἄγων τοὺς ἄρχοντας.	vint amenant les chefs.
Ἐπεὶ δὲ ἀφίκοντο,	Or après qu'ils furent arrivés,
οἵ τε ἄρχοντες τῶν Μοσσυνοίκων	et les chefs des Mossynèques
καὶ οἱ στρατηγοὶ τῶν Ἑλλήνων	et les stratéges des Grecs
συνῆλθον·	se réunirent;
καὶ Ξενοφῶν μὲν ἔλεγε,	et Xénophon d'une-part parlait,
Τιμησίθεος δὲ ἡρμήνευεν·	d'autre-part Timésithée était-inter-
Ὦ ἄνδρες Μοσσύνοικοι,	O hommes Mossynèques, [prète :
ἡμεῖς βουλόμεθα διασωθῆναι	nous nous voulons avoir été sauvés
πρὸς τὴν Ἑλλάδα	vers la Grèce [(revenir saufs)
πεζῇ·	à pied (par terre);

γὰρ οὐκ ἔχομεν· κωλύουσι δὲ οὗτοι ἡμᾶς, οὓς ἀκούομεν ὑμῖν πολεμίους εἶναι. Εἰ οὖν βούλεσθε, ἔξεστιν ὑμῖν ἡμᾶς λαβεῖν ξυμμάχους καὶ τιμωρήσασθαι, εἴ τί ποτε ὑμᾶς οὗτοι ἠδικήκασι, καὶ τὸ λοιπὸν ὑμῶν ὑπηκόους εἶναι τούτους. Εἰ δὲ ἡμᾶς ἀφήσετε, σκέψασθε πόθεν αὖθις ἂν τοσαύτην δύναμιν λάβοιτε ξύμμαχον. Πρὸς ταῦτα ἀπεκρίνατο ὁ ἄρχων τῶν Μοσσυνοίκων, ὅτι καὶ βούλοιντο ταῦτα καὶ δέχοιντο τὴν ξυμμαχίαν. Ἄγετε δή, ἔφη ὁ Ξενοφῶν, τί ἡμῶν δεήσεσθε χρήσασθαι, ἂν ξύμμαχοι ὑμῶν γενώμεθα, καὶ ὑμεῖς τί οἷοί τε ἔσεσθε ἡμῖν ξυμπρᾶξαι περὶ τῆς διόδου; Οἱ δὲ εἶπον ὅτι ἱκανοί ἐσμεν εἰς τὴν χώραν εἰσβάλλειν ἐκ τοῦ ἐπὶ θάτερα τὴν τῶν ὑμῖν τε καὶ ἡμῖν πολεμίων, καὶ δεῦρο ὑμῖν πέμψαι ναῦς τε καὶ ἄνδρας, οἵτινες ὑμῖν ξυμμαχοῦνταί τε καὶ τὴν ὁδὸν ἡγήσονται.

trouvons un obstacle dans ceux de vous que nous savons être vos ennemis. Si vous voulez, vous pouvez, en vous alliant avec nous, vous venger et les soumettre pour toujours à votre obéissance. Songez que, si vous ne voulez pas de nous, vous ne retrouverez plus pour auxiliaire une armée telle que la nôtre. » Le chef s Mossynèques répond qu'ils adhèrent à tout cela et qu'ils veulent bien de l'alliance. « Eh bien ! voyons, dit Xénophon ; à quoi nous emploierez-vous, si nous devenons vos alliés, et de votre côté, que ferez-vous pour nous aider à poursuivre notre marche ? » Ils répondent : « Nous sommes en mesure d'attaquer à revers le pays de ceux qui sont vos ennemis et les nôtres, et de vous envoyer ici des vaisseaux et des hommes qui combattront pour vous et vous guideront en chemin. »

οὐ γὰρ ἔχομεν	car nous n'avons pas
πλοῖα·	de bâtiments-de-transport :
οὗτοι δέ,	or ceux-ci,
οὓς ἀκούομεν	lesquels nous entendons-dire
εἶναι πολεμίους ὑμῖν,	être ennemis à vous,
κωλύουσιν ἡμᾶς.	empêchent nous.
Εἰ οὖν βούλεσθε,	Si donc vous voulez,
ἔξεστιν ὑμῖν	il est-permis à vous
λαβεῖν ἡμᾶς ξυμμάχους	d'avoir pris nous *pour* alliés
καὶ τιμωρήσασθαι,	et de vous être vengés,
εἴ ποτε οὗτοι	si quelquefois ceux-ci [que chose,
ἠδικήκασιν ὑμᾶς τι,	ont traité-injustement vous *en* quel-
καὶ τὸ λοιπὸν	et *pour* le reste (dans la suite)
τούτους εἶναι ὑπηκόους ὑμῶν.	ceux-ci être sujets de vous.
Εἰ δὲ ἀφήσετε ἡμᾶς,	Mais si vous laisserez (laissez)-
σκέψασθε	ayez examiné [partir nous,
πόθεν λάβοιτε ἂν αὖθις	d'où vous auriez pris une-autre-fois
τοσαύτην δύναμιν ξύμμαχον.	une si-grande force alliée.
Ὁ ἄρχων τῶν Μοσσυνοίκων	Le chef des Mossynèques
ἀπεκρίνατο πρὸς ταῦτα,	répondit à ces choses,
ὅτι καὶ βούλοιντο ταῦτα,	que et ils voulaient ces choses,
καὶ δέχοιντο τὴν ξυμμαχίαν.	et qu'ils acceptaient l'alliance.
Ἄγετε δή, ἔφη ὁ Ξενοφῶν,	Eh-bien donc, dit Xénophon,
τί δεήσεσθε ἡμῶν	*en* quoi aurez-vous-besoin de nous
χρήσασθαι,	*pour* vous *en* être servis, [vous,
ἢν γενώμεθα ξύμμαχοι ὑμῶν	si nous sommes devenus alliés de
καὶ ὑμεῖς	et vous
τί ἔσεσθε οἷοί τε	*en* quoi serez-vous capables
ξυμπρᾶξαι ἡμῖν	d'avoir agi-avec (aidé) nous
περὶ τῆς διόδου;	sur le passage?
Οἱ δὲ εἶπον ὅτι	Et ceux-ci dirent que [jeter
ἐσμὲν ἱκανοὶ εἰσβάλλειν	nous nous sommes capables de nous
ἐκ τοῦ ἐπὶ θάτερα	du *côté* vers les autres-choses (du
εἰς τὴν χώραν	dans le pays [côté opposé)
τὴν τῶν πολεμίων	celui de ceux ennemis
ὑμῖν τε καὶ ἡμῖν,	et à vous et à nous,
καὶ πέμψαι ὑμῖν δεῦρο	et d'avoir envoyé à vous ici
ναῦς τε καὶ ἄνδρας,	et des vaisseaux et des hommes
οἵτινες ξυμμαχοῦνταί τε ὑμῖν	qui et combattront-avec vous
καὶ ἡγήσονται τὴν ὁδόν.	et montreront le chemin.

Ἐπὶ τούτοις πιστὰ δόντες καὶ λαβόντες ᾤχοντο. Καὶ ἧκον τῇ ὑστεραίᾳ ἄγοντες τριακόσια πλοῖα μονόξυλα, καὶ ἐν ἑκάστῳ τρεῖς ἄνδρας, ὧν οἱ μὲν δύο ἐκβάντες εἰς τάξιν ἔθεντο τὰ ὅπλα, ὁ δὲ εἷς ἔμενε. Καὶ οἱ μὲν λαβόντες τὰ πλοῖα, ἀπέπλευσαν, οἱ δὲ μένοντες ἐξετάξαντο ὧδε. Ἔστησαν ἀνὰ ἑκατὸν μάλιστα, οἷον χοροί, ἀντιστοιχοῦντες ἀλλήλοις, ἔχοντες γέρρα πάντες λευκῶν βοῶν δασέα, εἰκασμένα κιττοῦ πετάλῳ, ἐν δὲ τῇ δεξιᾷ παλτὸν ὡς ἑξάπηχυ, ἔμπροσθεν μὲν λόγχην ἔχον, ὄπισθεν δὲ αὐτοῦ τοῦ ξύλου σφαιροειδές.

Χιτωνίσκους δὲ ἐνεδεδύκεσαν ὑπὲρ γονάτων, πάχος ὡς λινοῦ στρωματοδέσμου, ἐπὶ τῇ κεφαλῇ δὲ κράνη σκύτινα οἷάπερ τὰ Παφλαγονικά, κρώβυλον ἔχοντα κατὰ μέσον, ἐγγύτατα τιαροειδῆ· εἶχον δὲ καὶ σαγάρεις σιδηρᾶς. Ἐντεῦθεν ἐξῆρχε μὲν αὐτῶν

Ils repartent ensuite, après avoir donné et reçu des gages de foi. Le lendemain, ils reviennent amenant trois cents canots, chacun d'un seul tronc d'arbre, et portant chacun trois hommes, dont deux débarquent et se mettent en ordre de bataille ; le troisième reste dans le canot. Les canots repartent conduits ainsi par un seul homme. Voici comment les autres se forment : ils se mettent sur plusieurs files, de cent hommes au plus, et se répondant les unes aux autres comme des chœurs. Ils portent tous des boucliers d'osier, couverts de cuir de bœuf blanc garni de poil et ressemblant à une feuille de lierre. Ils tiennent de l'autre main un javelot long de six coudées, armé d'une pointe de fer, et terminé en boule du côté du bois.

Leurs tuniques ne descendent pas jusqu'aux genoux : elles sont d'une toile épaisse, comme de grosses couvertures de lin. Ils ont sur la tête des casques de cuir à la paphlagonienne, sur le milieu desquels s'élève une tresse en spirale, à la façon d'une tiare. Ils ont

Ἐπὶ τούτοις	Sur (après) ces choses
δόντες καὶ λαβόντες πιστὰ	ayant donné et reçu des gages
ᾤχοντο.	ils partaient.
Καὶ ἧκον τῇ ὑστεραίᾳ	Et ils vinrent le *jour* d'-après
ἄγοντες τριακόσια πλοῖα	amenant trois-cents bateaux
μονόξυλα,	d'un-seul-morceau-de-bois,
καὶ ἐν ἑκάστῳ τρεῖς ἄνδρας,	et dans chacun trois hommes,
ὧν οἱ μὲν δύο	desquels les uns *au nombre de* deux
ἐκβάντες	étant débarqués
ἔθεντο τὰ ὅπλα εἰς τάξιν,	posèrent les armes en rang,
ὁ δὲ εἷς ἔμενε.	et l'autre un restait.
Καὶ οἱ μὲν	Et les uns
λαβόντες τὰ πλοῖα,	ayant pris les bateaux
ἀπέπλευσαν,	s'éloignèrent-en-naviguant,
οἱ δὲ μένοντες	les autres restant
ἐξετάξαντο ὧδε.	se rangèrent ainsi.
Ἔστησαν ἀνὰ ἑκατὸν μάλιστα,	Ils se tinrent par cent au-plus,
ἀντιστοιχοῦντες ἀλλήλοις,	se répondant les uns-aux-autres,
οἷον χοροί,	comme des chœurs,
ἔχοντες πάντες γέρρα	ayant tous des gerres,
βοῶν λευκῶν	de peaux-de-bœuf blanches
δάσεα,	couverts-de-poil, [lierre,
εἰκασμένα πετάλῳ κιττοῦ,	faits-semblables à un pétale de
ἐν δὲ τῇ δεξιᾷ παλτὸν	et dans la *main* droite un javelot
ὡς ἑξάπηχυ,	comme (environ) de six-coudées,
ἔχον μὲν ἔμπροσθεν	ayant d'une-part en-avant
λόγχην,	une pointe, [sphère
σφαιροειδὲς δὲ	d'autre-part ayant-la-forme-d'une-
ὄπισθεν τοῦ ξύλου αὐτοῦ.	derrière le bois même.
Ἐνεδεδύκεσαν δὲ χιτωνίσκους	Or ils avaient revêtu des tuniques
ὑπὲρ γονάτων,	au-dessus des genoux,
πάχος ὡς στρωματοδέσμου	l'épaisseur comme d'une couverture
λινοῦ,	de-lin,
ἐπὶ τῇ κεφαλῇ δὲ	et sur la tête
κράνη σκύτινα,	des casques de-cuir
οἷάπερ τὰ Παφλαγονικά,	tels que les paphlagoniens, [crin
ἔχοντα κατὰ μέσον κρώβυλον,	ayant vers le milieu une touffe-de-
τιαροειδῆ	ayant-la-forme-d'une-tiare
ἐγγύτατα·	de très-près (presque);
εἶχον δὲ καὶ	d'autre-part ils avaient aussi

εἷς, οἱ δὲ ἄλλοι πάντες ἐπορεύοντο ᾄδοντες ἐν ῥυθμῷ, καὶ διελθόντες διὰ τῶν τάξεων καὶ διὰ τῶν ὅπλων τῶν Ἑλλήνων ἐπορεύοντο εὐθὺς πρὸς τοὺς πολεμίους ἐπὶ χωρίον, ὃ ἐδόκει ἐπιμαχώτατον εἶναι. Ὤικεῖτο δὲ τοῦτο πρὸ τῆς πόλεως τῆς μητροπόλεως καλουμένης αὐτοῖς καὶ ἐχούσης τὸ ἀκρότατον τῶν Μοσσυνοίκων. Καὶ περὶ τούτου ὁ πόλεμος ἦν· οἱ γὰρ ἀεὶ τοῦτ' ἔχοντες, ἐδόκουν ἐγκρατεῖς εἶναι καὶ πάντων Μοσσυνοίκων, καὶ ἔφασαν τούτους οὐ δικαίως ἔχειν τοῦτο, ἀλλὰ κοινὸν ὂν καταλαβόντας πλεονεκτεῖν.

Εἵποντο δ' αὐτοῖς καὶ τῶν Ἑλλήνων τινές, οὐ ταχθέντες ὑπὸ τῶν στρατηγῶν, ἀλλὰ ἁρπαγῆς ἕνεκεν. Οἱ δὲ πολέμιοι προσιόντων τέως μὲν ἡσύχαζον· ἐπεὶ δ' ἐγγὺς ἐγένοντο τοῦ χωρίου, ἐκδραμόντες τρέπονται αὐτούς, καὶ ἀπέκτειναν συχνοὺς τῶν βαρβάρων καὶ τῶν ξυναναβάντων Ἑλλήνων τινάς, καὶ ἐδίωκον

des haches à deux tranchants en fer. Un d'entre eux ayant préludé, ils se mettent tous à chanter, puis, marchant en cadence, passent à travers les rangs des Grecs qui étaient sous les armes, et s'avancent aussitôt contre le poste des ennemis qui paraissait le plus facile à enlever. C'était un lieu en avant de la ville qu'ils appelaient leur métropole, et dans laquelle étaient la principale forteresse des Mossynèques, cause originaire de cette guerre ; car ceux qui l'occupaient étaient réputés maîtres de tout le pays des Mossynèques. Les alliés des Grecs prétendaient que les autres n'en étaient pas justes possesseurs, et que détenteurs de ce qui appartenait à tous, ils les privaient d'autant.

A leur suite marchent, sans l'ordre des stratéges, quelques Grecs attirés par l'espoir de piller. Les ennemis les laissent tranquillement avancer ; mais, quand ils les voient près du poste, ils font une sortie au pas de course, les mettent en fuite, tuent un grand

σαγάρεις σιδηρᾶς.	des haches-à-deux-tranchants en-
Ἐντεῦθεν εἷς μὲν αὐτῶν	De-là un d'eux d'une-part [fer.
ἐξῆρχε,	commençait,
πάντες δὲ οἱ ἄλλοι	d'autre-part tous les autres [tant,
ἐπορεύοντο ἐν ῥυθμῷ ᾄδοντες,	marchaient en cadence en chan-
καὶ διελθόντες διὰ τῶν τάξεων	et ayant passé à travers les rangs
καὶ τῶν ὅπλων τῶν Ἑλλήνων	et les armes des Grecs
ἐπορεύοντο εὐθὺς	ils marchaient droit
πρὸς τοὺς πολεμίους	vers (contre) les ennemis
ἐπὶ τὸ χωρίον	vers le lieu [ble.
ὃ ἐδόκει εἶναι ἐπιμαχώτατον.	qui paraissait être le plus attaqua-
Τοῦτο δὲ ᾠκεῖτο	Or celui-ci était habité
πρὸ τῆς πόλεως,	devant la ville
τῆς καλουμένης αὐτοῖς	celle appelée à (par) eux
μητροπόλεως,	métropole,
καὶ ἐχούσης τὸ ἀκρότατον	et occupant le *point* le plus élevé
τῶν Μοσσυνοίκων.	des Mossynèques.
Καὶ ὁ πόλεμος ἦν	Et la guerre était
περὶ τούτου·	au-sujet de ce *lieu*;
οἱ γὰρ ἔχοντες ἀεὶ τοῦτο,	car ceux ayant toujours celui-ci,
ἐδόκουν εἶναι ἐγκρατεῖς	paraissaient être maîtres
καὶ πάντων Μοσσυνοίκων,	aussi de tous les Mossynèques,
καὶ ἔφασαν τούτους ἔχειν τοῦτο	et ils disaient ceux-ci avoir ce *lieu*
οὐ δικαίως,	non justement, [mun
ἀλλὰ καταλαβόντας ὂν κοινὸν	mais ayant pris un *lieu* étant com-
πλεονεκτεῖν.	empiéter. [Grecs
Καὶ δέ τινες τῶν Ἑλλήνων	Et d'autre-part quelques-uns des
εἵποντο αὐτοῖς,	suivaient eux,
οὐ ταχθέντες	non ordonnés (ayant reçu l'ordre)
ὑπὸ τῶν στρατηγῶν,	par les stratéges,
ἀλλὰ ἕνεκεν ἁρπαγῆς.	mais à cause du (pour le) pillage.
Οἱ δὲ πολέμιοι,	Or les ennemis,
προσιόντων τέως μέν,	*eux* s'avançant jusque-là d'une-part,
ἡσύχαζον·	restaient-tranquilles;
ἐπεὶ δὲ ἐγένοντο	mais après qu'ils furent
ἐγγὺς τοῦ χωρίου,	près du lieu, [tie)
ἐκδραμόντες	ayant couru-hors (ayant fait une sor-
τρέπονται αὐτούς,	ils font-tourner eux,
καὶ ἀπέκτειναν	et ils tuèrent
συχνοὺς τῶν βαρβάρων	beaucoup des barbares

μέχρι οὗ εἶδον τοὺς Ἕλληνας βοηθοῦντας. Εἶτα δὲ ἀποτραπόμενοι ᾤχοντο, καὶ ἀποτεμόντες τὰς κεφαλὰς τῶν νεκρῶν ἐπεδείκνυσαν τοῖς τε Ἕλλησι καὶ τοῖς ἑαυτῶν πολεμίοις, καὶ ἅμα ἐχόρευον νόμῳ τινὶ ᾄδοντες. Οἱ δὲ Ἕλληνες μάλα ἤχθοντο, ὅτι τούς τε πολεμίους ἐπεποιήκεσαν θρασυτέρους καὶ ὅτι οἱ ἐξελθόντες Ἕλληνες σὺν αὐτοῖς ἐπεφεύγεσαν μάλα ὄντες συχνοί· ὃ οὔπω πρόσθεν ἐπεποιήκεσαν ἐν τῇ στρατείᾳ. Ξενοφῶν δὲ ξυγκαλέσας τοὺς Ἕλληνας εἶπεν· Ἄνδρες στρατιῶται, μηδὲν ἀθυμήσητε ἕνεκα τῶν γεγενημένων· ἴστε γὰρ ὅτι καὶ ἀγαθὸν οὐ μεῖον τοῦ κακοῦ γεγένηται. Πρῶτον μὲν γὰρ ἐπίστασθε ὅτι οἱ μέλλοντες ἡμῖν ἡγεῖσθαι τῷ ὄντι πολέμιοί εἰσιν οἷσπερ καὶ ἡμᾶς ἀνάγκη· ἔπειτα δὲ καὶ τῶν Ἑλλήνων οἱ ἀφροντιστήσαντες τῆς ξὺν ἡμῖν τάξεως, καὶ ἱκανοὶ ἡγησάμενοι εἶναι ξὺν τοῖς βαρβάροις ταὐτὰ πράττειν, ἅπερ ξὺν ἡμῖν, δίκην δεδώκασιν· ὥστε

nombre de barbares, ainsi que quelques-uns des Grecs qui les avaient accompagnés, et poursuivent les fuyards jusqu'à ce qu'ils aperçoivent les Grecs arrivant au secours. Alors ils se détournent et battent en retraite, coupent les têtes des morts et les montrent aux Grecs et à leurs compatriotes ennemis, en dansant et en chantant un air national. Les Grecs sont tout affligés d'avoir enhardi les ennemis et d'avoir vu fuir avec les barbares une grande quantité des leurs, ce qui jusque-là n'était jamais arrivé durant toute l'expédition. Aussi Xénophon convoquant les Grecs : « Soldats, dit-il, ne vous découragez point après ce qui s'est passé. C'est un mal pour un bien. D'abord, vous avez appris que les Mossynèques qui doivent nous servir de guides sont réellement les ennemis de ceux que nous sommes forcés de traiter en ennemis. En second lieu, les Grecs qui ont eu la folie de ne pas rester dans vos rangs, et qui ont cru pouvoir faire avec des barbares ce qu'ils avaient fait avec

καί τινας τῶν Ἑλλήνων	et quelques-uns des Grecs
τῶν ξυναναβάντων,	de ceux étant-montés-avec *eux*,
καὶ ἐδίωκον	et ils poursuivaient
μέχρι οὗ εἶδον	jusqu'à ce qu'ils virent
τοὺς Ἕλληνας βοηθοῦντας.	les Grecs portant-secours.
Εἶτα δὲ ἀποτραπόμενοι	Or ensuite se détournant,
ᾤχοντο,	ils partaient,
καὶ ἀποτεμόντες	et ayant coupé
τὰς κεφαλὰς τῶν νεκρῶν	les têtes des morts
ἐπεδείκνυσαν τοῖς τε Ἕλλησιν	ils *les* montraient et aux Grecs
καὶ τοῖς πολεμίοις ἑαυτῶν,	et aux ennemis d'eux-mêmes,
καὶ ἅμα ἐχόρευον	et en-même-temps ils dansaient
ᾄδοντές τινι νόμῳ.	chantant sur un certain mode.
Οἱ δὲ Ἕλληνες ἤχθοντο μάλα,	Or les Grecs étaient affligés fort,
ὅτι ἐπεποιήκεσάν τε	parce que et ils avaient fait
τοὺς πολεμίους θρασυτέρους,	les ennemis plus hardis,
καὶ ὅτι οἱ Ἕλληνες ἐξελθόντες	et parce que les Grecs étant sortis
ἐπεφεύγεσαν σὺν αὐτοῖς	avaient fui avec eux (les barbares)
ὄντες μάλα συχνοί·	*les Grecs* étant fort nombreux :
ὃ οὔπω ἐπεποιήκεσαν	ce qu'ils n'avaient pas-encore fait
πρόσθεν ἐν τῇ στρατείᾳ.	auparavant dans l'expédition.
Ξενοφῶν δὲ	Or Xénophon
ξυγκαλέσας τοὺς Ἕλληνας	ayant convoqué les Grecs
εἶπεν· Ἄνδρες στρατιῶται,	dit : Hommes soldats,
μηδὲν ἀθυμήσητε	ne soyez découragés *en* rien
ἕνεκα τῶν γεγενημένων·	à cause-des choses ayant-eu-lieu ;
ἴστε γὰρ ὅτι καὶ ἀγαθὸν	car sachez que même un bien
οὐ μεῖον τοῦ κακοῦ	non moindre que le mal
γεγένηται.	a-eu-lieu.
Πρῶτον μὲν γὰρ	Car d'une-part d'abord
ἐπίστασθε ὅτι	vous savez que
οἱ μέλλοντες ἡγεῖσθαι ἡμῖν	ceux devant guider nous
εἰσι τῷ ὄντι	sont par le étant (réellement)
πολέμιοι οἷσπερ	ennemis à ceux auxquels [*mis*;
ἀνάγκη καὶ ἡμᾶς·	nécessité *est* nous aussi *être enne-*
ἔπειτα δὲ	d'autre-part ensuite
καὶ οἱ τῶν Ἑλλήνων	et ceux des Grecs
ἀφροντιστήσαντες	ne s'étant-pas-souciés [nous,
τῆς τάξεως σὺν ἡμῖν,	du rang (de rester en rang) avec
καὶ ἡγησάμενοι εἶναι ἱκανοὶ	et ayant pensé être capables

αὖθις ἧττον τῆς ἡμετέρας τάξεως ἀπολείψονται. Ἀλλ' ὑμᾶς δεῖ παρασκευάζεσθαι, ὅπως καὶ τοῖς φίλοις οὖσι τῶν βαρβάρων δόξητε κρείττους αὐτῶν εἶναι, καὶ τοῖς πολεμίοις δηλώσητε, ὅτι οὐχ ὁμοίοις ἀνδράσι μαχοῦνται νῦν τε καὶ ὅτε τοῖς ἀτάκτοις ἐμάχοντο.

Ταύτην μὲν οὖν τὴν ἡμέραν οὕτως ἔμειναν· τῇ δ' ὑστεραίᾳ θύσαντες, ἐπεὶ ἐκαλλιερήσαντο, ἀριστήσαντες, ὀρθίους τοὺς λόχους ποιησάμενοι, καὶ τοὺς βαρβάρους ἐπὶ τὸ εὐώνυμον[1] κατὰ ταὐτὰ ταξάμενοι ἐπορεύοντο, τοὺς τοξότας μεταξὺ τῶν λόχων ὀρθίων ὄντων ἔχοντες, ὑπολειπομένους δὲ μικρὸν τοῦ στόματος τῶν ὁπλιτῶν. Ἦσαν γὰρ τῶν πολεμίων οἱ εὔζωνοι κατατρέχοντες τοῖς λίθοις ἔβαλλον. Τούτους οὖν ἀνέστελλον οἱ τοξόται καὶ οἱ πελτασταί· οἱ δ' ἄλλοι βάδην ἐπορεύοντο πρῶτον μὲν ἐπὶ τὸ χωρίον ἀφ' οὗ τῇ προτεραίᾳ οἱ βάρβαροι ἐτρέφθησαν καὶ

nous, viennent d'en être punis : ils ne s'aviseront plus de s'écarter de notre armée. Il faut donc vous préparer à montrer à vos alliés que vous valez mieux que des barbares et aux ennemis qu'ils ont affaire à d'autres hommes, et non plus à des soldats mal rangés.

Ainsi se passa la journée. Le lendemain, on fait un sacrifice : les victimes étant favorables, on dîne ; on se forme en colonnes droites, on range les barbares à l'aile gauche, dans le même ordre, et l'on marche. Les archers étaient dans l'intervalle des colonnes, un peu en arrière du front des hoplites, parce que, parmi les ennemis, il y en avait de lestes à la course qui lançaient des pierres. Les archers et les peltastes les repoussent. Le reste de l'armée s'avance au pas et bien alignée vers le point où la veille avaient été mis en

πράττειν ξὺν τοῖς βαρβάροις	de faire avec les barbares
τὰ αὐτὰ ἅπερ σὺν ἡμῖν,	les mêmes choses qu'avec nous,
δεδώκασι δίκην·	ont donné une peine (ont été punis);
ὥστε αὖθις	de sorte que une-autre-fois
ἀπολείψονται ἧττον	ils s'écarteront moins
τῆς ἡμετέρας τάξεως.	de notre rang.
Ἀλλὰ δεῖ ὑμᾶς παρασκευάζεσθαι	Mais il faut vous vous-préparer
ὅπως δόξητε	afin que vous ayez paru
καὶ τοῖς τῶν βαρβάρων	et à ceux des barbares
οὖσι φίλοις	étant amis
εἶναι κρείττους αὐτῶν,	être meilleurs qu'eux, [nemis
καὶ δηλώσητε τοῖς πολεμίοις	et *que* vous ayez montré aux en-
ὅτι οὐ μαχοῦνται	qu'ils ne combattront pas
ἀνδράσιν ὁμοίοις	des hommes semblables [taient
νῦν τε καὶ ὅτε ἐμάχοντο	et maintenant et lorsqu'ils combat-
τοῖς ἀτάκτοις.	*des hommes* non-rangés.
Ἔμειναν οὖν οὕτως	Ils restèrent donc ainsi
ταύτην μὲν τὴν ἡμέραν·	ce jour-là d'une-part;
τῇ δὲ ὑστεραίᾳ	d'autre-part le *jour* d'-après
θύσαντες,	ayant sacrifié, [favorables
ἐπεὶ ἐκαλλιερήσαντο,	après qu'ils eurent-eu-des-auspices-
ἀριστήσαντες,	ayant dîné,
ποιησάμενοι τοὺς λόχους ὀρθίους	ayant fait les loches droits,
καὶ ταξάμενοι	et ayant rangé
κατὰ τὰ αὐτὰ	selon les mêmes choses (de-même)
τοὺς βαρβάρους	les barbares
ἐπὶ τὸ εὐώνυμον	vers la gauche
ἐπορεύοντο,	ils marchaient,
ἔχοντες τοὺς τοξότας	ayant les archers
μεταξὺ τῶν λόχων	entre les loches
ὄντων ὀρθίων,	étant droits,
ὑπολειπομένους μικρὸν	étant restés-en-arrière un-peu
ἀπὸ τοῦ στόματος τῶν ὁπλιτῶν.	du front des hoplites. [mis
Ἦσαν γὰρ τῶν πολεμίων	Car ils étaient (il y avait) des enne-
οἳ εὔζωνοι κατατρέχοντες	qui lestes descendant-en-courant
ἔβαλλον τοῖς λίθοις.	frappaient avec les pierres.
Οἱ τόξοται οὖν	Les archers donc
καὶ οἱ πελτασταὶ	et les peltastes
ἀνέστελλον τούτους·	repoussaient ceux-ci;
οἱ δὲ ἄλλοι ἐπορεύοντο βάδην	et les autres marchaient au-pas

οἱ ξὺν αὐτοῖς· ἐνταῦθα γὰρ οἱ πολέμιοι ἦσαν ἀντιτεταγμένοι. Τοὺς μὲν οὖν πελταστὰς ἐδέξαντο οἱ βάρβαροι καὶ ἐμάχοντο· ἐπειδὴ δὲ ἐγγὺς ἦσαν οἱ ὁπλῖται, ἐτράποντο. Καὶ οἱ μὲν πελτασταὶ εὐθὺς εἵποντο, διώκοντες ἄνω πρὸς τὴν μητρόπολιν, οἱ δὲ ὁπλῖται ἐν τάξει εἵποντο. Ἐπεὶ δὲ ἄνω ἦσαν πρὸς ταῖς τῆς μητροπόλεως οἰκίαις, ἐνταῦθα δὴ οἱ πολέμιοι ὁμοῦ δὴ πάντες γενόμενοι ἐμάχοντο καὶ ἐξηκόντιζον τοῖς παλτοῖς, καὶ ἄλλα δόρατα ἔχοντες παχέα, μακρά, ὅσα ἀνὴρ ἂν φέροι μόλις, τούτοις ἐπειρῶντο ἀμύνεσθαι ἐκ χειρός.

Ἐπεὶ δὲ οὐχ ὑφίεντο οἱ Ἕλληνες, ἀλλ' ὁμόσε ἐχώρουν, ἔφυγον οἱ βάρβαροι καὶ ἐντεῦθεν ἅπαντες λιπόντες τὸ χωρίον. Ὁ δὲ βασιλεὺς αὐτῶν ὁ ἐν τῷ μόσσυνι τῷ ἐπ' ἄκρου ᾠκοδομημένῳ,

fuite les barbares et ceux qui étaient avec eux : l'ennemi y était en bataille. Les barbares soutiennent le choc des peltastes et les combattent; mais, à l'approche des hoplites, ils tournent le dos. Les peltastes se mettent aussitôt à leur poursuite et arrivent en montant jusqu'à la métropole. Les hoplites suivent en bon ordre. Arrivés en haut, près des maisons de la métropole, les ennemis se rallient et renouvellent le combat en lançant des javelots; ou bien, comme ils ont des piques épaisses, longues, qu'un homme aurait peine à porter, ils essayent de se défendre avec les mains.

Les Grecs, loin de lâcher prise, les serrent de près : les barbares s'enfuient et abandonnent tous la place. Leur roi demeure dans une tour de bois, bâtie sur le haut de la montagne : ils l'y entre-

πρῶτον μὲν ἐπὶ τὸ χωρίον	d'une-part d'abord vers le lieu
ἀπὸ οὗ οἱ βάρβαροι	duquel les barbares
καὶ οἱ σὺν αὐτοῖς	et ceux *étant* avec eux [dent;
ἐτρέφθησαν τῇ προτεραίᾳ·	furent-mis-en fuite le *jour* précé-
οἱ γὰρ πολέμιοι ἦσαν ἐνταῦθα	car les ennemis étaient là
ἀντιτεταγμένοι.	rangés-en-face. [part
Οἱ βάρβαροι ἐδέξαντο οὖν μὲν	Les barbares reçurent donc d'une-
τοὺς πελταστὰς	les peltastes
καὶ ἐμάχοντο·	et ils combattaient;
Ἐπειδὴ δὲ οἱ ὁπλῖται	d'autre-part après que les hoplites
ἦσαν ἐγγύς,	furent près, [fuite).
ἐτράποντο.	ils se-détournèrent (prirent-là
Καὶ οἱ μὲν πελτασταὶ	Et d'une-part les peltastes
εἵποντο εὐθύς,	suivaient aussitôt,
διώκοντες ἄνω	poursuivant en-haut
πρὸς τὴν μητρόπολιν,	vers la métropole,
οἱ δὲ ὁπλῖται	d'autre-part les hoplites
εἵποντο ἐν τάξει.	suivaient en ordre.
Ἐπεὶ δὲ ἦσαν ἄνω	Or, après qu'ils furent en-haut
πρὸς ταῖς οἰκίαις	auprès des maisons
τῆς μητροπόλεως,	de la métropole,
ἐνταῦθα δὴ οἱ πολέμιοι	là (alors) certes les ennemis
γενόμενοι δὴ πάντες ὁμοῦ	étant devenus donc tous ensemble
ἐμάχοντο	combattaient [(s'étant réunis)
καὶ ἐξηκόντιζον τοῖς παλτοῖς,	et lançaient par les (des) javelots,
καὶ ἔχοντες ἄλλα δόρατα	et ayant d'autres piques
παχέα, μακρά,	épaisses, longues,
ὅσα ἀνὴρ	tellement-grandes-qu'un homme
φέροι ἂν μόλις,	*les* porterait avec-peine, [les-ci
ἐπειρῶντο ἀμύνεσθαι τούτοις	ils tâchaient de repousser avec cel-
ἐκ χειρός.	de la main (de près). [pas,
Ἐπεὶ δὲ οἱ Ἕλληνες οὐχ ὑφίεντο,	Mais comme les Grecs ne cédaient
ἀλλὰ ἐχώρουν ὁμόσε,	mais allaient vers-la-même-direc-
οἱ βάρβαροι ἔφυγον	les barbares fuirent [tion,
καὶ ἐντεῦθεν	de-là aussi
ἅπαντες λιπόντες τὸ χωρίον.	tous ayant abandonné le lieu.
Ὁ δὲ βασιλεὺς αὐτῶν	Mais le roi d'eux
ὁ ἐν τῷ μόσσυνι	celui *étant* dans la tour-de-bois
τῷ ᾠκοδομημένῳ ἐπὶ ἄκρου,	celle construite sur le haut,
ὃν μένοντα αὐτοῦ	lequel restant là-même

ὃν τρέφουσι πάντες κοινῇ αὐτοῦ μένοντα καὶ φυλάττουσι, οὐκ ἤθελεν ἐξελθεῖν, οὐδὲ οἱ ἐν τῷ πρότερον αἱρεθέντι χωρίῳ, ἀλλ' αὐτοῦ σὺν τοῖς μοσσύνοις κατεκαύθησαν. Οἱ δὲ Ἕλληνες διαρπάζοντες τὰ χωρία εὕρισκον θησαυροὺς ἐν ταῖς οἰκίαις ἄρτων νενημένων πατρίους, ὡς ἔφασαν οἱ Μοσσύνοικοι, τὸν δὲ νέον σῖτον ξὺν τῇ καλάμῃ ἀποκείμενον· ἦσαν δὲ ζειαὶ αἱ πλεῖσται. Καὶ δελφίνων τεμάχη ἐν ἀμφορεῦσιν εὑρίσκετο τεταριχευμένα καὶ στέαρ ἐν τεύχεσι τῶν δελφίνων, ᾧ ἐχρῶντο οἱ Μοσσύνοικοι καθάπερ οἱ Ἕλληνες τῷ ἐλαίῳ· κάρυα δὲ ἐπὶ τῶν ἀνωγαίων ἦν πολλὰ τὰ πλατέα, οὐκ ἔχοντα διαφυὴν οὐδεμίαν. Τούτῳ καὶ πλείστῳ σίτῳ ἐχρῶντο ἕψοντες καὶ ἄρτους ὀπτῶντες. Οἶνος δὲ εὑρίσκετο, ὃς ἄκρατος μὲν ὀξὺς ἐφαίνετο εἶναι ὑπὸ τῆς αὐστηρότητος, κερασθεὶς δὲ εὐώδης τε καὶ ἡδύς.

Οἱ μὲν δὴ Ἕλληνες ἀριστήσαντες ἐνταῦθα ἐπορεύοντο εἰς τὸ πρόσω, παραδόντες τὸ χωρίον τοῖς ξυμμαχήσασι τῶν Μοσσυνοίκων. Ὁπόσα δὲ καὶ ἄλλα παρῄεσαν χωρία τῶν ξὺν τοῖς πο-

tiennent à frais communs et lui servent de gardes. Il refuse de sortir, ainsi que ceux du premier poste : ils y sont tous brûlés avec les tours de bois. Les Grecs pillent la place. Ils trouvent dans les maisons des amas de pains des années précédentes qui se transmettent de père en fils, au dire des Mossynèques. Il y avait aussi du grain nouveau en gerbe : c'était pour la plupart de l'épeautre. On trouve dans les amphores des tranches de dauphin salé. D'autres vases étaient pleins de graisse de dauphin, employée par les Mossynèques aux mêmes usages que l'huile d'olive par les Grecs. Dans des greniers étaient de grosses châtaignes, sans fissure. C'est leur manger ordinaire : ils les font bouillir et s'en servent comme de pain. On trouva du vin, qui, bu pur, parut aigre à cause de sa rudesse, mais qui, trempé, prit un bouquet et un goût agréables.

Les Grecs dînent et continuent leur marche, après avoir remis la place aux Mossynèques, leurs alliés. De toutes les autres places qu'on trouva sur le chemin, et dans lesquelles il y avait des enne-

πάντες τρέφουσι κοινῇ	tous nourrissent en-commun
καὶ φυλάττουσιν,	et gardent,
οὐκ ἤθελεν ἐξελθεῖν,	ne voulut pas être sorti (sortir),
οὐδὲ οἱ ἐν τῷ χωρίῳ	ni ceux dans le lieu
αἱρεθέντι πρότερον,	ayant été pris précédemment,
ἀλλὰ κατεκαύθησαν αὐτοῦ	mais ils furent brûlés là-même
σὺν τοῖς μοσσύνοις. [χωρία,	avec les tours-de-bois.
Οἱ δὲ Ἕλληνες διαρπάζοντες τὰ	Et les Grecs pillant les lieux
εὕρισκον ἐν ταῖς οἰκίαις	trouvaient dans les maisons
θησαυροὺς ἄρτων νενημένων,	des amas de pains accumulés,
πατρίους,	*amas* venant-de-leurs-pères,
ὡς ἔφασαν οἱ Μοσσύνοικοι,	comme disaient les Mossynèques,
τὸν δὲ νέον σῖτον	et le nouveau blé
ἀποκείμενον ξὺν τῇ καλάμῃ.	mis-en-réserve avec le chaume.
Καὶ τεμάχη τεταριχευμένα	Et des tranches salées
δελφίνων	de dauphins
εὑρίσκετο ἐν ἀμφορεῦσι	étaient trouvées dans des amphores
καὶ ἐν τεύχεσι	et dans des vases
στέαρ τῶν δελφίνων,	de la graisse des dauphins, [vaient
ᾧ οἱ Μοσσύνοικοι ἐχρῶντο	de laquelle les Mossynèques se ser-
καθάπερ οἱ Ἕλληνες τῷ ἐλαίῳ·	comme les Grecs d'huile; [larges,
πολλὰ δὲ κάρυα τὰ πλατέα	et beaucoup de châtaignes celles
ἦν ἐπὶ τῶν ἀνωγαίων,	étaient sur (dans) les greniers,
οὐκ ἔχοντα οὐδεμίαν διαφυήν.	n'ayant aucune fente.
Ἐχρῶντο τούτῳ σίτῳ	Ils se servaient de cette nourriture
καὶ πλείστῳ	et très-abondante
ἕψοντες καὶ ὀπτῶντες ἄρτους.	faisant-bouillir et cuisant des pains.
Οἶνος δὲ εὑρίσκετο	Et du vin était trouvé
ὃς ἄκρατος μὲν	qui pur d'une-part
ἐφαίνετο εἶναι ὀξὺς	paraissait être aigre
ὑπὸ τῆς αὐστηρότητος,	par (à cause de) la (sa) dureté,
κερασθεὶς δὲ	d'autre-part ayant été mêlé
εὐώδης τε καὶ ἡδύς.	*paraissait* et parfumé et agréable.
Οἱ μὲν δὴ Ἕλληνες	D'une-part donc les Grecs
ἀριστήσαντες ἐνταῦθα	ayant dîné-là
ἐπορεύοντο εἰς τὸ πρόσω,	marchaient vers le *côté* en-avant;
παραδόντες τὸ χωρίον	ayant livré la place
τοῖς τῶν Μοσσυνοίκων	à ceux des Mossynèques
ξυμμαχήσασιν.	ayant combattu-avec *eux*. [aussi
Ὁπόσα δὲ καὶ ἄλλα χωρία	D'autre-part toutes les autres places

λεμίδις ὄντων, τὰ εὐπροσοδώτατα οἱ μὲν ἔλειπον, οἱ δὲ ἑκόντες προσεχώρουν. Τὰ δὲ πλεῖστα τοιάδε ἦν τῶν χωρίων· ἀπεῖχον αἱ πόλεις ἀπ' ἀλλήλων στάδια ὀγδοήκοντα, αἱ δὲ πλεῖον, αἱ δὲ μεῖον· ἀναβοώντων δὲ ἀλλήλων ξυνήκουον εἰς τὴν ἑτέραν ἐκ τῆς ἑτέρας πόλεως· οὕτως ὑψηλή τε καὶ κοίλη ἡ χώρα ἦν. Ἐπεὶ δὲ πορευόμενοι ἐν τοῖς φίλοις ἦσαν, ἐπεδείκνυσαν αὐτοῖς παῖδας τῶν εὐδαιμόνων σιτευτούς, τεθραμμένους καρύοις ἑφθοῖς, ἁπαλοὺς καὶ λευκοὺς σφόδρα, καὶ οὐ πολλοῦ δέοντας ἴσους τὸ μῆκος καὶ τὸ πλάτος εἶναι, ποικίλους δὲ τὰ νῶτα καὶ τὰ ἔμπροσθεν πάντα ἐστιγμένους ἀνθέμιον. Ἐζήτουν δὲ καὶ ταῖς ἑταίραις αἷς ἦγον οἱ Ἕλληνες, ἐμφανῶς ξυγγίγεσθαι· νόμος γὰρ ἦν οὗτος σφίσι. Λευκοὶ δὲ πάντες οἱ ἄνδρες καὶ γυναῖκες.

Τούτους ἔλεγον οἱ στρατευσάμενοι βαρβαρωτάτους διελθεῖν

mis, les moins fortes furent abandonnées de leurs défenseurs, les autres se rendirent. Voici ce que c'est que la plupart de ces villes: elles sont entre elles à une distance d'environ quatre-vingts stades, les unes plus, les autres moins. On crie, et l'on s'entend d'une place à l'autre, tant le pays est élevé et creux. Quand les Grecs arrivent chez les Mossynèques, leurs alliés, ceux-ci leur montrent des enfants de gens riches, nourris, engraissés de châtaignes bouillies, délicats, très-blancs, à peu près aussi gros que grands. Ils ont le dos marqueté, et sur la poitrine un tatouage de fleurs. Ils tâchaient d'avoir commerce, aux yeux de tous, avec les filles que les Grecs avaient à leur suite : c'est un usage du pays. Tous sont blancs, hommes et femmes.

Les Grecs disent que, dans leur expédition, ils n'ont pas trouvé de peuples plus barbares et dont les mœurs s'éloignent plus de

παρῄεσαν	auprès-*desquelles*-ils passaient[mis,
τῶν ὄντων σὺν τοῖς πολεμίοις	de celles étant avec les (aux) enne-
οἱ μὲν ἔλειπον	les uns laissaient [ment.)
τὰ εὐπροσοδώτατα	les plus accessibles, [(volontaire-
οἱ δὲ προσεχώρουν ἑκόντες.	les autres se rendaient volontaires
Τὰ δὲ πλεῖστα τῶν χωρίων	Or la plupart des places
ἦν τοιάδε·	étaient telles :
αἱ πόλεις ἀπεῖχον	les villes étaient éloignées
ἀπὸ ἀλλήλων	les unes-des-autres
ὀγδοήκοντα στάδια,	de quatre-vingts stades,
αἱ δὲ πλεῖον, αἱ δὲ μεῖον·	les unes plus, les autres moins :
ξυνήκουον δὲ ἀλλήλων	or ils s'entendaient les-uns-les-au-
ἐκ τῆς ἑτέρας πόλεως	d'une ville [tres
εἰς τὴν ἑτέραν	dans (à) l'autre
ἀναβοώντων·	criant quand ils criaient;
οὕτως ἡ χώρα ἦν	tant le pays était
ὑψηλή τε καὶ κοίλη.	et élevé et creux.
Ἐπεὶ δὲ πορευόμενοι	Et après que marchant
ἦσαν ἐν τοῖς φίλοις,	ils étaient dans (chez) les amis,
ἐπεδείκνυσαν αὐτοῖς [τούς,	*ils* (ceux-ci) montraient à eux
παῖδας τῶν εὐδαιμόνων σιτευ-	des enfants des riches bien-nourris,
τεθραμμένους καρύοις ἑφθοῖς,	nourris de châtaignes cuites,
ἁπάλους καὶ λευκοὺς σφόδρα,	délicats et blancs très-fort,
καὶ οὐ δέοντας πολλοῦ	et n'étant pas éloignés de beaucoup
εἶναι ἴσους	d'être égaux
τὸ μῆκος καὶ τὸ πλάτος,	*quant à* la longueur et *à* la largeur,
ποικίλους δὲ τὰ νῶτα,	et tachetés *quant* au dos,
καὶ ἐστιγμένους ἀνθέμιον	et marquetés en-manière-de-fleur
τὰ πάντα ἔμπροσθεν.	*quant* à toutes les *parties* de-devant.
Ἐζήτουν δὲ καὶ	Et ils cherchaient aussi
ξυγγίνεσθαι ἐμφανῶς	à avoir-commerce publiquement
ταῖς ἑταίραις,	avec les courtisanes,
αἷς οἱ Ἕλληνες ἦγον·	que les Grecs menaient;
οὗτος γὰρ νόμος ἦν σφίσι.	car cette coutume était à eux.
Πάντες δὲ λευκοὶ	Et tous *étaient* blancs
οἱ ἄνδρες καὶ αἱ γυναῖκες.	les hommes et les femmes.
Οἱ στρατευσάμενοι ἔλεγον	Les ayant-fait-l'expédition disaient
διελθεῖν τούτους	avoir passé-par ceux-ci
βαρβαρωτάτους,	les plus barbares,
καὶ κεχωρισμένους πλεῖστον	et séparés le plus

καὶ πλεῖστον τῶν Ἑλληνικῶν νόμων κεχωρισμένους. Ἔν τε γὰρ ὄχλῳ ὄντες ἐποίουν ἅπερ ἂν ἄνθρωποι ἐν ἐρημίᾳ ποιήσειαν, ἄλλως δὲ οὐκ ἂν τολμῷεν, μόνοι τε ὄντες ὅμοια ἔπραττον ἅπερ ἂν μετ' ἄλλων ὄντες, διελέγοντό τε ἑαυτοῖς καὶ ἐγέλων ἐφ' ἑαυτοῖς, καὶ ὠρχοῦντο ἐφιστάμενοι, ὅπου τύχοιεν, ὥσπερ ἄλλοις ἐπιδεικνύμενοι.

V. Διὰ ταύτης τῆς χώρας οἱ Ἕλληνες, διά τε τῆς πολεμίας καὶ τῆς φιλίας, ἐπορεύθησαν ὀκτὼ σταθμούς, καὶ ἀφικνοῦνται εἰς Χάλυβας. Οὗτοι ὀλίγοι ἦσαν καὶ ὑπήκοοι τῶν Μοσσυνοίκων, καὶ ὁ βίος ἦν τοῖς πλείστοις αὐτῶν ἀπὸ σιδηρείας.

Ἐντεῦθεν ἀφικνοῦνται εἰς Τιβαρηνούς. Ἡ δὲ τῶν Τιβαρηνῶν χώρα πολὺ ἦν πεδινωτέρα καὶ χωρία εἶχεν ἐπὶ θαλάττῃ ἧττον ἐρυμνά. Καὶ οἱ στρατηγοὶ ἔχρῃζον πρὸς τὰ χωρία προσβάλλειν καὶ τὴν στρατιὰν ὀνηθῆναί τι, καὶ τὰ ξένια ἃ ἧκε παρὰ Τιβαρηνῶν οὐκ ἐδέχοντο, ἀλλ' ἐπιμεῖναι κελεύσαντες, ἔστε βουλεύ-

celles des Grecs. Ils font en public ce que partout ailleurs on fait à l'écart, et qu'on n'oserait pas faire si l'on était vu ; puis, quand ils sont seuls, ils font ce qu'on fait devant d'autres. Ils se parlent à eux-mêmes et se mettent à rire tout seuls ; ils dansent sans qu'il y ait personne, et n'importe où ils se trouvent, comme s'ils voulaient se faire voir.

V. Pour traverser ce pays, soit ennemi, soit ami, les Grecs emploient huit étapes et arrivent chez les Chalybes. Ils sont peu nombreux, et soumis aux Mossynèques. La plupart vivent de l'extraction du fer.

De là on arrive chez les Tibarènes. Le pays des Tibarènes est beaucoup plus uni, et leurs places, situées au bord de la mer, sont moins fortes. Les stratéges étaient d'avis de les attaquer de vive force, pour que l'armée y fît quelque butin : aussi les présents hospitaliers envoyés par les Tibarènes sont-ils refusés, et on leur ordonne d'attendre jusqu'à ce qu'on ait décidé ; après quoi l'on

τῶν νόμων Ἑλληνικῶν.	des lois grecques.
Ὄντες τε γὰρ ἐν ὄχλῳ	Car et étant dans la foule
ἐποίουν ἅπερ	ils faisaient les choses que
ἄνθρωποι ποιήσειαν ἂν	des hommes auraient faites
ἐν ἐρημίᾳ,	dans la solitude,
οὐ δὲ τολμῷεν ἂν ἄλλως,	et n'oseraient pas *faire* autrement,
ὄντες τε μόνοι	et étant seuls
ἔπραττον ὅμοια	ils faisaient des choses semblables
ἅπερ ὄντες	à celles qu'ils *feraient*
μετὰ ἄλλων ἄν,	etant avec d'autres,
διελέγοντό τε ἑαυτοῖς,	et ils parlaient à eux-mêmes,
καὶ ἐγέλων ἐπὶ ἑαυτοῖς,	et ils riaient sur eux-mêmes,
καὶ ἐφιστάμενοι ὠρχοῦντο,	et s'arrêtant ils dansaient,
ὅπου τύχοιεν,	où ils se trouvaient,
ὥσπερ ἐπιδεικνύμενοι ἄλλοις.	comme se montrant à d'autres.
V. Οἱ Ἕλληνες	V. Les Grecs
ἐπορεύθησαν ὀκτὼ σταθμοὺς	marchèrent sept étapes
διὰ ταύτης τῆς χώρας,	à travers ce pays,
διά τε τῆς πολεμίας	à travers et le *pays* ami
καὶ τῆς φιλίας,	et le *pays* ennemi,
καὶ ἀφικνοῦνται εἰς Χάλυβας.	et ils arrivent chez les Chabyles.
Οὗτοι ἦσαν ὀλίγοι	Ceux-ci étaient peu-nombreux
καὶ ὑπήκοοι τῶν Μοσσυνοίκων,	et sujets des Mossynèques,
καὶ ὁ βίος ἦν	et la vie était
τοῖς πλείστοις αὐτῶν	à la plupart d'eux
ἀπὸ τῆς σιδηρείας.	*provenant* du travail-du-fer.
Ἐντεῦθεν ἀφικνοῦνται	De-là ils arrivent
εἰς Τιβαρηνούς.	chez les Tibarènes.
Ἡ δὲ χώρα τῶν Τιβαρηνῶν	Or le pays des Tibarènes
ἦν πολὺ πεδινωτέρα,	était beaucoup plus uni
καὶ εἶχεν ἐπὶ θαλάττῃ	et avait auprès de (sur) la mer
χωρία ἧπον ἐρυμνά.	des places moins fortes.
Καὶ οἱ στρατηγοὶ ἔχρῃζον	Et les stratéges voulaient
προσβάλλειν πρὸς τὰ χωρία	se jeter vers (sur) les places [chose,
καὶ τὴν στρατιὰν ὀνηθῆναί τι,	et l'armée avoir profité *en* quelque
καὶ οὐκ ἐδέχοντο	et ils ne recevaient pas [naient
τὰ ξένια ἃ ἧκε	les présents-hospitaliers qui ve-
παρὰ τῶν Τιβαρηνῶν,	de-la-part des Tibarènes,
ἀλλὰ κελεύσαντες ἐπιμεῖναι	Mais ordonnant avoir attendu
ἔστε βουλεύσαιντο,	jusqu'à ce qu'ils eussent délibéré,

σαιντο, ἐθύοντο. Καὶ πολλὰ καταθυσάντων, τέλος ἀπεδείξαντο οἱ μάντεις πάντες γνώμην, ὅτι οὐδαμῇ προσίοιντο οἱ θεοὶ τὸν πόλεμον. Ἐντεῦθεν δὴ τὰ ξένια ἐδέξαντο, καὶ ὡς διὰ φιλίας πορεύομενοι δύο ἡμέρας ἀφίκοντο εἰς Κοτύωρα πόλιν Ἑλληνίδα, Σινωπέων ἀποικίαν, ὄντας δ' ἐν τῇ Τιβαρηνῶν χώρᾳ.

Μέχρι ἐνταῦθα ἐπέζευσεν ἡ στρατιά. Πλῆθος τῆς καταβάσεως τῆς ὁδοῦ ἀπὸ τῆς ἐν Βαβυλῶνι μάχης ἄχρι εἰς Κοτύωρα σταθμοὶ ἑκατὸν εἴκοσι δύο, παρασάγγαι [1] ἑξακόσιοι καὶ εἴκοσι, στάδιοι μύριοι καὶ ὀκτακισχίλιοι καὶ ἑξακόσιοι, χρόνου πλῆθος ὀκτὼ μῆνες. Ἐνταῦθα ἔμειναν ἡμέρας τετταράκοντα πέντε. Ἐν δὲ ταύταις πρῶτον μὲν τοῖς θεοῖς ἔθυσαν, καὶ πομπὰς ἐποίησαν κατὰ ἔθνος ἕκαστοι τῶν Ἑλλήνων καὶ ἀγῶνας γυμνικούς. Τὰ

sacrifie. Mais, après avoir immolé beaucoup de victimes, les devins s'accordent à dire que les dieux ne se sont nullement prononcés pour la guerre. On reçoit donc les présents; et après avoir traversé ce territoire, pendant deux jours, comme pays ami, on arrive à Cotyore, ville grecque, colonie des Sinopéens, dans le pays des Tibarènes.

Jusqu'à cet endroit, l'armée avait été à pied. Voici le calcul de la route qu'elle avait faite dans sa retraite, depuis la bataille près de Babylone, jusqu'à Cotyore: cent vingt-deux étapes, six cent vingt parasanges, ou dix-huit mille six cents stades; durée de la marche: huit mois. Elle reste à cette station quarante cinq jours. On commence par offrir des sacrifices aux dieux: chaque nation grecque fait sa pompe et célèbre des jeux gymniques. On va prendre des vivres soit dans la Paphlagonie, soit sur le territoire

ἐθύοντο.	ils sacrifiaient.
Καὶ καταθυσάντων πολλά,	Et *eux* ayant sacrifié beaucoup,
τέλος πάντες οἱ μάντεις	à la fin tous les devins
ἀπεδείξαντο γνώμην	manifestèrent (émirent) l'avis
ὅτι οἱ θεοὶ προσίοιντο	que les dieux n'admettaient
οὐδαμῇ τὸν πόλεμον.	nullement la guerre.
Ἐντεῦθεν δὴ ἐδέξαντο	De-là donc ils reçurent
τὰ ξένια,	les présents-hospitaliers
καὶ πορευόμενοι δύο ἡμέρας	et marchant deux jours
ὡς διὰ φιλίας	comme à travers *un pays* ami
ἀφίκοντο εἰς Κοτύωρα	ils arrivèrent à Cotyore
πόλιν Ἑλληνίδα,	ville grecque,
ἀποικίαν Σινωπέων,	colonie des Sinopéens,
ὄντας δὲ	mais *colons* étant
ἐν τῇ χώρᾳ Τιβαρηνῶν.	dans le pays des Tibarènes
Ἡ στρατιὰ ἐπέζευσε	L'armée marcha-à-pied
μέχρι ἐνταῦθα.	jusque-là.
Πλῆθος τῆς καταβάσεως	Quantité (longueur) de la descente
τῆς ὁδοῦ	de la route
ἀπὸ τῆς μάχης	depuis le-lieu-du-combat
ἐν Βαβυλῶνι	à Babylone
ἄχρι εἰς Κοτύωρα	jusqu'à Cotyore
ἑκατὸν εἴκοσι δύο σταθμοί,	cent vingt deux étapes
ἑξακόσιοι καὶ εἴκοσι παρασάγ-	six-cent et vingt parasanges,
μύριοι καὶ ὀκτακισχίλιοι [γαι,	dix-mille et huit-mille
καὶ ἑξακοσίοι στάδιοι,	et six-cents stades,
πλῆθος χρόνου	quantité (longueur) de temps
ὀκτὼ μῆνες.	huit mois.
Ἔμειναν ἐνταῦθα	Ils restèrent là
τετταράκοντα πέντε ἡμέρας.	quarante cinq jours.
Ἐν δὲ ταύταις	Or dans ces *jours*
πρῶτον μὲν ἔθυσαν	d'une-part d'abord ils sacrifièrent
τοῖς θεοῖς,	aux dieux,
καὶ ἐποίησαν πομπὰς	et ils firent des processions
καὶ ἀγῶνας γυμνικοὺς	et des jeux gymniques
ἕκαστοι τῶν Ἑλλήνων	chacuns des Grecs
κατὰ ἔθνος.	*divisés* par nation.
Ἐλάμβανον δὲ	D'autre-part ils prenaient
τὰ ἐπιτήδεια	les choses nécessaires,
τὰ μὲν ἐκ τῆς Παφλαγονίας,	les unes de la Paphlagonie,

δ' ἐπιτήδεια ἐλάμβανον τὰ μὲν ἐκ τῆς Παφλαγονίας, τὰ δ' ἐκ τῶν χωρίων τῶν Κοτυωριτῶν· οὐ γὰρ παρεῖχον ἀγοράν, οὐδ' εἰς τὸ τεῖχος τοὺς ἀσθενοῦντας ἐδέχοντο.

Ἐν τούτῳ ἔρχονται ἐκ Σινώπης[1] πρέσβεις, φοβούμενοι περὶ τῶν Κοτυωριτῶν τῆς τε πόλεως, ἦν γὰρ ἐκείνων, καὶ φόρον ἐκείνοις ἔφερον, καὶ περὶ τῆς χώρας, ὅτι ἤκουον δῃουμένην. Καὶ ἐλθόντες εἰς τὸ στρατόπεδον ἔλεγον· προηγόρει δὲ Ἑκατώνυμος δεινὸς νομιζόμενος εἶναι λέγειν· Ἔπεμψεν ἡμᾶς, ὦ ἄνδρες στρατιῶται, ἡ τῶν Σινωπέων πόλις, ἐπαινέσοντάς τε ὑμᾶς ὅτι νικᾶτε Ἕλληνες ὄντες βαρβάρους, ἔπειτα δὲ καὶ ξυνησθησομένους ὅτι διὰ πολλῶν τε καὶ δεινῶν, ὡς ἡμεῖς ἀκούομεν, πραγμάτων σεσωσμένοι πάρεστε. Ἀξιοῦμεν δὲ Ἕλληνες ὄντες καὶ αὐτοὶ ὑφ' ὑμῶν ὄντων Ἑλλήνων ἀγαθὸν μέν τι πάσχειν, κακὸν δὲ μηδέν· οὐδὲ γὰρ ἡμεῖς ὑμᾶς οὐδὲν πώποτε ὑπήρξαμεν κακῶς ποιοῦντες.

des Cotyorites, attendu qu'ils ne voulaient point fournir de marché, ni recevoir les malades dans leurs murs.

Sur ces entrefaites arrivèrent des députés de Sinope. Ils craignaient et pour la ville des Cotyorites, qui dépend de la leur et qui leur paye tribut, et pour le territoire environnant, qu'on leur avait dit ravagé. Ils viennent au camp, et disent par l'organe d'Hécatonyme, homme réputé éloquent : « Soldats, la ville de Sinope nous envoie pour vous féliciter de ce que par vous la Grèce a vaincu les barbares, et pour nous réjouir avec vous de ce qu'à travers mille dangers, dont le bruit est arrivé à nos oreilles, vous voilà sains et saufs dans ce pays. Grecs nous-mêmes, nous nous attendons à n'éprouver de vous, qui êtes Grecs, que de bons traitements et nulle injure, car jamais nous ne nous sommes mal con-

τὰ δὲ ἐκ τῶν χωρίων	les autres des lieux (terres)
τῶν Κοτυωριτῶν·	des Cotyorites;
οὐ γὰρ παρεῖχον	car ils ne fournissaient pas
ἀγοράν,	un-marché-de-vivres [murs)
οὐδὲ ἐδέχοντο εἰς τὸ τεῖχος	ni ne recevaient dans le mur (leurs
τοὺς ἀσθενοῦντας.	les étant-malades.
Ἐν τούτῳ	Sur cela
πρέσβεις ἔρχονται ἐκ Σινώπης,	des députés arrivent de Sinope,
φοβούμενοι περὶ τῆς τε πόλεως	craignant sur (pour) et la ville
τῶν Κοτυωριτῶν,	des Cotyorites,
ἦν γὰρ ἐκείνων,	car elle était de (à) ceux-là,
καὶ ἔφερον	et les *Cotyorites* portaient (payaient)
φόρον ἐκείνοις,	un tribut à ceux-là,
καὶ περὶ τῆς χώρας,	et sur (pour) le pays,
ὅτι ἤκουον	parce que ils entendaient-dire
δῃουμένην.	*lui* étant ravagé (qu'il était ravagé).
Καὶ ἐλθόντες εἰς τὸ στρατόπεδον	Et étant venus dans le camp
ἔλεγον·	ils parlaient;
Ἑκατώνυμος δὲ	et Hécatonyme
νομιζόμενος εἶναι δεινὸς λέγειν	réputé être habile à parler
προηγόρει·	parlait-pour *les autres* :
Ὦ ἄνδρες στρατιῶται,	O hommes soldats,
ἡ πόλις τῶν Σινωπέων	la ville des Sinopéens
ἔπεμψεν ἡμᾶς	a envoyé nous
ἐπαινέσοντάς τε ὑμᾶς,	et devant louer vous,
ὅτι ὄντες Ἕλληνες	parce que étant Grecs
νικᾶτε βαρβάρους,	vous vainquez des barbares,
ἔπειτα δὲ καὶ	et ensuite aussi
ξυνησθησομένους	devant nous réjouir-avec *vous*
ὅτι πάρεστε σεσωσμένοι	de ce que vous êtes-présents sauvés
διὰ πραγμάτων	à travers des affaires
πολλῶν τε καὶ δεινῶν,	et nombreuses et terribles,
ὡς ἡμεῖς ἀκούομεν.	comme nous nous entendons-dire.
Ὄντες δὲ Ἕλληνες καὶ αὐτοὶ	Or étant Grecs aussi nous-mêmes,
ἀξιοῦμεν	nous trouvons-juste [de bon
πάσχειν μέν τι ἀγαθὸν	d'éprouver d'une-part quelque chose
ὑπὸ ὑμῶν ὄντων Ἑλλήνων,	de vous étant Grecs,
μηδὲν δὲ κακόν·	d'autre-part rien de mauvais;
οὐδὲ γὰρ ἡμεῖς	car ni nous
πώποτε ὑπήρξαμεν	jamais nous n'avons commencé

Κοτυωρῖται δὲ οὗτοι εἰσὶ μὲν ἡμέτεροι ἄποικοι, καὶ τὴν χώραν ἡμεῖς αὐτοῖς ταύτην παραδεδώκαμεν, βαρβάρους ἀφελόμενοι· διὸ καὶ δασμὸν ἡμῖν φέρουσιν οὗτοι τεταγμένον καὶ Κερασούντιοι καὶ Τραπεζούντιοι ὡσαύτως· ὥστε ὅ τι ἂν τούτους κακὸν ποιήσητε, ἡ Σινωπέων πόλις νομίζει πάσχειν. Νῦν δὲ ἀκούομεν ὑμᾶς εἴς τε τὴν πόλιν βίᾳ παρεληλυθότας ἐνίους σκηνοῦν ἐν ταῖς οἰκίαις, καὶ ἐκ τῶν χωρίων λαμβάνειν ὧν ἂν δέησθε, οὐ πείθοντας. Ταῦτ' οὖν οὐκ ἀξιοῦμεν· εἰ δὲ ταῦτα ποιήσετε, ἀνάγκη ἡμῖν καὶ Κορύλαν[1] καὶ Παφλαγόνας καὶ ἄλλον ὅντινα ἂν δυνώμεθα φίλον ποιεῖσθαι.

Πρὸς ταῦτα ἀναστὰς Ξενοφῶν ὑπὲρ τῶν στρατιωτῶν εἶπεν· Ἡμεῖς δέ, ὦ ἄνδρες Σινωπεῖς, ἥκομεν ἀγαπῶντες ὅτι τὰ σώματα διεσωσάμεθα καὶ τὰ ὅπλα· οὐ γὰρ ἦν δυνατὸν ἅμα τε χρήματα ἄγειν καὶ φέρειν καὶ τοῖς πολεμίοις μάχεσθαι. Καὶ νῦν ἐπεὶ εἰς τὰς Ἑλληνίδας πόλεις ἤλθομεν, ἐν Τραπεζοῦντι μέν,

duits envers vous. Les Cotyorites, chez qui vous êtes, sont une de nos colonies : nous leur avons donné le pays enlevé aux barbares; et voilà pourquoi ils nous payent un tribut fixe, ainsi que les habitants de Cérasonte et de Trapézonte. En conséquence, tout le mal que vous leur ferez, la ville de Sinope croira le subir. Aujourd'hui nous apprenons que vous êtes entrés à main armée dans leur ville, que vous avez logé quelques-uns des vôtres dans les maisons, et que, sans leur aveu, vous prenez sur leur territoire ce dont vous avez besoin. Nous n'approuvons pas cette conduite. Si vous continuez d'agir ainsi, nous serons forcés de recourir à Corylas, aux Paphlagoniens, ou à tout autre que nous pourrons avoir pour ami. »

A ces mots, Xénophon se lève et répond au nom des soldats « Nous sommes venus ici, habitants de Sinope, contents d'avoir sauvé notre vie et nos armes : car piller et combattre en même temps l'ennemi était chose impossible. Mais maintenant que nous

ποιοῦντες κακῶς ὑμᾶς οὐδέν.	faisant mal (du mal) *en* rien à vous.
Οὗτοι δὲ Κοτυωρῖται	Or ces Cotyorites
εἰσὶ μὲν ἡμέτεροι ἄποικοι,	sont d'une-part nos colons,
καὶ ἡμεῖς παραδεδώκαμεν αὐτοῖς	et nous nous avons remis à eux
ταύτην τὴν χώραν,	ce pays-ci,
ἀφελόμενοι βαρβάρους·	*l'*ayant enlevé aux barbares ;
διὸ καὶ οὗτοι φέρουσιν ἡμῖν	à cause-de-quoi aussi ceux-ci por-
δασμὸν τεταγμένον,	un tribut réglé, [tent à nous
καὶ Κερασούντιοι	et les Cérasontins
καὶ οἱ Τραπεζούντιοι ὡσαύτως·	et les Trapézontins de-même :
ὥστε ἡ πόλις Σινώπεων	de sorte que la ville des Sinopéens
νομίζει πάσχειν	pense éprouver
ὅ τι ποιήσητε ἂν	quoi-que-ce-soit que vous fassiez
κακὸν τουτούς.	de mauvais à eux.
Νῦν δὲ ἀκούομεν	Or maintenant nous entendons-dire
ὑμᾶς παρεληλυθότας τε	vous et étant entrés
βίᾳ εἰς τὴν πόλιν	de force dans la ville [sons,
ἐνίους σκηνοῦν ἐν ταῖς οἰκίαις,	quelques-uns loger dans les mai-
καὶ λαμβάνειν ἐκ τῶν χωρίων	et *vous* prendre des lieux (terres)
ὧν δέησθε ἄν,	les choses dont vous pouvez avoir-
οὐ πείθοντας.	ne persuadant pas. [besoin
Οὐκ οὖν ἀξιοῦμεν	Donc nous ne trouvons-pas-justes
ταῦτα·	ces choses;
εἰ δὲ ποιήσετε ταῦτα,	or si vous ferez (faites) ces choses,
ἀνάγκη ἡμῖν	nécessité *est* à nous
ποιεῖσθαι φίλον	de faire-pour-nous ami
καὶ Κορύλαν καὶ Παφλαγόνας,	et Corylas et les Paphlagoniens
καὶ ἄλλον	et un autre
ὅντινα δυνώμεθα ἄν.	qui-que-ce-soit-que nous puissions.
Ξενοφῶν ἀναστὰς πρὸς ταῦτα	Xénophon s'étant levé à ces choses
εἶπεν ὑπὲρ τῶν στρατιωτῶν·	dit pour les soldats :
Ὦ ἄνδρες Σινωπεῖς,	O hommes Sinopéens,
ἡμεῖς δὲ ἥκομεν,	or nous sommes venus [avons sauvé
ἀγαπῶντες ὅτι διεσωσάμεθα	nous contentant de ce que nous
τὰ σώματα καὶ τὰ ὅπλα·	les (nos) corps et les (nos) armes ;
οὐ γὰρ ἦν δυνατὸν	car il n'était pas possible
ἅμα τε	et en-même-temps
ἄγειν καὶ φέρειν χρήματα	d'emmener et d'emporter des objets
καὶ μάχεσθαι τοῖς πολεμίοις.	et de combattre les ennemis.
Καὶ νῦν	Et maintenant

παρεῖχον γὰρ ἡμῖν ἀγοράν, ὠνούμενοι εἴχομεν τὰ ἐπιτήδεια, καὶ ἀνθ' ὧν ἐτίμησαν ἡμᾶς καὶ ξένια ἔδωκαν τῇ στρατιᾷ, ἀντετιμῶμεν αὐτούς, καὶ εἴ τις αὐτοῖς φίλος ἦν τῶν βαρβάρων, τούτων ἀπειχόμεθα· τοὺς δὲ πολεμίους αὐτῶν, ἐφ' οὓς αὐτοὶ ἡγοῖντο, κακῶς ἐποιοῦμεν ὅσον ἐδυνάμεθα.

Ἐρωτᾶτε δὲ αὐτοὺς ὁποίων τινῶν ἡμῶν ἔτυχον· πάρεισι γὰρ ἐνθάδε οὓς ἡμῖν ἡγεμόνας διὰ φιλίαν ἡ πόλις ξυνέπεμψεν. Ὅποι δ' ἂν ἐλθόντες ἀγορὰν μὴ ἔχωμεν, ἄν τε εἰς βάρβαρον γῆν ἄν τε εἰς Ἑλληνίδα, οὐχ ὕβρει, ἀλλὰ ἀνάγκῃ λαμβάνομεν τὰ ἐπιτήδεια. Καὶ Καρδούχους καὶ Ταόχους καὶ Χαλδαίους, καίπερ βασιλέως οὐχ ὑπηκόους ὄντας, ὅμως, καὶ μάλα φοβεροὺς ὄντας, πολεμίους ἐκτησάμεθα διὰ τὸ ἀνάγκην εἶναι λαμβάνειν τὰ ἐπι-

sommes arrivés à des villes grecques, à Trapézonte, où l'on nous a fourni un marché de vivres, nous n'avons rien pris qu'en payant : les citoyens ayant rendu des honneurs à l'armée, et lui ayant offert des présents d'hospitalité, nous leur avons rendu les mêmes honneurs ; de plus, nous avons épargné ceux des barbares dont ils sont alliés, tandis que leurs ennemis, ceux contre lesquels ils nous ont conduits eux-mêmes, nous leur avons fait tout le mal possible.

« Demandez-leur comment nous avons agi avec eux : il y en a ici que, par amitié, la ville nous a donnés pour guides. Seulement partout où, lors de notre arrivée, nous ne trouvons point de marché, que le pays soit grec ou barbare, nous prenons ce qu'il nous faut, non par licence, mais par nécessité. Nous avons fait la guerre aux Carduques, aux Chaldéens, aux Taoques, qui ne sont pas sujets du roi, mais des peuples redoutables : nous en avons fait des ennemis. Pourquoi ? par la nécessité de prendre des vivres,

ἐπεὶ ἤλθομεν	après que nous sommes venus
εἰς πόλεις Ἑλληνίδας,	dans des villes grecques,
ἐν Τραπεζοῦντι μέν,	à Trapézonte d'une-part,
εἴχομεν τὰ ἐπιτήδεια	nous avions les choses nécessaires
ὠνούμενοι,	*les* achetant,
παρεῖχον γὰρ ἡμῖν	car ils fournissaient à nous
ἀγοράν,	un marché-de-vivres,
καὶ ἀντετιμῶμεν αὐτοὺς	et nous honorions-en-retour eux
ἀντὶ ὧν	en-échange de ce que
ἐτίμησαν ἡμᾶς	ils honorèrent nous
καὶ ἔδωκαν τῇ στρατιᾷ	et donnèrent à l'armée
ξένια,	des présents-hospitaliers,
καὶ εἴ τις τῶν βαρβάρων	et si quelqu'un des barbares
ἦν φίλος αὐτοῖς,	était ami à eux, [gnions) ceux-ci ;
ἀπειχόμεθα τούτων·	nous nous abstenions de (nous épar-
ἐποιοῦμεν δὲ κακῶς	et nous faisions mal (du mal)
ὅσον ἐδυνάμεθα	autant que nous pouvions
τοὺς πολεμίους αὐτῶν,	aux ennemis d'eux, [conduisaient.
ἐπὶ οὓς αὐτοὶ ἡγοῖντο.	contre lesquels eux-mêmes *nous*
Ἐρώτατε δὲ αὐτοὺς	Or interrogez-les
ὁποίων τινῶν ἔτυχον ἡμῶν·	quelles choses ils obtinrent de nous;
οὓς γὰρ ἡ πόλις	car ceux que la ville
ξυνέπεμψεν ἡμῖν ἡγεμόνας	a envoyés-avec nous *comme* guides
διὰ φιλίαν,	par amitié,
πάρεισιν ἐνθάδε.	sont-présents ici.
Ὅποι δὲ ἐλθόντες	Mais là-où étant allés
μὴ ἔχωμεν ἂν	nous ne pourrions avoir
ἀγοράν,	un marché-de-vivres,
ἄν τε εἰς γῆν βάρβαρον	et si dans une terre barbare,
ἄν τε εἰς Ἑλληνίδα,	et si dans une *terre* grecque,
λαμβάνομεν τὰ ἐπιτήδεια,	nous prenons les choses nécessaires
οὐχ ὕβρει ἀλλὰ ἀνάγκῃ.	non par violence, mais par nécessité.
Καὶ ἐκτησάμεθα πολεμίους	Et nous avons acquis *pour* ennemis
Καρδούχους καὶ Ταόχους	les Carduques et les Taoques
καὶ Χαλδαίους,	et les Chaldéens,
καίπερ οὐκ ὄντας	quoique n'étant pas
ὑπηκόους βασιλέως,	dépendants du roi,
καὶ ὄντας μαλὰ φοβερούς,	et étant fort redoutables,
ὅμως διὰ τὸ	cependant à cause de ceci
ἀνάγκην εἶναι	nécessité être

τήδεια, ἐπεὶ ἀγορὰν οὐ παρεῖχον. Μάκρωνας δέ, καίπερ βαρβάρους ὄντας, ἐπεὶ ἀγορὰν οἵαν ἐδύναντο παρεῖχον, φίλους τε ἐνομίζομεν εἶναι καὶ βίᾳ οὐδὲν ἐλαμβάνομεν τῶν ἐκείνων. Κοτυωρίτας δέ, οὓς ὑμετέρους φατὲ εἶναι, εἴ τι αὐτῶν εἰλήφαμεν, αὐτοὶ αἴτιοί εἰσιν· οὐ γὰρ ὡς φίλοι προσεφέροντο ἡμῖν, ἀλλὰ κλείσαντες τὰς πύλας, οὔτε εἴσω ἐδέχοντο οὔτε ἔξω ἀγορὰν ἔπεμπον· ᾐτιῶντο δὲ τὸν παρ' ὑμῶν ἁρμοστὴν[1] τούτων αἴτιον εἶναι.

Ὃ δὲ λέγεις βίᾳ παρελθόντας σκηνοῦν, ἡμεῖς ἠξιοῦμεν τοὺς κάμνοντας εἰς τὰς στέγας δέξασθαι· ἐπεὶ δὲ οὐκ ἀνέῳγον τὰς πύλας, ᾗ ἡμᾶς ἐδέχετο αὐτὸ τὸ χωρίον, ταύτῃ εἰσελθόντες, ἄλλο μὲν οὐδὲν βίαιον ἐποιήσαμεν, σκηνοῦσι δ' ἐν ταῖς στέγαις οἱ κάμνοντες, τὰ ἑαυτῶν δαπανῶντες· καὶ τὰς πύλας φρουροῦμεν,

puisqu'ils ne voulaient pas nous en vendre. Les Macrons, au contraire, nation barbare nous en ayant fourni à prix d'argent, comme ils ont pu, nous les avons considérés comme amis, et n'avons rien pris chez eux par violence. Si nous avons pris quelque chose chez les Cotyorites, que vous dites dépendre de vous, ils en sont eux-mêmes responsables. Ils ne se sont pas conduits avec nous en amis : ils ont fermé leurs portes et ont refusé de nous recevoir chez eux et de rien nous vendre hors des murs; puis il sont venus auprès de nous accuser l'harmoste que vous leur avez donné d'en être la cause.

« Quant à ce que tu dis que nous sommes entrés de force dans les logements, nous avons demandé qu'on donnât un abri aux malades; et, comme on n'ouvrait pas les portes, nous sommes entrés dans la place du côté où l'accès en était facile, sans commettre d'autre violence : là, nos malades trouvent un abri et vivent à leurs frais; seulement nous gardons les portes, afin que nos malades ne soient pas

λαμβάνειν τὰ ἐπιτήδεια,	de prendre les choses nécessaires,
ἐπεὶ οὐ παρεῖχον	attendu qu'ils ne fournissaient pas
ἀγοράν.	un marché-de-vivres.
Ἐνομίζομεν δὲ Μάκρωνας,	Mais nous pensions les Macrons
καίπερ ὄντας βαρβάρους,	quoiqu'étant barbares,
εἶναί τε φίλους,	et être amis,
καὶ ἐλαμβάνομεν οὐδὲν βίᾳ	et nous ne prenions rien par force
τῶν ἐκείνων,	de ceux-là,
ἐπεὶ παρεῖχον	attendu qu'ils fournissaient
ἀγορὰν	un marché-de-vivres
οἵαν ἐδύναντο.	tel-qu'ils pouvaient.
Κοτυωρίτας δέ,	Mais *je pense* les Cotyorites,
οὕς φατε εἶναι ὑμετέρους,	que vous dites être vôtres, [d'(à)eux,
εἰ εἰλήφαμέν τι αὐτῶν,	si nous avons pris quelque chose
αὐτοί εἰσιν αἴτιοι·	eux-mêmes sont cause;
οὐ γὰρ προσεφέροντο ἡμῖν	car ils ne se comportaient-pas-en-
ὡς φίλοι,	comme amis, [vers nous
ἀλλὰ κλείσαντες τὰς πύλας,	mais ayant fermé les portes,
οὔτε ἐδέχοντο εἴσω,	ni ils ne *nous* recevaient dedans,
οὔτε ἔπεμπον ἔξω	ni ils n'envoyaient dehors
ἀγοράν·	un marché-de-vivres;
ᾐτιῶντο δὲ τὸν ἁρμοστὴν	mais ils accusaient l'harmoste
παρὰ ὑμῶν	*qu'ils ont reçu* de vous
εἶναι αἴτιον τούτων.	être cause de ces choses.
Ὃ δὲ λέγεις	Et ce que tu dis
παρελθόντας βίᾳ σκηνοῦν,	*nous* étant entrés de force loger,
ἠξιοῦμεν δέξασθαι	nous trouvions-juste avoir reçu
εἰς τὰς στέγας	dans les abris [(qu'ils reçussent)
τοὺς κάμνοντας·	ceux étant-malades;
ἐπεὶ δὲ	mais attendu que
οὐκ ἀνέῳγον τὰς πύλας,	ils n'ouvraient pas les portes,
εἰσελθόντες ταύτῃ	étant entrés par ce *côté*
ᾗ τὸ χωρίον αὐτὸ	par lequel la place elle-même
ἐδέχετο ἡμᾶς,	recevait nous,
ἐποιήσαμεν μὲν	nous n'avons fait d'une-part
οὐδὲν ἄλλο βίαιον,	aucune autre chose violente,
οἱ δὲ κάμνοντες	d'autre-part ceux étant-malades
σκηνοῦσιν ἐν ταῖς στέγαις,	logent dans les abris
δαπανῶντες τὰ ἑαυτῶν·	dépensant les choses d'eux-mêmes;
καὶ φρουροῦμεν τὰς πύλας,	et nous gardons les portes,

ὅπως μὴ ἐπὶ τῷ ὑμετέρῳ ἁρμοστῇ ὦσιν οἱ κάμνοντες ἡμῶν, ἀλλ' ἐφ' ἡμῖν ᾖ κομίσασθαι, ὅταν βουλώμεθα. Οἱ δὲ ἄλλοι, ὡς ὁρᾶτε, σκηνοῦμεν ὑπαίθριοι, ἐν τῇ τάξει, παρεσκευασμένοι, ἂν μέν τις εὖ ποιῇ, ἀντευποιεῖν, ἂν δὲ κακῶς, ἀλέξασθαι. Ἃ δὲ ἠπείλησας ὡς, ἢν ἡμῖν δοκῇ, Κορύλαν καὶ Παφλαγόνας ξυμμάχους ποιήσεσθε ἐφ' ἡμᾶς, ἡμεῖς δέ, ἢν μὲν ἀνάγκη ᾖ, πολεμήσομεν καὶ ἀμφοτέροις · ἤδη γὰρ καὶ ἄλλοις πολλαπλασίοις ὑμῶν ἐπολεμήσαμεν· ἂν δὲ δοκῇ ἡμῖν, καὶ φίλον ποιούμεθα τὸν Παφλαγόνα. Ἀκούομεν δὲ αὐτὸν καὶ ἐπιθυμεῖν τῆς ὑμετέρας πόλεως καὶ χωρίων τῶν ἐπιθαλαττίων. Πειρασόμεθα οὖν συμπράττοντες αὐτῷ ὧν ἐπιθυμεῖ, φίλοι γίγνεσθαι.

Ἐκ τούτου μάλα μὲν δῆλοι ἦσαν οἱ ξυμπρέσβεις τῷ Ἑκατω-

sous la dépendance de votre harmoste, et que nous puissions les transporter quand nous le voudrons. Les autres, vous le voyez, couchent en plein air et en bon ordre, toujours prêts à rendre service pour service, insulte pour insulte. Tu nous menaces et tu dis que, si bon vous semble, vous aurez pour alliés contre nous Corylas et les Paphlagoniens. Eh bien ! nous, si nous y sommes contraints, nous vous ferons la guerre à tous. Nous nous sommes déjà essayés contre des forces bien supérieures aux vôtres ; mais, de plus si nous voulons, nous aurons le Paphlagonien pour ami. nous savons qu'il désire s'emparer de votre ville et de vos places maritimes. Nous essayerons donc, devenus ses amis, d'agir de concert avec lui dans ce qu'il médite. »

On voit clairement que les collègues d'ambassade d'Hécatonyme

ὅπως οἱ ἡμῶν κάμνοντες	afin que ceux de nous étant malades
μὴ ὦσιν	ne soient pas
ἐπὶ ὑμετέρῳ ἁρμοστῇ·	au-pouvoir-de votre harmoste;
ἀλλὰ ᾖ ἐπὶ ἡμῖν	mais *qu*'il soit au-pouvoir-de nous
κομίσασθαι,	de *les* avoir emportés,
ὅταν βουλώμεθα.	lorsque nous voudrons. [voyez,
Οἱ δὲ ἄλλοι, ὡς ὁρᾶτε,	Mais *nous* les autres, comme vous
σκηνοῦμεν ὑπαίθριοι	nous campons sous l'air (en-plein
ἐν τῇ τάξει,	dans le rang (en ordre), [air)
παρεσκευασμένοι ἀντευποιεῖν,	préparés à faire-du-bien-en-retour,
ἄν μέν τις	si d'une-part quelqu'un
ποιῇ εὖ,	fait bien (du bien)
ἂν δὲ κακῶς,	mais s'il *fait* mal (du mal),
ἀλέξασθαι.	à avoir repoussé.
Ἃ δὲ ἠπείλησας	Et les choses que tu a menacées
ὡς, ἢν δοκῇ ὑμῖν,	que, s'il paraît-bon à vous,
ποιήσεσθε	vous ferez-pour-vous
Κορύλαν καὶ Παφλαγόνας	Corylas et les Paphlagoniens
ξυμμάχους ἐπὶ ἡμᾶς,	alliés contre nous,
ἡμεῖς δέ,	or nous,
ἢν μὲν ἀνάγκη ᾖ,	si d'une part nécessité est,
πολεμήσομεν	nous ferons-la-guerre
καὶ ἀμφοτέροις·	même aux uns-et-aux-autres
ἐπολεμήσαμεν γὰρ ἤδη	car nous avons-fait-la-guerre déjà
πολλαπλασίοις	à de beaucoup-plus-nombreux
ὑμῶν·	que vous;
ἂν δὲ δοκῇ ἡμῖν,	d'autre-part s'il paraît-bon à nous,
καὶ ποιούμεθα φίλον	nous faisons pour-nous ami aussi
τὸν Παφλαγόνα.	le Paphlagonien.
Ἀκούομεν δὲ αὐτὸν ἐπιθυμεῖν	Or nous-entendons-dire lui désirer
καὶ τῆς ὑμετέρας πόλεως	et votre ville,
καὶ χωρίων τῶν ἐπιθαλαττίων.	et les places celles maritimes.
Πειρασόμεθα οὖν	Nous essayerons donc
γίγνεσθαι φίλοι	de devenir amis
συμπράττοντες αὐτῷ	en faisant-avec lui
ὧν ἐπιθυμεῖ.	les choses qu'il désire.
Ἐκ τούτου	A-la-suite-de cela
οἱ ξυμπρέσβεις	les collègues-d'-ambassade
τῷ Ἑκατωνύμῳ	à (d') Hécatonyme
ἦσαν μὲν μαλὰ δῆλοι	étaient d'une-part fort évidents

νύμῳ χαλεπαίνοντες τοῖς εἰρημένοις, παρελθὼν δ' αὐτῶν ἄλλος εἶπεν, ὅτι οὐ πόλεμον ποιησόμενοι ἥκοιεν, ἀλλὰ ἐπιδείξοντες, ὅτι φίλοι εἰσί. Καὶ ξενίοις, ἢν μὲν ἔλθητε πρὸς τὴν Σινωπέων πόλιν, ἐκεῖ δεξόμεθα, νῦν δὲ τοὺς ἐνθάδε κελεύσομεν διδόναι ἃ δύνανται· ὁρῶμεν γὰρ πάντα ἀληθῆ ὄντα ἃ λέγετε. Ἐκ τούτου ξένιά τε ἔπεμπον οἱ Κοτυωρῖται, καὶ οἱ στρατηγοὶ τῶν Ἑλλήνων ἐξένιζον τοὺς τῶν Σινωπέων πρέσβεις, καὶ πρὸς ἀλλήλους πολλά τε καὶ ἐπιτήδεια διελέγοντο, τά τε ἄλλα καὶ περὶ τῆς λοιπῆς πορείας ἐπυνθάνοντο καὶ ὧν ἑκάτεροι ἐδέοντο.

VI. Ταύτῃ μὲν τῇ ἡμέρᾳ τοῦτο τὸ τέλος ἐγένετο· τῇ δὲ ὑστεραίᾳ ξυνέλεξαν οἱ στρατηγοὶ τοὺς στρατιώτας, καὶ ἐδόκει αὐτοῖς περὶ τῆς λοιπῆς πορείας παρακαλέσαντας τοὺς Σινωπέας βουλεύεσθαι. Εἴτε γὰρ πεζῇ δέοι πορεύεσθαι, χρήσιμοι ἂν ἐδόκουν εἶναι οἱ Σινωπεῖς ἡγούμενοι· ἔμπειροι γὰρ ἦσαν τῆς Παφλαγο-

sont fort mécontents de son discours. L'un d'eux s'avance, et dit qu'ils ne sont pas venus déclarer la guerre, mais prouver qu'ils sont amis. « C'est par des présents hospitaliers que nous vous accueillerons, si vous venez à Sinope. Pour l'instant, nous allons ordonner aux gens de ce pays de vous fournir ce qui dépend d'eux ; car nous voyons que tout ce que vous dites est vrai. » Bientôt après, les Cotyorites envoient des présents d'hospitalité ; de leur côté, les stratéges grecs font aux envoyés de Sinope un accueil hospitalier ; ils ont ensemble une longue conférence sur leurs affaires respectives, notamment sur le reste de la route à faire et sur les services reciproques qui peuvent être rendus.

VI. Telle fut la fin de cette journée. Le lendemain, les stratéges convoquent les soldats, et jugent convenable de délibérer sur la route à suivre, en prenant conseil des Sinopéens. S'il fallait aller par terre, il paraissait utile d'avoir des Sinopéens pour guides, attendu qu'ils connaissaient la Paphlagonie; si l'on voulait aller

χαλεπαίνοντες τοῖς εἰρημένοις,	mécontents des choses dites,
ἄλλος δὲ αὐτῶν	et un autre d'*entre* eux
παρελθὼν εἶπεν,	s'étant avancé dit,
ὅτι ἥκοιεν	qu'ils étaient venus
οὐ ποιησόμενοι τὸν πόλεμον,	non devant faire la guerre, [amis.
ἀλλὰ ἐπιδείξοντες ὅτι εἰσι φίλοι.	mais devant montrer qu'ils sont
Καί, ἢν μὲν ἔλθητε	Et, si d'une-part vous êtes venus
πρὸς τὴν πόλιν τῶν Σινωπέων,	vers la ville des Sinopéens,
δεξόμεθα ἐκεῖ	nous *vous* recevrons là
ξενίοις,	par des présents-hospitaliers,
νῦν δὲ κελεύσομεν τοὺς ἐνθάδε	et maintenant nous ordonnerons
διδόναι ἃ δύνανται·	donner ce qu'ils peuvent; [ceux ici
ὁρῶμεν γὰρ	car nous voyons
πάντα ἃ λέγετε	toutes-les-choses que vous-dites
ὄντα ἀληθῆ.	étant vraies.
Ἐκ τούτου	A-la-suite-de cela
οἵ τε Κοτυωρῖται ἔπεμπον	et les Cotyorites envoyaient
ξένια,	des présents-hospitaliers,
καὶ οἱ στρατηγοὶ τῶν Ἑλλήνων	et les stratéges des Grecs
ἐξένιζον	recevaient-par-l'hospitalité
τοὺς πρέσβεις τῶν Σινωπέων,	les députés des Sinopéens,
καὶ διελέγοντο πρὸς ἀλλήλους	et ils s'entretenaient les uns-avec-
πολλά τε	et de choses nombreuses [les autres
καὶ ἐπιτήδεια,	et de choses nécessaires, [choses
ἐπυνθάνοντό τε τὰ ἄλλα	et ils interrogeaient *sur* les autres
καὶ περὶ τῆς λοιπῆς πορείας	et sur l'autre (le reste de la) route
καὶ ὧν ἑκάτεροι	et *sur* les choses dont chacuns-des
ἐδέοντο.	ils avaient-besoin. [deux-côtés
VI. Τοῦτο τὸ τέλος ἐγένετο	VI. Cette fin fut
ταύτῃ μὲν τῇ ἡμέρᾳ·	à ce jour d'une-part;
τῇ δὲ ὑστεραίᾳ	d'autre-part le *jour* d'-après
οἱ στρατηγοὶ ξυνέλεξαν	les stratéges convoquèrent
τοὺς στρατιώτας,	les soldats,
καὶ ἐδόκει αὐτοῖς	et il paraissait-bon à eux
παρακαλέσαντας τοὺς Σινωπέας	ayant appelé les Sinopéens
βουλεύεσθαι	de délibérer
περὶ τῆς πορείας λοιπῆς.	sur la route qui-restait.
Εἴτε γὰρ δέοι πορεύεσθαι πεζῇ,	Car soit qu'il fallût marcher à-pied,
Σινωπεῖς ἐδόκουν	les Sinopéens paraissaient
εἶναι ἂν χρήσιμοι ἡγούμενοι·	devoir être utiles en guidant;

νίας· εἴτε κατὰ θάλατταν, προσδεῖν ἐδόκει Σινωπέων· μόνοι γὰρ ἂν ἐδόκουν ἱκανοὶ εἶναι πλοῖα παρασχεῖν ἀρκοῦντα τῇ στρατιᾷ. Καλέσαντες οὖν τοὺς πρέσβεις ξυνεβουλεύοντο, καὶ ἠξίουν Ἕλληνας ὄντας Ἕλλησι τούτῳ πρῶτον καλῶς δέχεσθαι τῷ εὔνους τε εἶναι καὶ τὰ βέλτιστα ξυμβουλεύειν.

Ἀναστὰς δὲ Ἑκατώνυμος πρῶτον μὲν ἀπελογήσατο περὶ οὗ εἶπεν, ὡς τὸν Παφλαγόνα φίλον ποιήσοιντο, ὅτι οὐχ, ὡς τοῖς Ἕλλησι πολεμησόντων σφῶν, εἴποι, ἀλλ' ὅτι, ἐξὸν τοῖς βαρβάροις φίλους εἶναι, τοὺς Ἕλληνας αἱρήσονται. Ἐπεὶ δὲ ξυμβουλεύειν ἐκέλευον, ἐπευξάμενος ὧδε εἶπεν· Εἰ μὲν ξυμβουλεύοιμι ἃ βέλτιστά μοι δοκεῖ εἶναι, πολλά μοι κἀγαθὰ γένοιτο· εἰ δὲ μή, τἀναντία. Αὕτη γὰρ ἡ ἱερὰ ξυμβουλὴ λεγομένη εἶναι[1] δο-

par mer, il fallait encore recourir aux Sinopéens : seuls, en effet, ils paraissaient en état de fournir la quantité de bâtiments nécessaires à l'armée. On appelle donc les députés aux délibérations, et on leur expose qu'en qualité de Grecs, le premier service à rendre à des Grecs, c'est de leur témoigner de la bienveillance et de leur donner le meilleur conseil.

Hécatonyme se lève, et commence par une apologie de ce qu'il avait dit au sujet de l'alliance avec les Paphlagoniens : il n'avait pas voulu dire qu'on ferait avec eux la guerre aux Grecs, mais que, pouvant avoir les barbares pour amis, on préférerait les Grecs. Pressé de dire son avis, il invoque les dieux et dit : « Si je vous conseille le meilleur parti, puisse-t-il m'arriver toutes sortes de biens! Autrement, qu'il m'arrive le contraire ! Cette délibération qu'on dit être sacrée, je la regarde comme telle. En ce moment, si l'on

ἦσαν γὰρ ἔμπειροι	car ils étaient ayant-l'-expérience
τῆς Παφλαγονίας·	de la Paphlagonie ;
εἴτε κατὰ θάλατταν,	soit *qu'il fallût aller* par mer,
ἐδόκει προσδεῖν	il semblait être-encore-besoin
τῶν Σινωπέων·	des Sinopéens ;
ἐδόκουν γὰρ	car ils paraissaient
εἶναι ἂν μόνοι ἱκανοὶ	devoir être seuls capables [sport
παρασχεῖν πλοῖα	d'avoir fourni des bâtiments-de-tran-
ἀρκοῦντα τῇ στρατιᾷ.	suffisants à (pour) l'armée.
Καλέσαντες οὖν τοὺς πρέσβεις	Ayant donc appelé les députés,
ξυνεβουλεύοντο	ils délibéraient-avec *eux*, [daient
καὶ ἠξίουν	et ils trouvaient-juste (ils deman-
ὄντας Ἕλληνας	*ceux-là* étant Grecs
δέχεσθαι καλῶς τούτῳ πρῶτον	bien recevoir par ceci d'abord
εἶναί τε εὔνους Ἕλλησι	et être bienveillants pour des Grecs
καὶ ξυμβουλεύειν τὰ βέλτιστα.	et conseiller les meilleures choses.
Ἑκατώνυμος δὲ ἀναστὰς	Or Hécatonyme s'étant levé
ἀπελογήσατο πρῶτον μὲν	se justifia d'une-part d'abord
περὶ οὗ εἶπεν,	sur ce qu'il avait dit,
ὡς ποιήσοιντο φίλον	*à savoir* qu'ils feraient-pour-eux ami
τὸν Παφλαγόνα,	le Paphlagonien,
ὅτι εἴποι	qu'il avait dit cela
οὐχ ὡς σφῶν	non comme eux-mêmes
πολεμησόντων τοῖς Ἕλλησι,	devant faire-la-guerre aux Grecs,
ἀλλὰ ὅτι αἱρήσονται	mais parce qu'ils préféreront
τοὺς Ἕλληνας	les Grecs [permis
ἐξὸν	étant permis (quand il leur serait
εἶναι φίλους τοῖς βαρβάροις.	être amis aux barbares. [seiller,
Ἐπεὶ δὲ ἐκέλευον ξυμβουλεύειν,	Mais comme ils *l'*engageaient à con-
ἐπευξάμενος εἶπεν ὧδε·	ayant prié il parla ainsi :
Εἰ μὲν ξυμβουλεύοιμι	Si d'une-part je conseille
ἃ δοκεῖ μοι	les choses qui paraissent à moi
εἶναι βέλτιστα,	être les meilleures,
πολλὰ καὶ ἀγαθὰ	*que* des choses nombreuses et bonnes
γένοιτό μοι·	puissent-être à moi ;
εἰ δὲ μή, τὰ ἐναντία.	sinon, les choses contraires.
Αὕτη γὰρ ἡ ξυμβουλὴ	Car cette délibération
λεγομένη ἱερὰ	appelée sacrée
δοκεῖ μοι παρεῖναι·	paraît à moi être-présente ;
νῦν γὰρ δὴ	car maintenant certes

κεῖ μοι παρεῖναι· νῦν γὰρ δὴ ἂν μὲν εὖ ξυμβουλεύσας φανῶ, πολλοὶ ἔσεσθε οἱ ἐπαινοῦντές με, ἂν δὲ κακῶς, πολλοὶ ἔσεσθε οἱ καταρώμενοι.

Πράγματα μὲν οὖν οἶδ' ὅτι πολὺ πλείω ἕξομεν, ἐὰν κατὰ θάλατταν κομίζησθε· ἡμᾶς γὰρ δεήσει τὰ πλοῖα πορίζειν· ἢν δὲ κατὰ γῆν στέλλησθε, ὑμᾶς δεήσει τοὺς μαχομένους εἶναι. Ὅμως δὲ λεκτέα ἃ γιγνώσκω· ἔμπειρος γάρ εἰμι καὶ τῆς χώρας τῶν Παφλαγόνων καὶ τῆς δυνάμεως· ἔχει γὰρ ἀμφότερα καὶ πεδία κάλλιστα καὶ ὄρη ὑψηλότατα. Καὶ πρῶτον μὲν οἶδα εὐθὺς ᾗ τὴν εἰσβολὴν ἀνάγκη ποιεῖσθαι· οὐ γάρ ἐστιν ἄλλη ἢ ᾗ τὰ κέρατα τοῦ ὄρους τῆς ὁδοῦ καθ' ἑκάτερα ἐστιν ὑψηλά, ἃ κρατεῖν κατέχοντες καὶ πάνυ ὀλίγοι δύναιντ' ἄν· τούτων δὲ κατεχομένων οὐδ' ἂν οἱ πάντες ἄνθρωποι δύναιντ' ἂν διελθεῖν. Ταῦτα δὲ καὶ

voit que j'ai donné un bon conseil, vous serez beaucoup à me louer ; s'il est mauvais, vous serez beaucoup à me maudire.

« Je sais que ce sera pour nous une bien plus grosse affaire, si vous vous faites transporter par mer, car il faudra que nous vous procurions des vivres ; tandis que, si vous vous en allez par terre, c'est vous qui vous ferez un passage en combattant. Je dirai pourtant ce que je sais, vu que je connais par expérience le pays et les forces des Paphlagoniens. Leur pays est de deux natures, de fort belles plaines et de très-hautes montagnes. Et d'abord, je sais par où il faut y entrer directement. Il n'y a pas d'autre chemin qu'une gorge dominée des deux côtés par des montagnes élevées. « Qu'une poignée d'hommes occupe, s'ils le peuvent, ces hauteurs. Une fois qu'ils en sont maîtres, il n'y a pas d'hommes qui puissent y passer. Je vous le ferai voir, si vous voulez y envoyer quelqu'un

ἂν μὲν φανῶ	si d'une-part je parais
ξυμβουλεύσας εὖ,	ayant conseillé bien,
ἔσεσθε πολλοὶ	vous serez beaucoup
οἱ ἐπαινοῦντές με,	les louant (qui louerez) moi,
ἂν δὲ κακῶς,	d'autre-part si *je conseille* mal,
ἔσεσθε πολλοὶ	vous serez beaucoup
οἱ καταρώμενοι.	les maudissant (qui maudirez) *moi*.
Οἶδα μὲν οὖν	Je sais d'une-part donc
ὅτι ἕξομεν πράγματα	que nous aurons des affaires
πολὺ πλείω,	beaucoup plus nombreuses,
ἐὰν κομίζησθε κατὰ θάλατταν·	si vous êtes transportés par mer;
δεήσει γὰρ ἡμᾶς	car il faudra nous
πορίζειν τὰ πλοῖα·	fournir les bâtiments-de-transport;
ἢν δὲ στέλλησθε κατὰ γῆν,	mais si vous faites-route par terre,
δεήσει ὑμᾶς	il faudra vous
εἶναι τοὺς μαχομένους.	être ceux combattant.
Ὅμως δὲ ἃ γιγνώσκω	Et cependant les choses que je pense
λεκτέα·	*sont* à-dire;
εἰμὶ γὰρ ἔμπειρος	car je suis ayant-l'-expérience
καὶ τῆς χώρας καὶ τῆς δυνάμεως	et du pays et de la puissance
τῶν Παφλαγόνων·	des Paphlagoniens;
ἔχει γὰρ ἀμφότερα	car il (ce pays) a ces-deux-choses
καὶ πεδία κάλλιστα	et des plaines très-belles
καὶ ὄρη ὑψηλότατα.	et des montagnes très-élevées.
Καὶ πρῶτον μὲν οἶδα	Et d'une-part d'abord je sais
ᾗ ἀνάγκη	par-où nécessité *est*
ποιεῖσθαι εὐθὺς τὴν εἰσβολήν·	faire directement l'irruption;
οὐ γὰρ ἔστιν ἄλλη	car il n'est-pas-possible par un au-
ἢ ᾗ	que *celui* par lequel [tre *côté*
τὰ κέρατα τοῦ ὄρους	les croissants de la montagne
ἐστὶν ὑψηλὰ	sont élevés [route,
κατὰ ἑκάτερα τῆς ὁδοῦ,	de chacun-des-deux côtés de la
ἃ	lesquels [nombreux.
καὶ πάνυ ὀλίγοι	même *des hommes* tout-à-fait peu
κατέχοντες	occupant
δύναιντο ἂν κρατεῖν·	pourraient être maîtres;
τούτων δὲ κατεχομένων	or ceux-ci étant occupés
οὐδὲ πάντες οἱ ἄνθρωποι,	pas-même tous les hommes
δύναιντο ἂν διελθεῖν.	ne pourraient avoir passé.
Δείξαιμι ἂν δὲ καὶ ταῦτα	Or et je montrerais aussi ces choses

δείξαιμι ἄν, εἴ μοί τινα βούλοισθε ξυμπέμψαι. Ἔπειτα δὲ οἶδα καὶ πεδία ὄντα καὶ ἱππείαν, ἣν αὐτοὶ οἱ βάρβαροι νομίζουσι κρείττω εἶναι ἁπάσης τῆς βασιλέως ἱππείας. Καὶ νῦν οὗτοι οὐ παρεγένοντο βασιλεῖ καλοῦντι, ἀλλὰ μεῖζον φρονεῖ ὁ ἄρχων[1] αὐτῶν.

Εἰ δὲ καὶ δυνηθεῖτε τά τε ὄρη κλέψαι ἢ φθάσαι λαβόντες καὶ ἐν τῷ πεδίῳ κρατῆσαι μαχόμενοι τούς τε ἱππεῖς τούτων καὶ πεζῶν μυριάδας πλεῖον ἢ δώδεκα, ἥξετε ἐπὶ τοὺς ποταμούς, πρῶτον μὲν τὸν Θερμώδοντα[2], εὖρος τριῶν πλέθρων[3], ὃν χαλεπόν, οἶμαι, διαβαίνειν, ἄλλως τε καὶ πολεμίων πολλῶν μὲν ἔμπροσθεν ὄντων, πολλῶν δὲ ὄπισθεν ἑπομένων· δεύτερον δ' Ἶριν[4], τρίπλεθρον ὡσαύτως· τρίτον δ' Ἅλυν[5], οὐ μείω δυοῖν σταδίοιν, ὃν οὐκ ἂν δύναισθε ἄνευ πλοίων διαβῆναι· πλοῖα δὲ

avec moi. Je sais ensuite que dans la plaine il y a une cavalerie considérée par les barbares comme supérieure à toute la cavalerie du roi. Ces gens-là ne se sont point rendus à l'appel du roi : leur chef est bien trop fier.

« Supposons que vous puissiez passer ces montagnes à la dérobée ou en prévenant l'ennemi, et qu'arrivés dans la plaine, vous battiez cette cavalerie, soutenue d'une infanterie qui monte à plus de douze myriades ; vous arrivez à des fleuves, et d'abord au Thermodon, large de trois plèthres : il ne sera pas facile, je crois, de le passer, surtout ayant des ennemis nombreux en tête et sur vos derrières. Le second fleuve est l'Iris, qui a aussi trois plèthres de largeur ; et le troisième l'Halys, qui n'a pas moins de deux stades de large. Vous ne pourriez le traverser sans bateaux ; mais des bateaux, qui vous en fournira? Vient ensuite le Parthénius : il n'est pas

εἰ βούλοισθε	si vous vouliez
ξυμπέμψαι μοί τινα.	avoir envoyé-avec moi quelqu'un.
Ἔπειτα δὲ οἶδα	Et ensuite je sais [nes)
πεδία ὄντα	des plaines étant (qu'il y a des plai-
καὶ ἱππείαν,	et une cavalerie,
ἣν οἱ βάρβαροι αὐτοὶ	que les barbares eux-mêmes
νομίζουσιν εἶναι κρείττω	pensent être meilleure
ἁπάσης τῆς ἱππείας βασίλεως.	que toute la cavalerie du roi.
Καὶ νῦν οὗτοι	Et maintenant ceux-ci
οὐ παρεγένοντο βασιλεῖ	ne furent-pas-auprès du roi
καλοῦντι,	appelant (qui les appelait),
ἀλλὰ ὁ ἄρχων αὐτῶν	mais le chef d'eux [fier).
φρονεῖ μεῖζον.	pense plus grandement (est trop
Εἰ δὲ καὶ δυνηθεῖτε	Or si même vous pouviez [tagnes
κλέψαι τε τὰ ὄρη	et avoir passé-furtivement les mon-
ἢ φθάσαι λαβόντες,	ou avoir devancé *les* ayant prises,
καὶ μαχόμενοι ἐν τῷ πεδίῳ	et combattant dans la plaine
κρατῆσαι	avoir vaincu
τούς τε ἱππεῖς τούτων,	et les cavaliers de ceux-ci,
καὶ μυριάδας πεζῶν	et des myriades de fantassins
πλεῖον ἢ δώδεκα,	plus que douze,
ἥξετε ἐπὶ τοὺς ποταμούς,	vous arriverez vers les fleuves,
πρῶτον μὲν	premièrement d'une-part
τὸν Θερμώδοντα,	le Thermodon
τριῶν πλέθρων εὖρος,	de trois plèthres *quant à* la largeur,
ὃν χαλεπόν, οἶμαι,	lequel *il est* difficile, je pense,
διαβαίνειν,	de passer,
ἄλλως τε καὶ	et d'ailleurs aussi
πολλῶν πολεμίων μὲν	beaucoup d'ennemis d'une-part
ὄντων ἔμπροσθεν,	étant en-avant,
πολλῶν δὲ	beaucoup d'autre-part
ἑπομένων ὄπισθεν·	suivant derrière;
δεύτερον δὲ Ἶριν,	et deuxièmement l'Iris,
τρίπλεθρον ὡσαύτως·	de trois-plèthres de-même;
τρίτον δὲ Ἅλυν,	et troisièmement l'Halys,
οὐ μείω δυοῖν σταδίοιν,	non moindre que deux stades,
ὃν οὐ δύναισθε ἂν διαβῆναι	lequel vous ne pourriez avoir passé
ἄνευ πλοίων·	sans bâtiments-de-transport;
τίς δὲ ἔσται	or qui sera [transport?
ὁ παρέχων πλοῖα;	le fournissant des bâtiments-de-

τίς ἔσται ὁ παρέχων; ὡς δ' αὔτως καὶ ὁ Παρθένιος[1] ἄβατος· ἐφ' ὃν ἔλθοιτε ἄν, εἰ τὸν Ἅλυν διαβαίητε. Ἐγὼ μὲν οὖν οὐ χαλεπὴν ὑμῖν εἶναι νομίζω τὴν πορείαν, ἀλλὰ παντάπασιν ἀδύνατον. Ἂν δὲ πλέητε, ἔστιν ἐνθένδε μὲν εἰς Σινώπην παραπλεῦσαι, ἐκ Σινώπης δὲ εἰς Ἡράκλειαν[2]· ἐξ Ἡρακλείας δὲ οὔτε πεζῇ οὔτε κατὰ θάλατταν ἀπορία· πολλὰ γὰρ καὶ πλοῖά ἐστιν ἐν Ἡρακλείᾳ.

Ἐπεὶ δὲ ταῦτα ἔλεξεν, οἱ μὲν ὑπώπτευον φιλίας ἕνεκα τῆς Κορύλα λέγειν· καὶ γὰρ ἦν πρόξενος αὐτῷ· οἱ δὲ καὶ ὡς δῶρα ληψόμενον διὰ τὴν ξυμβουλὴν ταύτην· οἱ δὲ ὑπώπτευον καὶ τούτου ἕνεκα λέγειν, ὡς μὴ πεζῇ ἰόντες τὴν Σινωπέων τι χώραν κακὸν ἐργάζοιντο· Οἱ δ' οὖν Ἕλληνες ἐψηφίσαντο κατὰ θάλατταν τὴν πορείαν ποιεῖσθαι. Μετὰ ταῦτα Ξενοφῶν εἶπεν· Ὦ Σινωπεῖς, οἱ μὲν ἄνδρες ᾕρηνται πορείαν ἣν ὑμεῖς ξυμβου-

plus guéable; et cependant il faudra le passer, à supposer que vous ayez franchi l'Halys. Je pense donc que la route de terre vous sera non-seulement difficile, mais complétement impossible. Si, au contraire, vous vous embarquez, vous longez la côte d'ici à Sinope, et de Sinope à Héraclée, puis, d'Héraclée, vous n'avez aucun embarras, soit par terre, soit par mer, vu qu'à Héraclée se trouvent beaucoup de bâtiments. »

Quand il a fini de parler, les uns le soupçonnent d'avoir parlé par amitié pour Corylas, dont il est le proxène; les autres, que l'espoir d'une récompense lui a dicté cet avis; d'autres enfin le soupçonnent d'avoir parlé dans la crainte qu'en allant par terre on ne mette à mal le territoire des Sinopéens. Les Grecs cependant décident qu'on achèvera la route par mer. Alors Xénophon. prenant la parole: « Sinopéens, dit-il, nos hommes choisissent la route que vous leur conseillez; mais voici comment. S'il doit se

ὡς δὲ αὔτως	et comme de même
καὶ ὁ Παρθένιος ἄβατος·	aussi le Parthénius *est* non-guéable;
ἐπὶ ὃν ἔλθοιτε ἄν,	vers lequel vous arriveriez,
εἰ διαβαίητε τὸν Ἅλυν.	si vous passiez l'Halys.
Ἐγὼ μὲν οὖν	Moi d'une-part donc
νομίζω τὴν πορείαν	je pense la marche
εἶναι ὑμῖν	être à vous
οὐ χαλεπήν,	non difficile,
ἀλλὰ παντάπασιν ἀδύνατον.	mais tout-à-fait impossible.
Ἂν δὲ πλέητε,	Mais si vous naviguez,
ἔστι μὲν παραπλεῦσαι	il est-possible d'une-part d'avoir
ἐνθένδε εἰς Σινώπην,	d'ici à Sinope, [navigué-en-longeant
ἐκ Σινώπης δὲ	de Sinope d'autre-part.
εἰς Ἡράκλειαν·	à Héraclée;
ἐξ Ἡρακλείας δὲ ἀπορία	or d'Héraclée embarras *n'est*
οὔτε πεζῇ	ni pédestrement
οὔτε κατὰ θάλατταν·	ni par mer; [de-transport
πολλὰ γὰρ καὶ πλοῖά	car beaucoup même de bâtiments-
ἐστιν ἐν Ἡρακλείᾳ.	sont dans Héraclée.
Ἐπεὶ δὲ ἔλεξε ταῦτα,	Or après qu'il eut dit ces choses,
οἱ μὲν ὑπώπτευον λέγειν	les uns soupçonnaient *lui* parler
ἕνεκα τῆς φιλίας Κορύλα·	à cause de l'amitié de (pour) Corylas;
καὶ γὰρ ἦν	et en-effet il était
πρόξενος αὐτῷ·	proxène à (de) lui;
οἱ δὲ καὶ	les autres aussi
ὡς ληψόμενον δῶρα	comme devant recevoir des présents
διὰ ταύτην τὴν ξυμβουλήν·	à cause de ce conseil;
οἱ δὲ ὑπώπτευον	les autres soupçonnaient
λέγειν καὶ ἕνεκα τούτου	*lui* parler aussi à cause de ceci
ὡς μὴ ἰόντες πεζῇ	de peur qu'allant pédestrement
ἐργάζοιντό τι κακὸν	ils ne fissent quelque mal
τὴν χώραν τῶν Σινωπέων.	au pays des Sinopéens.
Οἱ δὲ οὖν Ἕλληνες ἐψηφίσαντο	Or donc les gens votèrent
ποιεῖσθαι	de faire (qu'ils feraient)
τὴν πορείαν κατὰ θάλατταν.	la route par mer.
Μετὰ ταῦτα Ξενοφῶν εἶπεν·	Après ces choses Xénophon dit :
Ὦ Σινωπεῖς,	O Sinopéens,
οἱ μὲν ἄνδρες	les hommes d'une-part
ᾕρηνται πορείαν	ont préféré la route
ἣν ὑμεῖς ξυμβουλεύετε·	que vous vous conseillez;

λεύετε· οὕτω δὲ ἔχει· εἰ μὲν πλοῖα ἔσεσθαι μέλλει ἱκανὰ ἀριθμῷ ὡς ἕνα μὴ καταλείπεσθαι ἐνθάδε, ἡμεῖς ἂν πλέοιμεν· εἰ δὲ μέλλοιμεν οἱ μὲν καταλείψεσθαι, οἱ δὲ πλεύσεσθαι, οὐκ ἂν ἐμβαίημεν εἰς τὰ πλοῖα. Γιγνώσκομεν γὰρ ὅτι, ὅπου μὲν ἂν κρατῶμεν, δυναίμεθ' ἂν καὶ σώζεσθαι καὶ τὰ ἐπιτήδεια ἔχειν· εἰ δέ που ἥττους τῶν πολεμίων ληφθησόμεθα, εὔδηλον δὴ ὅτι ἐν ἀνδραπόδων χώρᾳ ἐσόμεθα. Ἀκούσαντες ταῦτα οἱ πρέσβεις ἐκέλευον πέμπειν πρέσβεις. Καὶ πέμπουσι Καλλίμαχον Ἀρκάδα καὶ Ἀρίστωνα Ἀθηναῖον καὶ Σαμόλαν Ἀχαιόν. Καὶ οἱ μὲν ᾤχοντο.

Ἐν δὲ τούτῳ τῷ χρόνῳ Ξενοφῶντι, ὁρῶντι μὲν ὁπλίτας πολλοὺς τῶν Ἑλλήνων, ὁρῶντι δὲ καὶ πελταστὰς πολλοὺς καὶ τοξότας καὶ σφενδονήτας καὶ ἱππεῖς δέ καὶ μάλα ἤδη διὰ τὴν

trouver assez de bâtiments pour qu'il ne reste pas ici même un seul homme, nous sommes prêts à nous embarquer; mais s'il faut que les uns restent ici et que les autres s'embarquent, pas un de nous ne montera à bord. Nous savons que, partout où nous serons en force, nous pourrons nous sauver et avoir des vivres. Mais si nous sommes pris à être plus faibles que nos ennemis, il est clair que nous serons traités comme des esclaves. » Cette réponse entendue, les députés prient d'envoyer des députés à Sinope. On envoie Callimaque d'Arcadie, Ariston d'Athènes, et Samolas d'Achaïe : ils partent sur le champ.

Dans le même temps Xénophon, voyant cette foule d'hoplites Grecs, cette foule de peltastes, d'archers, de frondeurs, de cavaliers, qui, grâce à une longue expérience, étaient devenus d'excellents

ἔχει δὲ οὕτω·	mais il *en* est ainsi : [transport
εἰ μὲν πλοῖα	si d'une-part des bâtiments-de-
μέλλει ἔσεσθαι	doivent devoir être (doivent être)
ἱκανὰ ἀριθμῷ	suffisants par le nombre
ὥς μὴ ἕνα	de manière que pas un seul *homme*
καταλείπεσθαι ἐνθάδε,	rester ici,
ἡμεῖς πλέοιμεν ἄν·	nous nous naviguerions ;
εἰ δὲ μέλλοιμεν,	d'autre-part si nous devions
οἱ μὲν καταλείψεσθαι,	les uns devoir rester (rester),
οἱ δὲ πλεύσεσθαι,	les autres devoir naviguer (navi-
οὐκ ἐμβαίημεν ἄν	nous ne monterions pas [guer),
εἰς τὰ πλοῖα.	dans les bâtiments-de-transport.
Γιγνώσκομεν γὰρ ὅτι,	Car nous savons que, [périeurs,
ὅπου μὲν κρατῶμεν ἄν,	là-où d'une-part nous serons su-
δυναίμεθα ἂν	nous pourrions
καὶ σώζεσθαι	et être sauvés
καὶ ἔχειν τὰ ἐπιτήδεια·	et avoir les choses nécessaires ;
εἰ δέ που ληφθησόμεθά	mais si nous serons (sommes) pris
ἥττους τῶν πολεμίων,	inférieurs des (aux) ennemis,
εὔδηλον δὴ	il *est* certes bien-évident
ὅτι ἐσόμεθα	que nous serons
ἐν χώρᾳ ἀνδραπόδων.	en lieu d' (comme des) esclaves.
Οἱ πρέσβεις ἀκούσαντες ταῦτα	Les députés ayant entendu ces
ἐκέλευον	engageaient [choses
πέμπειν πρέσβεις.	d'envoyer des députés.
Καὶ πέμπουσι	Et ils envoient
Καλλίμαχον Ἀρκάδα	Callimaque Arcadien
καὶ Ἀριστῶνα Ἀθηναῖον	et Ariston Athénien
καὶ Σαμόλαν Ἀχαιόν.	et Samolas Achéen.
Καὶ οἱ μὲν ᾤχοντο.	Et ceux-ci d'une-part partaient.
Ἐν δὲ τούτῳ τῷ χρόνῳ	Or dans ce temps
ἐδόκει Ξενοφῶντι,	il paraissait à Xénophon,
ὁρῶντι μὲν	voyant d'une-part
πολλοὺς ὁπλίτας τῶν Ἑλλήνων,	beaucoup d'hoplites des Grecs,
ὁρῶντι δὲ	voyant d'autre-part
καὶ πολλοὺς πελταστὰς	et beaucoup de peltastes
καὶ τοξότας καὶ σφενδονήτας	et d'archers et de frondeurs
καὶ ἱππεῖς δὲ	et de cavaliers d'autre-part
καὶ μαλὰ ἱκανοὺς ἤδη	et tout-à-fait capables déjà
διὰ τὴν τριβήν,	à cause de l'expérience,

τριβὴν ἱκανούς, ὄντας δ' ἐν τῷ Πόντῳ, ἔνθα οὐκ ἂν ἀπ' ὀλίγων χρημάτων τοσαύτη δύναμις παρεσκευάσθη, καλὸν αὐτῷ ἐδόκει εἶναι καὶ χώραν καὶ δύναμιν τῇ Ἑλλάδι προσκτήσασθαι, πόλιν κατοικίσαντας. Καὶ γενέσθαι ἂν αὐτῷ ἐδόκει μεγάλη, καταλογιζομένῳ τό τε αὐτῶν πλῆθος καὶ τοὺς περιοικοῦντας τὸν Πόντον. Καὶ ἐπὶ τούτοις ἐθύετο πρίν τινι εἰπεῖν τῶν στρατιωτῶν, Σιλανὸν παρακαλέσας, τὸν Κύρου μάντιν γενόμενον, τὸν Ἀμβρακιώτην.

Ὁ δὲ Σιλανός, δεδιὼς μὴ γένηται ταῦτα καὶ καταμείνῃ που ἡ στρατιά, ἐκφέρει εἰς τὸ στράτευμα λόγον ὅτι Ξενοφῶν βούλεται καταμεῖναι τὴν στρατιὰν καὶ πόλιν οἰκίσαι, καὶ ἑαυτῷ ὄνομα καὶ δύναμιν περιποιήσασθαι. Αὐτὸς δ' ὁ Σιλανὸς ἐβούλετο ὅτι τάχιστα εἰς τὴν Ἑλλάδα ἀφικέσθαι· οὓς γὰρ παρὰ Κύρου ἔλαβε τρισχιλίους δαρεικούς[1], ὅτε τὰς δέκα ἡμέρας[2] ἠλήθευσε θυόμενος Κύρῳ, διεσεσώκει. Τῶν δὲ στρατιωτῶν, ἐπεὶ ἤκουσαν,

soldats, les voyant, dis-je, sur les bords du Pont-Euxin, où l'on n'aurait pu qu'avec de grands frais rassembler de telles forces, songea qu'il serait beau d'y accroître le territoire et la puissance des Grecs en y fondant une ville. Il lui semblait qu'elle deviendrait considérable, quand il songeait au nombre des troupes et à celui des peuples qui avoisinent le Pont. Il offre un sacrifice avant de s'ouvrir à qui que ce soit des soldats, et appelle Silanus d'Ambracie, qui avait été devin de Cyrus.

Silanus craignant que, si ce projet était réalisé, l'armée ne s'établît dans ce pays, répand parmi les soldats le bruit que Xénophon veut y fixer les troupes et bâtir une ville, pour se faire à lui-même un nom et une puissance. Or Silanus, pour sa part, aspirait à retourner le plus tôt possible en Grèce. Les trois mille dariques qu'il avait reçues de Cyrus, pour avoir prédit juste d'après un sacrifice à dix jours de distance, il les avait bien gardées. Les

ὄντας δὲ ἐν τῷ Πόντῳ,	et étant dans le Pont,
ἔνθα δύναμις τοσαύτη	là-où une force si-grande
οὐ παρεσκευάσθη ἂν	n'aurait pas été préparée
ἀπὸ ὀλίγων χρημάτων,	de (avec) peu d'argent,
ἐδόκει αὐτῷ εἶναι καλὸν	il paraissait à lui être beau
κατοικίσαντας πόλιν	*eux* ayant fondé une ville [Grèce
προσκτήσασθαι τῇ Ἑλλάδι	d'avoir acquis-de-plus pour la
καὶ χώραν καὶ δύναμιν.	et un pays et de la puissance.
Καὶ ἐδόκει	Et elle (la ville) paraissait
αὐτῷ καταλογιζομένῳ	à lui calculant
τό τε πλῆθος αὐτῶν [τον	et la multitude d'eux-mêmes
καὶ τοὺς περιοικοῦντας τὸν Πόν-	et ceux habitant-autour du Pont,
γενέσθαι ἂν μεγάλη.	avoir dû devenir grande.
Καὶ παρακαλέσας	Et ayant appelé-auprès
Σιλανὸν Ἀμβρακιώτην,	Silanus d'-Ambracie,
τὸν γενόμενον μάντιν Κύρου,	le ayant-été devin de Cyrus,
ἐθύετο ἐπὶ τούτοις	il sacrifiait sur ces choses
πρὶν εἰπεῖν	avant d'avoir parlé
τινι τῶν στρατιωτῶν.	à quelqu'un des soldats.
Ὁ δὲ Σιλανὸς δεδιὼς	Mais Silanus ayant craint
μὴ ταῦτα γένηται	que ces choses n'aient lieu
καὶ ἡ στρατιὰ	et *que* l'armée
καταμείνῃ που,	ne soit restée quelque-part,
ἐκφέρει εἰς τὸ στράτευμα λόγον	répand dans l'armée le bruit
ὅτι Ξενοφῶν βούλεται	que Xénophon veut
τὴν στρατιὰν καταμεῖναι	l'armée être restée
καὶ οἰκίσαι πόλιν,	et avoir fondé une ville,
καὶ περιποιήσασθαι ἑαυτῷ	et *lui* avoir acquis à-lui-même
ὄνομα καὶ δύναμιν.	nom et puissance.
Σιλανὸς δὲ αὐτὸς	Or Silanus lui-même
ἐβούλετο ἀφικέσθαι εἰς Ἑλλάδα	voulait être arrivé en Grèce
τάχιστα ὅτι.	le plus vite qu'*il est possible*.
Διεσεσώκει γὰρ	Car il avait conservé
τρισχιλίους δαρεικοὺς	trois-mille dariques
οὓς ἔλαβε παρὰ Κύρου,	qu'il avait reçues de Cyrus,
ὅτε θυόμενος	lorsque sacrifiant
ἠλήθευσε Κύρῳ	il prédit-vrai à Cyrus
τὰς δέκα ἡμέρας.	les dix jours.
Ἐπεὶ δὲ ἤκουσαν,	Or après qu'ils eurent entendu *cela*,
ἐδόκει τοῖς μὲν τῶν στρατιωτῶν	il paraissait aux uns des soldats

τοῖς μὲν ἐδόκει βέλτιστον εἶναι καταμεῖναι, τοῖς δὲ πολλοῖς οὔ. Τιμασίων δὲ ὁ Δαρδανεὺς καὶ Θώραξ ὁ Βοιώτιος πρὸς ἐμπόρους τινὰς παρόντας τῶν Ἡρακλεωτῶν καὶ Σινωπέων λέγουσιν ὅτι, εἰ μὴ ἐκποριοῦσι τῇ στρατιᾷ μισθόν, ὥστε ἔχειν τὰ ἐπιτήδεια ἐκπλέοντας, ὅτι κινδυνεύσει μεῖναι τοσαύτη δύναμις ἐν τῷ Πόντῳ· βουλεύεται γὰρ Ξενοφῶν, καὶ ἡμᾶς παρακαλεῖ, ἐπειδὰν ἔλθῃ τὰ πλοῖα, τότε εἰπεῖν ἐξαίφνης τῇ στρατιᾷ· Ἄνδρες, νῦν μὲν ὁρῶμεν ἡμᾶς ἀπόρους ὄντας καὶ ἐν τῷ ἀπόπλῳ ἔχειν τὰ ἐπιτήδεια καὶ οἴκαδε ἀπελθόντας ὀνῆσαί τι τοὺς οἴκοι· εἰ δὲ βούλεσθε τῆς κύκλῳ χώρας περὶ τὸν Πόντον οἰκουμένης ἐκλεξάμενοι ὅπη ἂν βούλησθε κατασχεῖν, καὶ τὸν μὲν ἐθέλοντα ἀπιέναι οἴκαδε, τὸν δὲ ἐθέλοντα μένειν αὐτοῦ, πλοῖα δ' ὑμῖν πάρεστιν, ὥστε ὅπη ἂν βούλησθε ἐξαίφνης ἂν ἐπιπέσοιτε.

soldats, en apprenant ce dessein, furent d'avis, les uns qu'il valait mieux rester, mais la plupart, non. Timasion de Dardanie et Thorax de Béotie disent à des marchands d'Héraclée et de Sinope qui se trouvaient là, que, si l'on ne paye pas la solde aux Grecs pour qu'ils puissent se fournir de vivres durant la traversée, il y a grande apparence qu'on fixera cette troupe sur les bords du Pont. « C'est l'avis de Xénophon, et il nous engage, aussitôt que les bâtiments seront arrivés, de dire à l'armée : « Soldats, nous vous voyons en ce moment fort embarrassés pour avoir des vivres « durant le trajet et pour gagner quelque chose à rapporter aux « vôtres dans votre patrie. Si vous voulez choisir, à votre gré, un « des pays colonisés autour de l'Euxin, vous vous en emparerez ; « alors celui qui voudra retournera dans sa patrie, celui qui ne « voudra pas, pourra rester : vous avez des vaisseaux, ainsi vous « pouvez tomber à l'improviste où bon vous semblera. »

βέλτιστον εἶναι	le meilleur être
καταμεῖναι,	d'être resté,
τοῖς δὲ πολλοῖς οὔ.	mais à la plupart non.
Τιμασίων δὲ ὁ Δαρδανεὺς	Et Timasion de-Dardanie
καὶ Θώραξ ὁ Βοιώτιος	et Thorax le Béotien
λέγουσι πρός τινας ἐμπόρους	disent à quelques marchands
τῶν Ἡρακλεωτῶν καὶ Σινωπέων	des Héracléotes et des Sinopéens
παρόντας,	étant-présents,
ὅτι εἰ μὴ ἐκποριοῦσι	que s'ils ne fourniront (fournissent)
μισθὸν τῇ στρατιᾷ,	une solde à l'armée,
ὥστε ἐκπλέοντας	de manière-à *eux* s'embarquant
ἔχειν τὰ ἐπιτήδεια	avoir les choses nécessaires,
ὅτι δύναμις τοσαύτη	qu'une force si-grande
κινδυνεύσει	courra-risque de (pourra bien)
μεῖναι ἐν τῷ Πόντῳ.	être-restée dans le Pont.
Ξενοφῶν γὰρ βουλεύεται,	Car Xénophon projette,
καὶ παρακαλεῖ ἡμᾶς,	et il engage nous,
ἐπειδὰν τὰ πλοῖα ἔλθῃ,	lorsque les bâtiments seront venus,
εἰπεῖν τότε ἐξαίφνης τῇ στρατιᾷ·	de dire alors tout-à-coup à l'armée:
Ἄνδρες,	Hommes,
νῦν μὲν ὁρῶμεν	maintenant d'une-part nous voyons
ἡμᾶς ὄντας ἀπόρους	nous étant embarrassés [mer
καὶ ἔχειν ἐν τῷ ἀπόπλῳ	et *pour* avoir dans le retour-par-
τὰ ἐπιτήδεια,	les choses nécessaires,
καὶ ἀπελθόντας οἴκαδε	et étant revenus dans-la-patrie
ὀνῆσαι τι	avoir-fait-profiter *en* quelque-chose
τοὺς οἴκοι·	ceux à-la-maison (les nôtres);
εἰ δὲ βούλεσθε	mais si vous voulez [lentour)
ἐκλεξάμενοι τῆς χώρας κύκλῳ	ayant choisi du pays en-cercle (d'al-
οἰκουμένης περὶ τὸν Πόντον,	habité auprès du Pont,
ὅπῃ βούλησθε ἂν	là-où vous voudrez
κατασχεῖν,	vous *en* être emparés, [veut)
καὶ τὸν μὲν ἐθέλοντα	et d'une-part le voulant (celui qui
ἀπιέναι οἴκαδε,	s'en aller dans-la-patrie, [veut)
τὸν δὲ ἐθέλοντα	d'autre-part le voulant (celui qui
μένειν αὐτοῦ,	rester là-même,
πλοῖα πάρεστιν ὑμῖν,	des bâtiments sont-présents à vous,
ὥστε ἐπιπέσοιτε ἐξαίφνης	de sorte que vous tomberiez sou-
ὅπῃ βούλησθε ἄν.	là-où vous voudrez. [dain
Οἱ ἔμποροι ἀκούσαντες	Les marchands ayant-entendu

Ἀκούσαντες ταῦτα οἱ ἔμποροι ἀπήγγελλον ταῖς πόλεσι· ξυνέπεμψε δ' αὐτοῖς Τιμασίων ὁ Δαρδανεὺς Εὐρύμαχόν τε τὸν Δαρδανέα καὶ Θώρακα τὸν Βοιώτιον, τὰ αὐτὰ ταῦτα ἐροῦντας. Σινωπεῖς δὲ καὶ Ἡρακλεῶται, ταῦτα ἀκούσαντες, πέμπουσι πρὸς τὸν Τιμασίωνα καὶ κελεύουσι προστατεῦσαι λαβόντα χρήματα ὅπως ἐκπλεύσῃ ἡ στρατιά. Ὁ δὲ ἄσμενος ἀκούσας, ἐν ξυλλόγῳ τῶν στρατιωτῶν ὄντων, λέγει τάδε· Οὐ δεῖ προσέχειν μονῇ, ὦ ἄνδρες, οὐδὲ τῆς Ἑλλάδος οὐδὲν περὶ πλείονος ποιεῖσθαι. Ἀκούω δέ τινας θύεσθαι ἐπὶ τούτῳ οὐδ' ὑμῖν λέγοντας. Ὑπισχνοῦμαι δὲ ὑμῖν, ἂν ἐκπλέητε, ἀπὸ νουμηνίας[1] μισθοφορὰν παρέξειν Κυζικηνὸν[2] ἑκάστῳ τοῦ μηνός· καὶ ἄξω ὑμᾶς εἰς τὴν Τρωάδα, ἔνθεν καὶ εἰμι φυγάς, καὶ ὑπάρξει ὑμῖν ἡ ἐμὴ πόλις· ἑκόντες γάρ με δέξονται. Ἡγήσομαι δὲ αὐτὸς ἐγὼ ἔνθεν

Les marchands font part à leurs villes de cette nouvelle. Timasion de Dardanie y envoie Eurymaque de Dardanie et Thorax de Béotie, pour la confirmer. Les Sinopéens et les Héracléotes, en l'apprenant, dépêchent vers Timasion pour le prier de se mettre à la tête de l'affaire, et de prendre l'argent nécessaire à l'embarquement de l'armée. Celui-ci, satisfait de cette offre, rassemble les soldats et leur dit : « Camarades, il ne faut pas songer à rester ici, ni mettre rien au-dessus de la Grèce. J'entends dire qu'il y en a parmi nous qui font des sacrifices dans cette vue, sans nous en rien dire. Je vous promets, si vous vous embarquez, à la néoménie, de payer à chacun de vous un statère cyzicène par mois : je vous mènerai dans la Troade, d'où je suis banni ; ma ville deviendra vôtre, car je sais qu'on m'y recevra de bon cœur. Je vous conduirai ensuite dans un pays où vous ferez un riche butin. Je

ταῦτα	ces choses
ἀπήγγελλον ταῖς πόλεσι.	*les* annonçaient aux villes.
Τιμασίων δὲ ὁ Δαρδανεὺς	et Timasion de-Dardanie
ξυνέπεμψεν αὐτοῖς	envoya-avec eux
Εὐρύμαχόν τε τὸν Δαρδανέα	et Eurymaque de-Dardanie
καὶ Θώρακα τὸν Βοιώτιον,	et Thorax le Béotien,
ἐροῦντας τὰ αὐτὰ ταῦτα.	devant dire les mêmes choses.
Σινωπεῖς δὲ καὶ Ἡρακλεῶται	Or les Sinopéens et les Héracléotes
ἀκούσαντες ταῦτα,	ayant entendu ces choses,
πεμποῦσι πρὸς Τιμασίωνα	envoient vers Timasion
καὶ κελεύουσι προστατεῦσαι	et *l'*engagent à s'être mis-à-la-tête
λαβόντα χρήματα	ayant reçu de l'argent
ὅπως ἡ στρατιὰ ἐκπλεύσῃ.	afin que l'armée se soit embarquée.
Ὁ δὲ ἀκούσας ἄσμενος,	Celui-ci ayant entendu content,
τῶν στρατιωτῶν	les soldats [(avec joie)
ὄντων ἐν ξυλλόγῳ,	étant en assemblée,
λέγει τάδε·	dit ces choses-ci :
ὦ Ἄνδρες, οὐ δεῖ	Hommes, il ne faut pas
προσέχειν τῇ μονῇ,	faire-attention à l'action-de-rester,
οὐδὲ ποιεῖσθαι οὐδὲν	ni faire-pour-nous rien
περὶ πλείονος τῆς Ἑλλάδος.	de plus *de prix* que la Grèce.
Ἀκούω δέ	Or j'entends-dire
τινας θύεσθαι ἐπὶ τούτῳ	quelques-uns sacrifier pour cela
οὐδὲ λέγοντας ὑμῖν.	ne *le* disant pas-même à vous.
Ὑπισχνοῦμαι δὲ ὑμῖν,	Or je promets à vous,
ἐὰν ἐκπλέητε,	si vous vous embarquez,
παρέξειν ἑκάστῳ	devoir fournir à chacun
ἀπὸ νουμηνίας	à-partir-de la nouvelle-lune
Κυζικηνὸν μισθοφοράν	un cyzicène *comme* solde
τοῦ μηνός·	le mois (par mois) ;
καὶ ἄξω ὑμᾶς εἰς τὴν Τρῳάδα	et je mènerai vous dans la Troade,
ἔνθεν καὶ εἰμὶ φυγάς,	d'où même je suis banni,
καὶ ἡ ἐμὴ πόλις	et ma ville
ὑπάρξει ἡμῖν·	deviendra (appartiendra) à vous;
δέξονται γάρ με	car ils recevront moi
ἑκόντες.	*eux* voulant-bien (de bon-cœur).
Ἐγὼ δὲ αὐτὸς ἡγήσομαι	Et moi-même je *vous* conduirai
ἔνθεν λήψεσθε	là-d'où vous prendrez
πολλὰ χρήματα·	beaucoup de richesses;
εἰμὶ δὲ ἔμπειρος	et je suis ayant-l'-expérience

πολλὰ χρήματα λήψεσθε· ἔμπειρος δέ εἰμι τῆς Αἰολίδος καὶ τῆς Φρυγίας καὶ τῆς Τρῳάδος καὶ τῆς Φαρναβάζου ἀρχῆς[1] πάσης, τῆς μὲν διὰ τὸ ἐκεῖθεν εἶναι, τῆς δὲ διὰ τὸ ξυνεστρατεῦσθαι ἐν αὐτῇ σὺν Κλεάρχῳ τε καὶ Δερκυλλίδᾳ[2].

Ἀναστὰς δὲ αὖθις Θώραξ ὁ Βοιώτιος, ὃς ἀεὶ περὶ στρατηγίας Ξενοφῶντι ἐμάχετο, ἔφη, εἰ ἐξέλθοιεν ἐκ τοῦ Πόντου, ἔσεσθαι αὐτοῖς Χεῤῥόνησον, χώραν καλὴν καὶ εὐδαίμονα, ὥστε τῷ βουλομένῳ ἐνοικεῖν, τῷ δὲ μὴ βουλομένῳ ἀπιέναι οἴκαδε· γελοῖον δὲ εἶναι ἐν τῇ Ἑλλάδι οὔσης χώρας πολλῆς καὶ ἀφθόνου, ἐν τῇ βαρβάρων μαστεύειν. Ἔστε δ' ἄν, ἔφη, ἐκεῖ γένησθε, κἀγὼ καθάπερ Τιμασίων ὑπισχνοῦμαι ὑμῖν τὴν μισθοφοράν. Ταῦτα δὲ ἔλεγεν εἰδὼς ἃ Τιμασίωνι οἱ Ἡρακλεῶται καὶ οἱ Σινωπεῖς ὑπισχνοῦντο ὥστε ἐκπλεῖν.

Ὁ δὲ Ξενοφῶν ἐν τούτῳ ἐσίγα. Ἀναστὰς δὲ Φιλήσιος καὶ Λύκων οἱ Ἀχαιοὶ ἔλεγον ὡς δεινὸν εἴη ἰδίᾳ μὲν Ξενοφῶντα πεί-

connais à fond l'Éolide, la Phrygie, la Troade, tout le gouvernement de Pharnabaze: celles-ci, parce que j'en suis originaire; cette autre, parce que j'y ai fait la guerre avec Cléarque et Dercyllidas. »

Aussitot se lève Thorax de Béotie, qui sans cesse disputait le commandement à Xénophon. Il dit qu'à la sortie du Pont-Euxin, on trouvera la Chersonèse, contrée belle et fertile : là, qui voudra pourra se fixer; et qui ne voudra pas, retournera dans sa patrie. Il est ridicule, quand la Grèce offre tant de pays riches et féconds, de chercher chez les barbares. « Jusqu'à ce que vous y soyez arrivés, moi aussi, comme Timasion, je vous promets la solde. » Il disait cela, parce qu'il savait ce que les Héracléotes et les Sinopéens avaient promis à Timasion, si l'on s'embarquait.

Cependant Xénophon gardait le silence. Philésius et Lycon, tous deux Achéens, se lèvent et disent qu'il est étrange qu'en

τῆς Αἰολίδος καὶ τῆς Φρυγίας	de l'Éolide et de la Phrygie
καὶ τῆς Τρῳάδος	et de la Troade
καὶ πάσης τῆς ἀρχῆς	et de tout le gouvernement
Φαρναβάζου,	de Pharnabaze,
τῆς μὲν διὰ τὸ	l'une à cause de ceci
εἶναι ἐκεῖθεν,	être (parce que je suis) de-là,
τῆς δὲ διὰ τὸ	l'autre à cause de ceci [dans elle
ξυνεστρατεῦσθαι ἐν αὐτῇ	avoir (parce que j'ai) fait-expédition
σὺν Κλεάρχῳ τε καὶ Δερκυλλίδᾳ.	avec et Cléarque et Dercyllidas.
Θώραξ δὲ ὁ Βοιώτιος,	et Thorax le Béotien, [Xénophon
ὃς ἐμάχετο ἀεὶ Ξενοφῶντι	qui combattait (disputait à) toujours
περὶ στρατηγίας,	sur le commandement-de-l'armée
ἀναστὰς αὖθις	s'étant levé ensuite
ἔφη Χεῤῥόνησον,	dit la Chersonèse,
χώραν καλὴν καὶ εὐδαίμονα,	contrée belle et opulente,
ἔσεσθαι αὐτοῖς,	devoir être à eux,
εἰ ἐξέλθοιεν ἐκ τοῦ Πόντου,	s'ils étaient sortis du Pont,
ὥστε βουλομένῳ	de manière qu'*il sera possible* à celui
ἐνοικεῖν,	habiter-dedans, [voulant
τῷ δὲ μὴ βουλομένῳ	et à celui ne voulant pas
ἀπιέναι οἴκαδε·	de s'en aller dans-la-patrie;
εἶναι δὲ γελοῖον	or être ridicule
χώρας πολλῆς καὶ ἀφθόνου	un pays nombreux et abondant
οὔσης ἐν τῇ Ἑλλάδι,	étant dans la Grèce, [bares.
μαστεύειν ἐν τῇ βαρβάρων.	de chercher dans le *pays* des bar-
Ἔστε δέ, ἔφη,	Et tant que, dit-il,
γένησθε ἂν ἐκεῖ,	vous serez là,
καὶ ἐγὼ κάθαπερ Τιμασίων	et moi de-même-que Timasion
ὑπισχνοῦμαι ὑμῖν τὴν μισθοφο-	je promets à vous la solde.
Ἔλεγε δὲ ταῦτα [ράν.	Or il disait ces choses
εἰδὼς ἃ	sachant les choses que
οἱ Ἡρακλεῶται καὶ οἱ Σινωπεῖς	les Héracléotes et les Sinopéens
ὑπισχνοῦντο Τιμασίωνι	promettaient à Timasion
ὥστε ἐκπλεῖν.	pour s'embarquer (pour qu'on s'em-
Ὁ δὲ Ξενοφῶν	Or Xénophon [barquât).
ἐσίγα ἐν τούτῳ.	se taisait pendant cela.
Φιλήσιος δὲ ἀναστὰς	Mais Philesius s'étant levé
καὶ Λύκων	et Lycon
οἱ Ἀχαιοὶ	les Achéens (tous deux Achéens)
ἔλεγον ὡς εἴη δεινὸν	disaient qu'il était étrange

θειν τε καταμένειν καὶ θύεσθαι ὑπὲρ τῆς μονῆς [μὴ κοινούμενον τῇ στρατιᾷ], εἰς δὲ τὸ κοινὸν μηδὲν ἀγορεύειν περὶ τούτων· ὥστε ἠναγκάσθη ὁ Ξενοφῶν ἀναστῆναι καὶ εἰπεῖν τάδε·

Ἐγώ, ὦ ἄνδρες, θύομαι μὲν ὡς ὁρᾶτε, ὁπόσα δύναμαι, καὶ ὑπὲρ ὑμῶν καὶ ὑπὲρ ἐμαυτοῦ, ὅπως ταῦτα τυγχάνω καὶ λέγων καὶ νοῶν καὶ πράττων ὁποῖα μέλλει ὑμῖν τε κάλλιστα καὶ ἄριστα ἔσεσθαι καὶ ἐμοί. Καὶ νῦν ἐθυόμην περὶ αὐτοῦ τούτου, εἰ ἄμεινον εἴη ἄρχεσθαι λέγειν εἰς ὑμᾶς καὶ πράττειν περὶ τούτων, ἢ παντάπασι μηδὲ ἅπτεσθαι τοῦ πράγματος. Σιλανὸς δέ μοι ὁ μάντις ἀπεκρίνατο τὸ μὲν μέγιστον, τὰ ἱερὰ καλὰ εἶναι· ᾔδει γὰρ καὶ ἐμὲ οὐκ ἄπειρον ὄντα διὰ τὸ ἀεὶ παρεῖναι τοῖς ἱεροῖς· ἔλεξε δὲ ὅτι ἐν τοῖς ἱεροῖς φαίνοιτό τις δόλος καὶ ἐπιβουλὴ ἐμοί,

particulier Xénophon sollicite les Grecs à rester et sacrifie dans cette vue, sans en faire part à l'armée, tandis qu'en commun il ne dit rien sur ce sujet. Ainsi contraint, Xénophon se lève et dit :

« Soldats, je sacrifie, vous le voyez, autant que je puis pour vous et pour moi, afin que mes paroles, mes pensées et mes actions, aillent à ce qu'il y a de plus beau et de meilleur et pour vous et pour moi. Je sacrifiais donc, il n'y a qu'un instant, pour savoir s'il valait mieux vous parler le premier de mon projet et travailler à l'accomplir, ou ne toucher en rien à cette affaire. Le devin Silanus m'a répondu, point essentiel, que les victimes étaient favorables. Il savait qu'il ne parlait pas à un homme sans expérience, ar j'assiste toujours aux sacrifices. Mais il a ajouté qu'il voyait dans les entrailles dol et fourberie contre moi : et certes,

Ξενοφῶντα μὲν ἰδιᾷ	Xénophon d'une-part en-particulier
πείθειν τε καταμένειν	et persuader de rester
καὶ θύεσθαι ὑπὲρ τῆς μονῆς,	et sacrifier pour l'action-de-rester
μὴ κοινούμενον τῇ στρατιᾷ,	ne-faisant-point-part à l'armée,
ἀγορεύειν δὲ μηδὲν	d'autre-part ne dire rien
περὶ τούτων	sur ces choses
εἰς τὸ κοινόν·	dans le commun (en public);
ὥστε Ξενοφῶν	de sorte que Xénophon
ἠναγκάσθη ἀναστῆναι	fut forcé de s'être levé
καὶ εἰπεῖν τάδε·	et d'avoir dit ces choses-ci :
Ὦ ἄνδρες,	O hommes,
ἐγὼ θύομαι μὲν	moi je sacrifie d'une-part
ὡς ὁρᾶτε,	comme vous voyez,
ὁπόσα δύναμαι,	autant que je peux,
καὶ ὑπὲρ ὑμῶν	et pour vous
καὶ ὑπὲρ ἐμαυτοῦ,	et pour moi-même
ὅπως τυγχάνω	afin que je me trouve
καὶ λέγων καὶ νοῶν	et disant et pensant
καὶ πράττων ταῦτα	et faisant ces choses
ὁποῖα μέλλει	telles-qu'elles doivent
ἔσεσθαι κάλλιστα καὶ ἄριστα	devoir être (être) et très-belles et
ὑμῖν τε καὶ ἐμοί.	et à vous et à moi. [très-bonnes
Καὶ νῦν ἐθυόμην	Et maintenant je sacrifiais
περὶ τούτου αὐτοῦ,	sur cela même,
εἰ εἴη ἄμεινον	s'il était meilleur
ἄρχεσθαι λέγειν εἰς ὑμᾶς	de commencer à parler devant vous
καὶ πράττειν περὶ τούτων,	et à agir sur ces choses,
ἢ μηδὲ ἅπτεσθαι πάνταπασι	ou de ne-pas-même toucher du-tout
τοῦ πράγματος.	à l' (cette) affaire.
Σιλανὸς δὲ ὁ μάντις	Or Silanus le devin
ἀπεκρίνατό μοι μὲν	a répondu à moi d'une-part
τὸ μέγιστον,	la chose la plus grande,
τὰ ἱερὰ εἶναι καλά·	les victimes être belles (favorables);
ᾔδει γὰρ ἐμὲ	car il savait moi
οὐκ ὄντα ἄπειρον	n'étant pas sans-expérience
διὰ τὸ	à cause de ceci [(sacrifices)
παρεῖναι ἀεὶ τοῖς ἱεροῖς·	*moi* assister toujours aux victimes
ἔλεξε δὲ	d'autre-part il dit
ὅτι τις δόλος	que certaine ruse
καὶ ἐπιβουλὴ ἐμοὶ	et trame à (contre) moi

ὡς ἄρα γιγνώσκων ὅτι αὐτὸς ἐπεβούλευε διαβάλλειν με πρὸς ὑμᾶς. Ἐξήνεγκε γὰρ τὸν λόγον ὡς ἐγὼ πράττειν ταῦτα διανοοίμην ἤδη, οὐ πείσας ὑμᾶς. Ἐγὼ δὲ εἰ μὲν ἑώρων ἀποροῦντας ὑμᾶς, τοῦτ' ἂν ἐσκόπουν ἀφ' οὗ ἂν γένοιτο, ὥστε λαβόντας ὑμᾶς πόλιν, τὸν μὲν βουλόμενον ἀποπλεῖν ἤδη, τὸν δὲ μὴ βουλόμενον, ἐπεὶ κτήσαιτο ἱκανὰ ὥστε καὶ τοὺς ἑαυτοῦ οἰκείους ὠφελῆσαί τι. Ἐπεὶ δὲ ὁρῶ ὑμῖν καὶ τὰ πλοῖα πέμποντας Ἡρακλεώτας καὶ Σινωπεῖς ὥστε ἐκπλεῖν, καὶ μισθὸν ὑπισχνουμένους ὑμῖν ἄνδρας ἀπὸ νουμηνίας, καλόν μοι δοκεῖ εἶναι σωζομένους, ἔνθα βουλόμεθα, μισθὸν τῆς σωτηρίας λαμβάνειν, καὶ αὐτός τε παύομαι ἐκείνης τῆς διανοίας, καὶ ὁπόσοι πρὸς ἐμὲ προσῄεσαν, λέγοντες ὡς χρὴ ταῦτα πράττειν, παύεσθαί φημι χρῆναι. Οὕτω γὰρ γιγνώσκω· ὁμοῦ μὲν ὄντες πολλοί, ὥσπερ νυνί, δοκεῖτε ἄν μοι καὶ

il voyait juste, puisqu'il tramait de me calomnier auprès de vous. C'est lui, en effet, qui a semé le bruit que je voulais exécuter mes projets, sans vous les faire agréer. Pour ma part, si je vous voyais dans l'embarras, je songerais au moyens de nous emparer d'une ville : qui voudrait, s'embarquerait sur l'heure ; qui ne voudrait pas, resterait pour gagner de quoi faire du bien à sa famille. Mais, puisque je vois les Héracléotes et les Sinopéens vous envoyer des bâtiments, puisqu'il y a des hommes qui vous promettent une solde à partir de la néoménie, je crois avantageux de nous sauver où nous voulons et de recevoir en plus un salaire pour nous être sauvés. Je renonce donc à ce dessein, et tous ceux qui sont venus me trouver pour me dire d'agir ainsi, doivent y renoncer également. Voici, en effet, ma pensée : réunis en corps, comme main-

φαίνοιτο ἐν τοῖς ἱεροῖς,	paraissait dans les victimes,
ὡς ἄρα γιγνώσκων	comme certes connaissant
ὅτι αὐτὸς ἐπεβούλευε	que lui-même tramait
διαβάλλειν με πρὸς ὑμᾶς.	de calomnier moi auprès de vous.
ἐξήνεγκε γὰρ τὸν λόγον	Car il a répandu le bruit
ὡς ἐγὼ διανοοίμην	que moi je songeais
πράττειν ταῦτα ἤδη	à faire ces choses dès-à-présent
οὐ πείσας ὑμᾶς.	n'ayant pas persuadé vous.
Ἐγὼ δὲ εἰ μὲν ἑώρων	Or moi si d'une part je voyais
ὑμᾶς ἀποροῦντας	vous étant dans-l'embarras,
ἐσκόπουν ἂν τοῦτο	j'examinerais ceci
ἀπὸ οὗ γένοιτο ἄν,	de quoi (comment) il serait arrivé,
ὥστε ὑμᾶς λαβόντας πόλιν,	de manière que vous ayant pris une
τὸν μὲν βουλόμενον,	celui d'une-part voulant [ville,
ἀποπλεῖν ἤδη,	*puisse* s'embarquer dès-à-présent,
τὸν δὲ μὴ βουλόμενον,	d'autre part celui-ne voulant pas,
ἐπεὶ κτήσαιτο	*puisse s'embarquer* après qu'il au-
ἱκανὰ	des choses suffisantes [rait acquis
ὥστε ὠφελῆσαί τι	de manière à avoir aidé *en* quelque
καὶ τοὺς οἰκείους ἑαυτοῦ.	et les proches de lui-même. [chose
Ἐπεὶ δὲ ὁρῶ	Mais puisque je vois
καὶ Ἡρακλεώτας καὶ Σινωπεῖς	et les Héracléotes et les Sinopéens
πέμποντας τὰ πλοῖα	envoyant les bâtiments-de-trans-
ὥστε ἐκπλεῖν,	pour s'embarquer, [port
καὶ ἄνδρας	et des hommes
ὑπισχνουμένους ὑμῖν μισθὸν	promettant à vous une solde
ἀπὸ νουμηνίας,	à-partir-de la nouvelle-lune,
δοκεῖ μοι εἶναι καλὸν	il paraît à moi être beau
σωζομένους ἔνθα βουλόμεθα,	étant sauvés là-où nous voulons,
λαμβάνειν μισθὸν τῆς σωτηρίας	de prendre une solde de (pour)
καὶ αὐτός τε	et moi-même [notre salut
παύομαι	je cesse de (je renonce à)
ταύτης τῆς διανοίας,	cette pensée,
καί φημι χρῆναι	et je déclare falloir (qu'il faut)
ὁπόσοι προσῄεσαν πρὸς ἐμὲ	tous-ceux-qui étaient venus vers moi
λέγοντες ὡς χρὴ	disant qu'il faut
πράττειν ταῦτα,	faire ces choses,
παύεσθαι.	cesser (y renoncer).
Γιγνώσκω γὰρ οὕτω·	Car je pense ainsi : [ble
ὄντες μὲν πολλοὶ ὁμοῦ,	étant d'une part beaucoup ensem-

7

ἔντιμοι εἶναι καὶ ἔχειν τὰ ἐπιτήδεια· ἐν γὰρ τῷ κρατεῖν ἐστι καὶ τὸ λαμβάνειν τὰ τῶν ἡττόνων· διασπασθέντες δ' ἂν καὶ κατὰ μικρὰ γενομένης τῆς δυνάμεως, οὔτ' ἂν τροφὴν δύναισθε λαμβάνειν, οὔτε χαίροντες ἂν ἀπαλλάξαιτε. Δοκεῖ οὖν μοι ἅπερ ὑμῖν, ἐκπορεύεσθαι εἰς τὴν Ἑλλάδα, καὶ ἐάν τις μείνῃ ἢ ἀπολιπών [τινα] ληφθῇ πρὶν ἐν ἀσφαλεῖ εἶναι πᾶν τὸ στράτευμα, κρίνεσθαι αὐτὸν ὡς ἀδικοῦντα. Καὶ ὅτῳ δοκεῖ, ἔφη, ταῦτα, ἀράτω τὴν χεῖρα. Ἀνέτειναν ἅπαντες. Ὁ δὲ Σιλανὸς ἐβόα, καὶ ἐπεχείρει λέγειν ὡς δίκαιον εἴη ἀπιέναι τὸν βουλόμενον. Οἱ δὲ στρατιῶται οὐκ ἠνείχοντο, ἀλλ' ἠπείλουν αὐτῷ, εἰ λήψονται ἀποδιδράσκοντα, ὅτι τὴν δίκην ἐπιθήσοιεν.

Ἐντεῦθεν ἐπεὶ ἔγνωσαν οἱ Ἡρακλεῶται ὅτι ἐκπλεῖν δεδογμένον εἴη, καὶ Ξενοφῶν αὐτὸς ἐπεψηφικὼς εἴη, τὰ μὲν πλοῖα

tenant, vous êtes respectés et vous ne manquez point du nécessaire ; car c'est une suite de la victoire de se rendre maître du bien des vaincus. Mais si vous vous séparez, si vous amoindrissez vos forces, vous ne pourrez plus ni prendre votre subsistance, ni vous retirer impunément. Je crois donc comme vous qu'il faut retourner en Grèce ; et si quelqu'un reste, ou si on le prend à quitter l'armée, avant qu'elle soit toute en lieu sûr, qu'il soit décrété de trahison. Que ceux qui sont de cet avis lèvent la main ! » Tous la lèvent. Silanus se met à crier et s'efforce de dire qu'il est juste qu'on s'en aille, si l'on veut. Les soldats ne veulent pas entendre ce langage, mais ils le menacent, s'ils le prennent à déserter, de lui en faire porter la peine.

Alors les Héracléotes, sachant qu'on avait décidé de s'embarquer et que Xénophon lui-même l'avait fait décréter, envoient des

ὥσπερ νυνί,	comme maintenant,
δοκεῖτέ μοι	vous paraissez à moi
καὶ εἶναι ἂν ἔντιμοι	et devoir être considérés [saires;
καὶ ἔχειν ἂν τὰ ἐπιτήδεια·	et devoir avoir les choses néces-
τὸ γὰρ καὶ λαμβάνειν	car cela et prendre [cus)
τὰ τῶν ἡττόνων	les choses des moindres (des vain-
ἐστὶν ἐν τῷ κρατεῖν·	est dans le être-supérieur;
διασπασθέντες δὲ ἂν	mais devant être divisés (si vous
καὶ τῆς δυναμέως	et la (votre) force [étiez divisés)
γενομένης κατὰ μικρά,	étant devenue à peu de chose,
οὔτε δύναισθε ἂν	ni vous ne pourriez
λαμβάνειν τροφήν,	prendre de nourriture,
οὔτε ἀπαλλάξαιτε ἂν	ni vous ne vous retireriez
χαίροντες.	vous réjouissant. [moi
Δοκεῖ οὖν μοὶ	*Les choses* donc paraissent-bonnes à
ἅπερ ὑμῖν,	lesquelles *paraissent bonnes* à vous,
ἐκπορεύεσθαι εἰς τὴν Ἑλλάδα,	partir pour la Grèce,
καὶ ἐάν τις μείνῃ	et si quelqu'un est resté
ἢ ληφθῇ ἀπολιπὼν	ou est pris ayant quitté
πρὶν πᾶν τὸ στράτευμα	avant toute l'armée
εἶναι ἐν ἀσφαλεῖ,	être en un *lieu* sûr,
αὐτὸν κρίνεσθαι	lui être jugé,
ὡς ἀδικοῦντα.	comme commettant-une-injustice.
Καὶ ὅτῳ, ἔφη,	Et *celui* auquel, dit-il,
ταῦτα δοκεῖ,	ces choses paraissent-bonnes,
ἀράτω τὴν χεῖρα.	qu'il ait levé la main.
Ἅπαντες ἀνέτειναν.	Tous la levèrent.
Ὁ δὲ Σιλανὸς ἐβόα,	D'autre-part Silanus criait
καὶ ἐπεχείρει λέγειν	et s'efforçait de dire
ὡς εἴη δίκαιον	qu'il était juste
τὸν βουλόμενον ἀπιέναι.	celui *le* voulant s'en aller.
Οἱ δὲ στρατιῶται οὐκ ἠνείχοντο,	Mais les soldats ne supportaient pas,
ἀλλὰ ἠπείλουν αὐτῷ,	mais menaçaient lui, [quivant,
εἰ λήψονται ἀποδιδράσκοντα,	s'ils le prendront (prennent) s'es-
ὅτι ἐπιθήσοιεν τὴν δίκην.	qu'ils *lui* infligeraient la peine.
Ἐντεῦθεν ἐπεὶ οἱ Ἡρακλεῶται	De-là après que les Héracléotes
ἔγνωσαν ὅτι	connurent que
εἴη δεδογμένον ἐκπλεῖν,	il avait paru-bon de s'embarquer,
καὶ Ξενοφῶν αὐτὸς	et *que* Xénophon lui-même
εἴη ἐπεψηφικώς,	etait ayant-mis-aux-voix,

πέμπουσι, τα δὲ χρήματα ἃ ὑπέσχοντο Τιμασίωνι καὶ Θώρακι ἐψευσμένοι ἦσαν τῆς μισθοφορᾶς. Ἐνταῦθα δὲ ἐκπεπληγμένοι ἦσαν καὶ ἐδεδίεσαν τὴν στρατιὰν οἱ τὴν μισθοφορὰν ὑπεσχημένοι. Παραλαβόντες οὖν οὗτοι καὶ τοὺς ἄλλους στρατηγοὺς οἷς ἀνεκεκοίνωντο ἃ πρόσθεν ἔπραττον· πάντες δ' ἦσαν πλὴν Νέωνος τοῦ Ἀσιναίου, ὃς Χειρισόφῳ ὑπεστρατήγει, Χειρίσοφος δὲ οὔπω παρῆν· ἔρχονται πρὸς Ξενοφῶντα, καὶ λέγουσιν ὅτι μεταμέλοι αὐτοῖς, καὶ δοκοίη κράτιστον εἶναι πλεῖν εἰς Φᾶσιν, ἐπεὶ πλοῖα ἔστι, καὶ κατασχεῖν τὴν Φασιανῶν χώραν. Αἰήτου δὲ υἱδοῦς ἐτύγχανε βασιλεύων αὐτῶν. Ξενοφῶν δὲ ἀπεκρίνατο ὅτι οὐδὲν ἂν τούτων εἴποι εἰς τὴν στρατιάν. Ὑμεῖς δὲ ξυλλέξαντες, ἔφη, εἰ βούλεσθε, λέγετε. Ἐνταῦθα ἀποδείκνυται Τιμασίων ὁ Δαρδανεὺς γνώμην οὐκ ἐκκλησιάζειν, ἀλλὰ τοὺς αὑτοῦ ἕκαστον λοχαγοὺς πρῶτον πειρᾶσθαι πείθειν. Καὶ ἀπελθόντες ταῦτ' ἐποίουν.

vaisseaux, mais non l'argent qu'ils avaient promis pour la solde à Timasion et à Thorax, promesse mensongère. Aussi ceux qui avaient promis cette solde à l'armée sont frappés de terreur, et en redoutent la colère. Ils prennent avec eux les stratéges, qui tous, à l'exception de Néon d'Asinée, commandant à la place de Chirisophe absent, avaient connaissance de leurs premières démarches, et viennent trouver Xénophon. Ils disent qu'ils se repentent ; que, puisqu'on a des vaisseaux, le meilleur est de voguer vers le Phase et de s'emparer du pays des Phasiens : un petit-fils d'Æétès était roi de ce pays. Xénophon répond qu'il ne communiquera rien de ce genre à l'armée. « Assemblez-la vous-mêmes, dit-il, et, si vous le voulez, faites-lui cette proposition. » Timasion de Dardanie est d'avis de ne point la convoquer, mais que chacun essaye d'abord de gagner les lochages placés sous ses ordres. On se sépare et l'on agit ainsi.

πέμπουσι τὰ μὲν	ils envoient d'une-part
τὰ πλοῖα,	les bâtiments-de-transport,
ἦσαν δὲ ἐψευσμένοι	d'autre-part ils étaient ayant ment i
τὰ χρήματα τῆς μισθοφορᾶς	*quant à* l'argent de la solde
ἃ ὑπέσχοντο Τιμασίωνι	lequel ils avaient promis à Timasion
καὶ Θώρακι.	et à Thorax.
Ἐνταῦθα δὲ	Or là (alors)
οἱ ὑπεσχημένοι τὴν μισθοφορὰν	ceux ayant promis la solde
ἦσαν ἐκπεπληγμένοι	étaient frappés-de-terreur
καὶ ἐδεδίεσαν τὴν στρατιάν.	et craignaient l'armée.
Οὗτοι οὖν παραλαβόντες	Ceux-ci donc ayant pris-avec *eux*
καὶ τοὺς ἄλλους στρατηγοὺς	et les autres stratéges
οἷς ἀνεκεκοίνωντο	auxquels ils avaient communiqué
ἃ ἔπραττον πρόσθεν·	les choses qu'ils faisaient aupara-
ἦσαν δὲ πάντες	or ils étaient tous, [vant;
πλὴν Νέωνος τοῦ Ἀσιναίου	à-l'-exception-de Néon d'Asinée,
ὃς ὑπεστρατήγει Χειρισόφῳ,	qui était-stratége-sous Chirisophe,
Χειρίσοφος δὲ οὔπω παρῆν·	et Chirisophe n'était pas-encore pré-
ἔρχονται πρὸς Ξενοφῶντα,	vont vers Xénophon, [sent;
καὶ λέγουσιν	et disent
ὅτι μεταμέλοι αὐτοῖς,	que repentir-était à eux,
καὶ δοκοίη κράτιστον εἶναι	et *qu'il leur* semblait le meilleur être
πλεῖν εἰς Φᾶσιν,	de naviguer vers le Phase, [sont,
ἐπεὶ πλοῖα ἔστι,	puisque des bâtiments-de-transport
καὶ κατασχεῖν	et d'avoir occupé
τὴν χώραν Φασιανῶν.	le pays des Phasiens.
Υἱδοῦς δὲ Αἰήτου	Or un petit-fils d'Æétès
ἐτύγχανε βασιλεύων αὐτῶν.	se trouvait étant-roi d'eux.
Ξενοφῶν δὲ ἀπεκρίνατο	Mais Xénophon répondit
ὅτι εἴποι ἂν οὐδὲν τούτων	qu'il ne dirait rien de ces choses
εἰς τὴν στρατιάν.	devant l'armée.
Ὑμεῖς δὲ ξυλλέξαντες, ἔφη,	Mais vous *l'*ayant assemblée, dit-il,
εἰ βούλεσθε, λέγετε.	si vous voulez, parlez.
Ἐνταῦθα Τιμασίων ὁ Δαρδανεὺς	Là (alors) Timasion de-Dardanie
ἀποδείκνυται γνώμην	manifeste l'avis
οὐκ ἐκκλησιάζειν,	de ne pas faire-d'assemblée,
ἀλλὰ ἕκαστον πειρᾶσθαι πρῶτον	mais chacun s'efforcer d'abord
πείθειν τοὺς λοχαγοὺς αὐτοῦ.	de persuader les lochages de-lui-
Καὶ ἀπελθόντες	Et étant allés [même.
ἐποίουν ταῦτα.	ils faisaient ces choses.

VII. Ταῦτα οὖν οἱ στρατιῶται ἀνεπύθοντο πραττόμενα. Καὶ ὁ Νέων λέγει, ὡς Ξενοφῶν ἀναπεπεικὼς τοὺς ἄλλους στρατηγοὺς διανοεῖται ἄγειν τοὺς στρατιώτας ἐξαπατήσας πάλιν εἰς Φᾶσιν. Ἀκούσαντες δ' οἱ στρατιῶται χαλεπῶς ἔφερον, καὶ ξύλλογοι ἐγίγνοντο καὶ κύκλοι ξυνίσταντο, καὶ μάλα φοβεροὶ ἦσαν μὴ ποιήσειαν οἷα καὶ τοὺς τῶν Κόλχων κήρυκας ἐποίησαν καὶ τοὺς ἀγορανόμους[1]· ὅσοι γὰρ μὴ εἰς τὴν θάλατταν κατέφυγον, κατελεύσθησαν. Ἐπεὶ δὲ ᾐσθάνετο Ξενοφῶν, ἔδοξεν αὐτῷ ὡς τάχιστα ξυναγαγεῖν αὐτῶν ἀγοράν, καὶ μὴ ἐᾶσαι ξυλλεγῆναι αὐτομάτους· καὶ ἐκέλευσε τὸν κήρυκα ξυλλέγειν ἀγοράν. Οἱ δ' ἐπεὶ τοῦ κήρυκος ἤκουσαν, ξυνέδραμον καὶ μάλα ἑτοίμως.

Ἐνταῦθα Ξενοφῶν τῶν μὲν στρατηγῶν οὐ κατηγόρει, ὅτι ἦλθον πρὸς αὐτόν, λέγει δὲ ὧδε· Ἀκούω τινὰ διαβάλλειν, ὦ ἄνδρες, ἐμὲ ὡς ἐγὼ ἄρα ἐξαπατήσας ὑμᾶς μέλλω ἄγειν εἰς

VII. Les soldats apprennent ce qui se passe. Néon leur dit que Xénophon, après avoir séduit les stratéges, a l'intention de tromper les soldats et de les ramener vers le Phase. A cette nouvelle, les soldats sont indignés : ils se forment en groupes; ils se rassemblent en cercles. Déjà l'on craint de les voir faire ce qu'ils ont fait aux envoyés de Colques et aux agoranomes : tous ceux qui ne s'étaient pas sauvés vers la mer, avaient été lapidés. Xénophon, instruit de ce qui se passe, croit qu'il faut au plus vite convoquer l'armée et ne pas lui laisser le temps de le faire d'elle-même. Il ordonne au héraut de la convoquer. Aussitôt qu'on entend le héraut, on accourt avec empressement.

Alors Xénophon, sans accuser les stratéges de s'être rendus auprès de lui : « Soldats, dit-il, j'apprends qu'on m'impute faussement le dessein de vous tromper et de vous conduire au Phase. Ecoutez-

VII. Οἱ στρατιῶται	VII. Les soldats
ἀνεπύθοντο οὖν	apprirent donc
ταῦτα πραττόμενα.	les choses étant faites.
Καὶ ὁ Νέων λέγει	Et Néon dit
ὡς Ξενοφῶν ἀναπεπεικὼς	que Xénophon ayant persuadé
τοὺς ἄλλους στρατηγοὺς	les autres stratéges
διανοεῖται ἐξαπατήσας	songe ayant trompé
ἄγειν πάλιν τοὺς στρατιώτας	à mener en-arrière les soldats
εἰς Φᾶσιν.	vers le Phase.
Οἱ δὲ στρατιῶται ἀκούσαντες	Or les soldats ayant entendu
ἔφερον χαλεπῶς,	supportaient avec-peine,
καὶ ξύλλογοι ἐγίγνοντο	et des réunions avaient-lieu
καὶ κύκλοι ξυνίσταντο,	et des cercles se réunissaient,
καὶ ἦσαν μάλα φοβεροὶ	et ils étaient fort à-craindre
μὴ ποιήσειαν	de peur qu'ils ne fissent
οἷα ἐποίησαν	des choses telles qu'ils *en* firent
καὶ τοὺς κήρυκας τῶν Κόλχων	et aux hérauts des Colques
καὶ τοὺς ἀγορανόμους·	et aux agoranomes ; [pas
ὅσοι γὰρ μὴ κατέφυγον	car tous-ceux-qui ne s'enfuirent
εἰς θάλατταν,	dans (vers) la mer,
κατελεύσθησαν.	furent lapidés. [vait,
Ἐπεὶ δὲ Ξενοφῶν ᾐσθάνετο,	Or comme Xénophon s'*en* aperce-
ἔδοξεν αὐτῷ	il parut bon-à lui
ξυναγαγεῖν ἀγορὰν αὐτῶν	d'avoir réuni l'assemblée d'eux
ὡς τάχιστα,	comme *il est possible* le plus vite,
καὶ μη ἐᾶσαι	et n'avoir pas laissé [d'eux-mêmes).
ξυλλεγῆναι αὐτομάτους.	eux s'être réunis spontanés (se réunir
Ἐπεὶ δὲ οἱ	Or après que ceux-ci
ἤκουσαν τοῦ κήρυκος,	eurent entendu le héraut, [ment.
ξυνέδραμον καὶ μαλὰ ἑτοίμως.	ils accoururent et fort prompte-
Ἐνταῦθα Ξενοφῶν	Là (alors) Xénophon
οὐ κατηγόρει τῶν στρατηγῶν	n'accusait pas les stratéges
ὅτι ἦλθον πρὸς αὐτόν,	de ce qu'ils étaient venus vers lui,
λέγει δὲ ὧδε·	mais il parle ainsi :
Ὦ ἄνδρες,	O hommes,
ἀκούω τινὰ διαβάλλειν ἐμὲ	j'apprends quelqu'un calomnier moi
ὡς ἐγὼ ἄρα	comme-quoi moi certes
ἐξαπατήσας ὑμᾶς	ayant trompé vous,
μέλλω ἄγειν εἰς Φᾶσιν.	je dois *vous* conduire vers le Phase.
Ἀκούσατε οὖν μου,	Ayez donc écouté moi,

Φᾶσιν. Ἀκούσατε οὖν μου, πρὸς θεῶν, καὶ ἐὰν μὲν ἐγὼ φαίνωμαι ἀδικεῖν, οὐ χρή με ἐνθένδε ἀπελθεῖν, πρὶν ἂν δῶ δίκην· ἂν δ' ὑμῖν φαίνωνται ἀδικεῖν οἱ ἐμὲ διαβάλλοντες, οὕτως αὐτοῖς χρῆσθε ὥσπερ ἄξιον. Ὑμεῖς δ', ἔφη, ἴστε δήπου ὅθεν ἥλιος ἀνίσχει καὶ ὅπου δύεται, καὶ ὅτι ἐὰν μέν τις εἰς τὴν Ἑλλάδα μέλλῃ ἰέναι, πρὸς ἑσπέραν δεῖ πορεύεσθαι· ἢν δέ τις βούληται εἰς τοὺς βαρβάρους τοὔμπαλιν πρὸς ἕω. Ἔστιν οὖν ὅστις τοῦτο ἂν δύναιτο ὑμᾶς ἐξαπατῆσαι, ὡς ἥλιος ἔνθεν μὲν ἀνίσχει, δύεται δὲ ἐνταῦθα, ἔνθα δὲ δύεται, ἀνίσχει δ' ἐντεῦθεν; Ἀλλὰ μὴν καὶ τοῦτό γε ἐπίστασθε ὅτι βορέας[1] μὲν ἔξω τοῦ Πόντου εἰς τὴν Ἑλλάδα φέρει, νότος[2] δὲ εἴσω εἰς Φᾶσιν, καὶ λέγετε, ὅταν βορρᾶς πνέῃ, ὡς καλοὶ πλοῖ εἰσιν εἰς τὴν Ἑλλάδα. Τοῦτο οὖν

moi donc, au nom des dieux! Si je vous parais coupable, il ne faut pas que je sorte d'ici sans en porter la peine; mais si les vrais coupables sont mes calomniateurs, traitez-les comme ils le méritent. Vous savez où le soleil se lève et où il se couche; que, si l'on veut aller en Grèce, c'est vers le couchant qu'il faut se diriger, et que, si l'on veut aller chez les barbares, c'est au contraire vers l'orient. Est-il possible qu'on puisse vous abuser au point de vous faire croire que le soleil se lève où il se couche, et se couche où il se lève? Nous savons également que le borée porte en Grèce ceux qui partent du Pont, et que le notus conduit vers le Phase: et quand le borée souffle, vous dites qu'il fait un

πρὸς θεῶν,	au-nom-des dieux,
καὶ ἐὰν μὲν ἐγὼ	et si d'une-part moi
φαίνωμαι ἀδικεῖν,	je parais commettre-une-injustice,
οὐ χρή με ἀπελθεῖν ἐνθένδε,	il ne faut pas moi être parti d'ici,
πρὶν δῶ ἂν	avant que j'aie donné (subi)
δίκην·	une peine,
ἂν δὲ οἱ διαβάλλοντες ἐμὲ	d'autre-part si ceux calomniant moi
φαίνωνται ὑμῖν	paraissent à vous
ἀδικεῖν,	commettre-une-injustice,
χρῆσθε αὐτοῖς οὕτως	servez-vous d'eux (traitez-les) ainsi
ὥσπερ ἄξιον.	comme il est juste.
Ὑμεῖς δέ, ἔφη,	Or vous, dit-il,
ἴστε δήπου	vous savez apparemment
ὅθεν ἥλιος ἀνίσχει	d'où le soleil se lève
καὶ ὅπου δυέται,	et où il se couche,
καὶ ὅτι ἐὰν μέν τις	et que si quelqu'un d'une-part
μέλλῃ ἰέναι εἰς τὴν Ἑλλάδα,	doit aller dans la Grèce,
δεῖ πορεύεσθαι	il faut *lui* marcher
πρὸς τὴν ἑσπέραν·	vers le couchant ;
ἢν δέ τις βούληται	d'autre-part si quelqu'un veut
εἰς τοὺς βαρβάρους,	*aller* dans (chez) les barbares,
τὸ ἔμπαλιν πρὸς ἕω.	en-sens-contraire vers l'orient.
Ἔστιν οὖν ὅστις δύναιτο ἂν	Est-il donc quelqu'un qui puisse
ἐξαπατῆσαι ὑμᾶς τοῦτο,	avoir trompé vous en ceci,
ὡς ἥλιος	comme-quoi le soleil,
δύεται μὲν ἐνταῦθα	se couche d'une-part là,
ἔνθεν δὲ ἀνίσχει,	d'où d'autre-part il se lève
ἀνίσχει δὲ ἐντεῦθεν	et se lève de là
ἔνθα δὲ δύεται;	où d'autre-part il se couche?
Ἀλλὰ μὴν καὶ ἐπίστασθε	Mais certes vous savez aussi
τοῦτό γε	ceci du moins,
ὅτι βορέας μὲν	que le borée d'une-part
φέρει ἔξω τοῦ Πόντου	porte hors du Pont
εἰς τὴν Ἑλλάδα,	dans la Grèce, [Phase,
νότος δὲ εἴσω εἰς Φᾶσιν,	et le notus en dedans vers le
καὶ λέγετε,	et vous dites,
ὅταν βορρᾶς πνέῃ,	lorsque le borée souffle,
ὡς οἱ πλοῖ εἰς τὴν Ἑλλάδα	que les navigations vers la Grèce
εἰσὶ καλοί.	sont belles.
Ἔστιν οὖν ὅπως	Est-il donc comment (possible que)

ἔστιν ὅπως τις ἂν ὑμᾶς ἐξαπατῆσαι, ὥστε ἐμβαίνειν, ὁπόταν νότος πνέῃ;

Ἀλλὰ γάρ, ὁπόταν γαλήνη ᾖ, ἐμβιβῶ. Οὐκοῦν ἐγὼ μὲν ἐν ἑνὶ πλοίῳ πλεύσομαι, ὑμεῖς δὲ τοὐλάχιστον ἐν ἑκατόν. Πῶς ἂν οὖν ἐγὼ ἢ βιασαίμην ὑμᾶς ξὺν ἐμοὶ πλεῖν μὴ βουλομένους ἢ ἐξαπατήσας ἄγοιμι; Ποιῶ δ' ὑμᾶς ἐξαπατηθέντας καὶ καταγοηθέντας ὑπ' ἐμοῦ ἥκειν εἰς Φᾶσιν· καὶ δὴ καὶ ἀποβαίνομεν εἰς τὴν χώραν· γνώσεσθε δήπου ὅτι οὐκ ἐν τῇ Ἑλλάδι ἐστέ· καὶ ἐγὼ μὲν ἔσομαι ὁ ἐξηπατηκὼς εἷς, ὑμεῖς δὲ οἱ ἐξηπατημένοι ἐγγὺς μυρίων ἔχοντες ὅπλα. Πῶς ἂν οὖν εἷς ἀνὴρ μᾶλλον δοίη δίκην ἢ οὕτω περὶ αὑτοῦ τε καὶ ὑμῶν βουλευόμενος;

Ἀλλ' οὗτοί εἰσιν οἱ λόγοι ἀνδρῶν καὶ ἠλιθίων κἀμοὶ φθονούντων, ὅτι ἐγὼ ὑφ' ὑμῶν τιμῶμαι. Καίτοι οὐ δικαίως γ' ἂν μοι φθονοῖεν. Τίνα γὰρ αὐτῶν ἐγὼ κωλύω ἢ λέγειν, εἴ τίς τι ἀγαθὸν

beau temps pour aller en Grèce. Y a-t-il moyen de vous tromper et de vous faire embarquer quand souffle le notus?

« Mais supposons que je vous embarque par un temps calme: est-ce que je ne naviguerai pas sur un seul vaisseau, tandis que vous en aurez au moins cent? Alors comment vous forcerai-je à faire le même trajet que moi, si vous ne voulez pas? comment vous entraînerai-je en vous trompant? Mais je suppose encore que je vous ai trompés, que mes enchantements vous ont entraînés vers le Phase. Nous descendons à terre. Vous reconnaîtrez bien que vous n'êtes pas en Grèce; je serai tout seul, moi, le trompeur, et vous, trompés, vous serez près de dix mille, ayant des armes. Le moyen qu'un seul homme ne soit pas puni, quand il médite de pareils desseins contre lui-même et contre vous?

« Mais ce sont là les propos d'hommes insensés, jaloux de moi et des égards que vous avez pour moi. Et cependant je n'ai pas mérité cette jalousie. Quel est celui d'entre eux que j'empêche de parler s'il a quelque chose de bon à dire, de combattre s'il veut,

τις δύναιτο ἂν	quelqu'un pourrait
ἐξαπατῆσαι ὑμᾶς τοῦτο	avoir trompé vous *en* ceci,
ὥστε ἐμβαίνειν,	au point de *vous* vous embarquer,
ὁπόταν νότος πνέῃ ;	lorsque le notus souffle ?
Ἀλλὰ γὰρ ἐμβιβῶ,	Mais en effet je *vous* embarquerai,
ὁπόταν γαλήνη ᾖ.	lorsque le calme sera.
Οὐκοῦν ἐγὼ μὲν	Or donc moi d'une-part
πλεύσομαι ἐν ἑνὶ πλοίῳ,	je naviguerai sur un seul navire,
ὑμεῖς δὲ τὸ ἐλάχιστον ἐν ἑκατόν.	et vous *pour* le moins sur cent.
Πῶς οὖν ἐγὼ	Comment donc moi
ἢ βιαισαίμην ἂν ὑμᾶς	ou aurais-je forcé vous
μὴ βουλομένους	ne voulant pas
πλεῖν ξὺν ἐμοί,	à naviguer avec moi,
ἢ ἄγοιμι	ou *vous* emmènerais-je
ἐξαπάτησας ;	ayant trompé?
Ποιῶ δὲ ὑμᾶς	Or je fais (suppose) vous
ἐξαπατηθέντας	ayant été trompés
καὶ καταγοηθέντας ὑπὸ ἐμοῦ	et ayant été dupés par moi
ἥκειν εἰς Φᾶσιν ·	être venus vers le Phase ;
καὶ δὴ καὶ ἀποβαίνομεν	et certes et nous débarquons
εἰς τὴν χώραν ·	dans le pays ;
γνώσεσθε δήπου	vous connaîtrez apparemment
ὅτι οὐκ ἐστὲ ἐν τῇ Ἑλλάδι ·	que vous n'êtes pas dans la Grèce :
καὶ ἐγὼ μὲν ὁ ἐξηπατηκὼς	et moi d'une-part le ayant trompé
ἔσομαι εἷς,	je serai seul, [trompés,
ὑμεῖς δὲ οἱ ἐξηπατημένοι	et vous d'autre-part les ayant été
ἔχοντες ὅπλα	ayant des armes
ἐγγὺς μυρίων.	près de dix-mille.
Πῶς οὖν ἂν ἀνὴρ εἷς	Comment donc un homme seul
δοίη δίκην μᾶλλον	donnerait (subirait) une peine plutôt
ἢ βουλευόμενος οὕτω	que prenant-une-résolution ainsi
περὶ αὑτοῦ τε καὶ ὑμῶν ;	sur et lui-même et vous ?
Ἀλλὰ οὗτοί εἰσιν	Mais ceux-ci sont
οἱ λόγοι ἀνδρῶν	les discours d'hommes
καὶ ἠλιθίων καὶ φθονούντων ἐμοί,	et niais et enviant moi, [vous.
ὅτι ἐγὼ τιμῶμαι ὑπὸ ὑμῶν.	parce que moi je suis honoré par
Καίτοι οὐ φθονοῖεν ἄν μοι	Et cependant ils n'envieraient pas
δικαίως γε.	justement du-moins. [moi
Τίνα γὰρ αὐτῶν ἐγὼ κωλύω	Car qui d'*entre* eux moi j'empêche
ἢ λέγειν ἐν ὑμῖν,	ou de dire dans (devant) vous,

δύναται, ἐν ὑμῖν, ἢ μάχεσθαι, εἴ τις ἐθέλει ὑπὲρ ὑμῶν τε καὶ ἑαυτοῦ, ἢ ἐγρηγορέναι περὶ τῆς ὑμετέρας ἀσφαλείας ἐπιμελόμενον; Τί γάρ; Ἄρχοντας αἱρουμένων ὑμῶν ἐγώ τινι ἐμποδών εἰμι; Παρίημι, ἀρχέτω· μόνον ἀγαθόν τι ποιῶν ὑμᾶς φαινέσθω.

Ἀλλὰ γὰρ ἐμοὶ μὲν ἀρκεῖ περὶ τούτων τὰ εἰρημένα· εἰ δέ τις ὑμῶν ἢ αὐτὸς ἐξαπατηθῆναι ἂν οἴεται ταῦτα ἢ ἄλλον ἐξαπατῆσαι ταῦτα, λέγων διδασκέτω. Ὅταν δὲ τούτων ἅλις ἔχητε, μὴ ἀπέλθητε, πρὶν ἂν ἀκούσητε οἷον ὁρῶ ἐν τῇ στρατιᾷ ἀρχόμενον πρᾶγμα· ὃ εἰ ἔπεισι καὶ ἔσται, οἷον ὑποδείκνυσιν, ὥρα ἡμῖν βουλεύεσθαι ὑπὲρ ἡμῶν, μὴ κάκιστοί τε καὶ αἴσχιστοι ἄνδρες ἀποφαινώμεθα καὶ πρὸς θεῶν καὶ πρὸς ἀνθρώπων καὶ φίλων καὶ πολεμίων, καὶ καταφρονηθῶμεν.

Ἀκούσαντες δὲ ταῦτα οἱ στρατιῶται ἐθαύμασάν τε ὅ τι εἴη καὶ

et pour vous et pour lui-même, de veiller avec dévouement à votre sûreté? Eh quoi! vous choisissez des chefs; est-ce que je suis un obstacle? Je résigne le commandement: qu'un autre le prenne; seulement qu'il fasse le bien de l'armée.

« Mais j'en ai dit assez: s'il est quelqu'un de vous qui se croie trompé ou qui pense que d'autres l'ont été, qu'il le dise et le prouve! Maintenant qu'en voilà assez sur ce propos, ne vous séparez pas avant que je vous aie parlé d'un fait que je commence à voir se produire dans l'armée. Si ce mal se développe, s'il arrive au point qu'il a l'air de vouloir atteindre, il est temps de prendre des mesures relatives à nous-mêmes, afin de ne pas paraître les plus méchants et les plus lâches des hommes à la face du ciel et de la terre, de nos amis et de nos ennemis, et de ne pas nous couvrir de honte. »

En entendant ces mots, les soldats étonnés le pressent de dire

εἴ τις δύναταί τι ἀγαθόν,	si quelqu'un peut *dire* quelque chose
ἢ μάχεσθαι,	ou de combattre, [de bon,
εἴ τις ἐθέλει	si quelqu'un veut *combattre*
ὑπὲρ ὑμῶν τε καὶ ἑαυτοῦ,	pour et vous et lui-même,
ἢ ἐγρηγορέναι	ou veiller
περὶ τῆς ὑμετέρας σωτηρίας	pour votre sûreté
ἐπιμελόμενον;	prenant-soin?
Τί γάρ;	Car quoi ?
Ὑμῶν αἱρουμένων ἄρχοντας	Vous choisissant des chefs [qu'un?
ἐγώ εἰμι ἐμποδὼν τινι;	moi suis-je en-obstacle à quel-
Παρίημι, ἀρχέτω·	Je laisse, qu'il commande;
φαινέσθω μόνον	qu'il paraisse seulement
ποιῶν ὑμᾶς τι ἀγαθόν.	faisant à vous quelque chose de bon.
Ἀλλὰ γὰρ	Mais en effet [choses
τὰ εἰρημένα μοι περὶ τούτων	les choses dites par moi sur ces
ἀρκεῖ·	suffisent;
εἰ δέ τις ὑμῶν οἴεται	et si quelqu'un de vous pense
ἢ αὐτὸς ἐξαπατηθῆναι ἂν	ou lui-même avoir dû être trompé
ταῦτα,	*en* ces choses, [ces choses,
ἢ ἐξαπατῆσαι ἄλλον ταῦτα,	ou *moi* avoir trompé un autre *en*
διδασκέτω λέγων.	qu'il *l'*enseigne *le* disant. [choses,
Ὅταν δὲ ἔχητε ἅλις τούτων,	Mais lorsque vous aurez assez de ces
μὴ ἀπέλθητε,	ne vous en allez pas,
πρὶν ἀκούσητε ἂν	avant que vous n'ayez entendu
οἷον πρᾶγμα ὁρῶ	quelle affaire je vois
ἀρχόμενον ἐν τῇ στρατιᾷ·	commençant dans l'armée;
ὃ εἰ ἔπεισι	laquelle si elle envahira (envahit)
καὶ ἔσται, οἷον ὑποδείκνυσιν,	et sera (est), telle-qu'elle se montre,
ὥρα ἡμῖν βουλεύεσθαι	il *est* temps à nous de délibérer
ὑπὲρ ἡμῶν,	sur nous, [des hommes
μὴ ἀποφαινώμεθα ἄνδρες	de peur que nous ne soyons déclarés
κάκιστοί τε καὶ αἴσχιστοι	et très-méchants et très-honteux
καὶ πρὸς θεῶν	et devant les dieux
καὶ πρὸς ἀνθρώπων,	et devant les hommes,
καὶ φίλων καὶ πολεμίων,	et les amis et les ennemis,
καὶ καταφρονηθῶμεν.	et *que* nous *n'*ayons été méprisés.
Οἱ δὲ στρατιῶται	Or les soldats
ἀκούσαντες ταῦτα	ayant entendu ces choses
ἐθαύμασαν ὅ τι εἴη	s'étonnèrent quelle chose *c'*était
καὶ ἐκέλευον λέγειν.	et l'engageaient à parler.

λέγειν ἐκέλευον. Ἐκ τούτου ἄρχεται πάλιν· Ἐπίστασθέ που ὅτι χωρία ἦν ἐν τοῖς ὄρεσι βαρβαρικά, φίλια τοῖς Κερασουντίοις, ὅθεν κατιόντες τινὲς καὶ ἱερεῖα ἐπώλουν ἡμῖν καὶ ἄλλα ὧν εἶχον· δοκοῦσι δέ μοι καὶ ὑμῶν τινες, εἰς τὸ ἐγγυτάτω χωρίον τούτων ἐλθόντες, ἀγοράσαντές τι, πάλιν ἀπελθεῖν. Τοῦτο καταμαθὼν Κλεάρετος ὁ λοχαγὸς ὅτι καὶ μικρὸν εἴη καὶ ἀφύλακτον διὰ τὸ φίλιον νομίζειν εἶναι, ἔρχεται ἐπ' αὐτοὺς τῆς νυκτὸς ὡς πορθήσων, οὐδενὶ ἡμῶν εἰπών. Διενενόητο δέ, εἰ λάβοι τόδε τὸ χωρίον, εἰς μὲν τὸ στράτευμα μηκέτι ἐλθεῖν, ἐμβὰς δὲ εἰς πλοῖον ἐν ᾧ ἐτύγχανον οἱ ξύσκηνοι αὐτοῦ παραπλέοντες, καὶ ἐνθέμενος εἴ τι λάβοι, ἀποπλέων οἴχεσθαι ἔξω τοῦ Πόντου. Καὶ ταῦτα ξυνωμολόγησαν αὐτῷ οἱ ἐκ τοῦ πλοίου σύσκηνοι, ὡς ἐγὼ νῦν αἰσθάνο-

ce que c'est, il commence ainsi: « Vous savez qu'il y avait sur les montagnes barbares des bourgades alliées aux Cérasontins, d'où quelques habitants descendaient et venaient nous vendre du bétail et les autres denrées qu'ils possédaient. Plusieurs de vous, ce me semble, ont été dans la plus voisine de ces bourgades, ont fait leur marché, et sont revenus. Le lochage Cléarète, informé qu'elle est petite, et mal gardée parce qu'elle se fiait à notre amitié, sort la nuit pour aller la piller, sans rien dire à personne. Il avait le dessein, s'il s'en rendait maître, de ne plus revenir à l'armée, de s'embarquer à bord d'un bâtiment sur lequel ses camarades de chambrée longeaient la côte, d'y charger la prise, de mettre à la voile et de sortir de l'Euxin. Ces camarades s'étaient faits ses complices, comme je viens de le savoir. Cléarète appelle à lui tous

Ἐκ τούτου	A-la-suite-de cela,
ἄρχεται πάλιν·	il commence de-nouveau :
Ἐπίστασθέ που	Vous savez apparemment
ὅτι χωρία βαρβαρικὰ	que des places barbares
φίλια τοῖς Κερασουντίοις	amies aux (des) Cérasontins
ἦν ἐν τοῖς ὄρεσιν,	étaient dans les montagnes,
ὅθεν τινὲς κατιόντες	d'où quelques-uns descendant
ἐπώλουν ἡμῖν	vendaient à nous
καὶ ἱερεῖα	et des victimes [avaient;
καὶ ἄλλα ὧν εἶχον·	et d'autres choses desquelles ils
τινὲς δὲ καὶ ὑμῶν	et quelques-uns même de vous
δοκοῦσί μοι	semblent à moi
ἐλθόντες εἰς τὸ χωρίον τούτων	étant allés dans la place de ceux-ci
ἐγγυτάτω,	très-proche,
ἀγοράσαντές τι,	ayant acheté quelque chose,
ἀπελθεῖν πάλιν.	être partis en-arrière (être revenus).
Κλεάρετος ὁ λοχαγὸς	Cléarète le lochage
καταμαθὼν τοῦτο	ayant remarqué cette *place*
ὅτι εἴη καὶ μικρὸν	qu'elle était et petite
καὶ ἀφύλακτον	et non-gardée
διὰ τὸ	à cause de ceci
νομίζειν εἶναι φίλιον,	penser (qu'elle pensait) être amie,
ἔρχεται τῆς νυκτὸς ἐπὶ αὐτοὺς	va la nuit vers (contre) eux
ὡς πορθήσων,	comme devant piller.
εἰπὼν οὐδενὶ ἡμῶν.	*ne l'*ayant dit à personne de nous.
Διενενόητο δέ,	Or il avait formé-le-dessein,
εἰ λάβοι τόδε τὸ χωρίον,	s'il avait pris cette place, [nir)
μηκέτι ἐλθεῖν	de n'être plus venu (de ne plus ve-
εἰς τὸ στράτευμα,	dans l'armée,
ἐμβὰς δὲ	mais étant monté
εἰς τὸ πλοῖον	dans le navire [de lui
ἐν ᾧ οἱ ξύσκηνοι αὐτοῦ	dans lequel les camarades-de-tente
ἐτύγχανον παραπλέοντες,	se trouvaient naviguant-le-long,
καὶ ἐνθέμενος	et ayant placé-dedans
εἰ λάβοι τι,	s'il avait pris quelque chose,
ἀποπλέων	s'éloignant-par-mer
οἴχεσθαι ἔξω τοῦ Πόντου.	aller hors du Pont.
Καὶ οἱ σύσκηνοι ἐκ τοῦ πλοίου	Et les (ses) camarades du navire
ξυνωμολόγησαν αὐτῷ ταῦτα,	convinrent avec lui *de* ces choses
ὡς ἐγὼ αἰσθάνομαι νῦν.	comme moi je sens maintenant.

μαι. Παρακαλέσας οὖν ὁπόσους ἔπειθεν, ἦγεν ἐπὶ τὸ χωρίον. Πορευόμενον δ' αὐτὸν φθάνει ἡμέρα γενομένη, καὶ ξυστάντες οἱ ἄνθρωποι ἀπὸ ἰσχυρῶν τόπων βάλλοντες καὶ παίοντες τόν τε Κλεάρετον ἀποκτείνουσι καὶ τῶν ἄλλων συχνούς· οἱ δέ τινες καὶ εἰς Κερασοῦντα αὐτῶν ἀποχωροῦσι.

Ταῦτα δ' ἦν ἐν τῇ ἡμέρᾳ ᾗ ἡμεῖς δεῦρο ἐξωρμῶμεν πεζῇ· τῶν δὲ πλεόντων ἔτι τινὲς ἦσαν ἐν Κερασοῦντι οὔπω ἀνηγμένοι. Μετὰ τοῦτο, ὡς οἱ Κερασοῦντιοί λέγουσιν, ἀφικνοῦνται τῶν ἐκ τοῦ χωρίου τρεῖς ἄνδρες τῶν γεραιτέρων, πρὸς τὸ κοινὸν τὸ ἡμέτερον χρῄζοντες ἐλθεῖν. Ἐπεὶ δ' ἡμᾶς οὐ κατέλαβον, πρὸς τοὺς Κερασουντίους ἔλεγον ὅτι θαυμάζοιεν τί ἡμῖν δόξειεν ἐλθεῖν ἐπ' αὐτούς. Ἐπεὶ μέντοι σφᾶς λέγειν ἔφασαν ὅτι οὐχ ἀπὸ κοινοῦ γένοιτο τὸ πρᾶγμα, ἥδεσθαί τε αὐτοὺς καὶ μέλλειν ἐνθάδε

ceux qu'il peut séduire et les mène à la bourgade. Mais le jour l'ayant surpris en route, les gens du lieu se rassemblent, et du haut de leurs montagnes se défendent si bien de leurs traits et de leurs coups, qu'ils tuent Cléarète et bon nombre des siens. Quelques-uns s'enfuient à Cérasonte.

« Cela se passait le jour même où nous partions à pied pour venir ici. Plusieurs de ceux qui devaient suivre par mer étaient encore à Cérasonte et n'avaient pas levé l'ancre. Alors, suivant le rapport des Cérasontins, arrivent trois vieillards du lieu attaqué, qui demandent à être introduits dans notre assemblée. Ne nous trouvant pas, ils disent aux Cérasontins qu'ils sont surpris de ce que nous avons eu l'idée de les attaquer. Ceux-ci leur ayant répondu que l'affaire n'avait point été concertée, les barbares en sont contents, et veulent s'embarquer pour venir ici nous raconter

Παρακαλέσας οὖν	Ayant donc appelé-auprès *de lui*
ὁπόσους ἔπειθεν,	tous-ceux-qu'il persuadait,
ἦγεν ἐπὶ τὸ χωρίον.	il *les* menait vers la place.
Ἡμέρα δὲ γενομένη	Mais le jour étant arrivé
φθάνει αὐτὸν πορευόμενον,	devance lui marchant, [réunis
καὶ οἱ ἄνθρωποι ξυστάντες	et les hommes (les habitants) s'étant
βάλλοντες καὶ παίοντες	lançant et frappant
ἀπὸ τόπων ἰσχυρῶν	*du haut* de lieux forts
ἀποκτείνουσι	tuent
τόν τε Κλεάρετον	et Cléarète
καὶ συχνοὺς τῶν ἄλλων.	et beaucoup des autres. [eux
Οἱ δέ τινες αὐτῶν	Et les autres quelques-uns d'*entre*
ἀποχωροῦσιν εἰς Κερασοῦντα.	se réfugient à Cérasonte.
Ταῦτα δὲ ἦν	Or ces choses avaient-lieu
ἐν τῇ ἡμέρᾳ ᾗ	dans le jour *dans* lequel
ἡμεῖς ἐξωρμῶμεν	nous nous mettions-en-mouvement
πεζῇ δεῦρο·	pédestrement *pour* ici ;
τινὲς δὲ τῶν πλεόντων	et quelques-uns de ceux naviguant
ἦσαν ἔτι ἐν Κερασοῦντι.	étaient encore à Cérasonte.
Μετὰ τοῦτο,	Après cela,
ὡς οἱ Κερασούντιοι λέγουσι,	comme les Cérasontins disent,
τρεῖς ἄνδρες τῶν γεραιτέρων	trois hommes des plus vieux
τῶν ἐκ τοῦ χωρίου,	de ceux de la place
ἀφικνοῦνται,	arrivent,
χρῄζοντες ἐλθεῖν	ayant-besoin de (voulant) être allés
πρὸς τὸ ἡμέτερον κοινόν.	vers notre chose (assemblée) com-
Ἐπεὶ δὲ	Mais après que [mune.
οὐ κατέλαβον ἡμᾶς	ils n'eurent pas trouvé nous,
ἔλεγον πρὸς τοὺς Κερασουντίους	ils disaient aux Cérasontins,
ὅτι θαυμάζοιεν	qu'ils s'étonnaient
τί δόξειεν ἡμῖν	pourquoi il avait paru-bon à nous
ἐλθεῖν ἐπὶ αὐτούς.	d'être allé vers (contre) eux.
Ἐπεὶ μέντοι ἔφασαν	Après cependant qu'ils eurent dé-
σφᾶς λέγειν	eux (les Cérasontins) dire [claré
ὅτι τὸ πρᾶγμα γένοιτο	que l'affaire avait eu-lieu [mune,
οὐκ ἀπὸ κοινοῦ,	non par-suite-d'une chose com-
αὐτούς τε ἥδεσθαι	et eux-mêmes se réjouir
καὶ μέλλειν πλεῖν ἐνθάδε	et devoir naviguer *vers* ici
ὡς λέξειαν ἡμῖν	afin qu'ils eussent dit à nous
τὰ γενόμενα,	les choses ayant eu-lieu,

πλεῖν, ὡς ἡμῖν λέξειαν τὰ γενόμενα, καὶ τοὺς νεκροὺς κελεύειν αὐτοὺς θάπτειν λαβόντας τοὺς τούτου δεομένους.

Τῶν δ' ἀποφυγόντων τινὲς Ἑλλήνων ἔτυχον ἔτι ὄντες ἐν Κερασοῦντι· αἰσθόμενοι δὲ τοὺς βαρβάρους ὅποι ἴοιεν, αὐτοί τε ἐτόλμησαν βάλλειν τοῖς λίθοις καὶ τοῖς ἄλλοις παρεκελεύοντο. Καὶ οἱ ἄνδρες ἀποθνήσκουσι τρεῖς ὄντες οἱ πρέσβεις καταλευσθέντες. Ἐπεὶ δὲ τοῦτο ἐγένετο, ἔρχονται πρὸς ἡμᾶς οἱ Κερασούντιοι καὶ λέγουσι τὸ πρᾶγμα· καὶ ἡμεῖς οἱ στρατηγοὶ ἀκούσαντες ἠχθόμεθά τε τοῖς γεγενημένοις καὶ ἐβουλευόμεθα ξὺν τοῖς Κερασουντίοις, ὅπως ἂν ταφείησαν οἱ τῶν Ἑλλήνων νεκροί. Συγκαθήμενοι δ' ἔξωθεν τῶν ὅπλων[1] ἐξαίφνης ἀκούομεν θορύβου πολλοῦ, Παῖε, παῖε, βάλλε βάλλε· καὶ τάχα δὴ ὁρῶμεν πολλοὺς προσθέοντας λίθους ἔχοντας ἐν ταῖς χερσί, τοὺς δὲ καὶ ἀναιρουμένους. Καὶ οἱ μὲν Κερασούντιοι ὡς ἂν καὶ ἑωρακότες

ce qui s'est passé et inviter ceux qui le voudraient à reprendre et à ensevelir les morts.

« Quelques-uns des Grecs qui avaient fui se trouvaient encore à Cérasonte. Sachant où allaient ces barbares, ils osent leur jeter des pierres et en appeler d'autres à leur aide. Les trois députés périssent lapidés. Aussitôt des Cérasontins arrivent nous trouver, et nous, stratéges, consternés de ce que nous apprenons, nous nous concertons avec les Cérasontins sur les moyens de donner la sépulture aux cadavres des Grecs. Nous étions assis en avant des armes, quand tout à coup nous entendons un grand tumulte : « Frappe ! frappe ! jette ! jette ! » Nous voyons bientôt un grand nombre d'hommes accourir, les uns tenant des pierres dans leurs mains, les autres en ramassant. Les Cérasontins, témoins de ce qui s'était passé dans leur ville, s'enfuient épouvantés vers leurs

καὶ κελεύειν	et engager
τοὺς δεομένους τούτου	ceux ayant-besoin de (désirant) cela
αὐτοὺς λαβόντας τοὺς νεκροὺς	eux-mêmes ayant pris les morts
θάπτειν.	à *les* ensevelir.
Τινὲς δὲ	Or quelques-uns
τῶν Ἑλλήνων ἀποφυγόντων	des Grecs s'étant enfuis
ἔτυχον ὄντες ἔτι	se trouvèrent étant encore
ἐν Κερασοῦντι ·	à Cérasonte;
αἰσθόμενοι δὲ τοὺς βαρβάρους	or ayant senti les barbares
ὅποι ἴοιεν,	où ils allaient,
αὐτοί τε ἐτόλμησαν	et eux-mêmes osèrent
βάλλειν τοῖς λίθοις	lancer par (avec) les pierres
καὶ παρεκελεύοντο τοῖς ἄλλοις.	et ils excitaient les autres.
Καὶ οἱ ἄνδρες ὄντες τρεῖς	Et les hommes étant trois
οἱ πρέσβεις	les députés
ἀποθνήσκουσι καταλευσθέντες.	meurent ayant été lapidés.
Ἐπεὶ δὲ τοῦτο ἐγένετο	Or après que cela eut eu-lieu
οἱ Κερασούντιοι	les Cérasontins
ἔρχονται πρὸς ἡμᾶς	viennent vers nous
καὶ λέγουσι τὸ πρᾶγμα ·	et disent l'affaire;
καὶ ἡμεῖς οἱ στρατηγοὶ	et nous les stratéges
ἀκούσαντες	ayant entendu [ayant eu-lieu,
ἠχθόμεθά τε τοῖς γεγενημένοις,	et nous nous affligions des choses
καὶ ἐβουλευόμεθα	et nous délibérions
σὺν τοῖς Κερασουντίοις	avec les Cérasontins
ὅπως οἱ νεκροὶ τῶν Ἑλλήνων	comment les cadavres des Grecs
ταφειήσαν ἄν.	seraient ensevelis.
Συγκαθήμενοι δὲ	Or étant assis
ἔξωθεν τῶν ὅπλων	en dehors des (devant les) armes
ἀκούομεν ἐξαίφνης	nous entendons tout-à-coup
πολλοῦ θορύβου,	un grand tumulte :
Παῖε, παῖε,	Frappe, frappe,
βάλλε, βάλλε ·	lance, lance ;
καὶ τάχα ὁρῶμεν	et bientôt nous voyons
πολλοὺς προσθέοντας	beaucoup accourant
ἔχοντας λίθους ἐν ταῖς χερσί,	ayant des pierres dans les mains,
τοὺς δὲ καὶ ἀναιρουμένους.	d'autres même *en* ramassant.
Καὶ οἱ μὲν Κερασούντιοι	Et les Cérasontins d'une-part
ὡς ἂν καὶ ἑωρακότες	comme ayant vu aussi
τὸ πρᾶγμα παρὰ ἑαυτοῖς,	l'affaire chez eux-mêmes,

τὸ παρ' ἑαυτοῖς πρᾶγμα, δείσαντες ἀποχωροῦσι πρὸς τὰ πλοῖα. Ἦσαν δὲ νὴ Δία καὶ ἡμῶν οἳ ἔδεισαν. Ἐγώ γε μὴν ἦλθον πρὸς αὐτοὺς καὶ ἠρώτων ὅ τι ἐστὶ τὸ πρᾶγμα. Τῶν δὲ ἦσαν μὲν οἳ οὐδὲν ᾔδεσαν, ὅμως δὲ λίθους εἶχον ἐν ταῖς χερσίν. Ἐπεὶ δὲ εἰδότι τινὶ ἐπέτυχον, λέγει μοι ὅτι οἱ ἀγορανόμοι δεινότατα ποιοῦσι τὸ στράτευμα. Ἐν τούτῳ τις ὁρᾷ τὸν ἀγορανόμον Ζήλαρχον πρὸς τὴν θάλατταν ἀποχωροῦντα, καὶ ἀνέκραγεν· οἱ δὲ ὡς ἤκουσαν, ὥσπερ ἢ συὸς ἀγρίου ἢ ἐλάφου φανέντος, ἵενται ἐπ' αὐτόν.

Οἱ δ' αὖ Κερασούντιοι ὡς εἶδον ὁρμῶντας καθ' αὑτούς, σαφῶς νομίζοντες ἐπὶ σφᾶς ἵεσθαι, φεύγουσι δρόμῳ καὶ ἐμπίπτουσιν εἰς τὴν θάλατταν. Ξυνεισέπεσον δὲ καὶ ἡμῶν αὐτῶν τινες, καὶ ἐπνίγετο ὅστις νεῖν μὴ ἐτύγχανεν ἐπιστάμενος. Καὶ τούτους τί

vaisseaux; et même, par Jupiter! quelques-uns de nous n'étaient pas sans crainte. Pour moi, je m'avance, je demande quel est ce désordre. Il y en avait qui n'en savaient rien, tout en ayant des pierres entre les mains. Je trouve enfin un homme au courant de l'affaire : il me dit que les agoranomes se sont fort mal conduits avec l'armée. Au même instant, un soldat aperçoit l'agoranome Zélarque qui se retire vers le rivage : il jette un cri; les autres l'entendent, et les voilà courant sus, comme s'ils avaient vu paraître un sanglier ou un cerf.

« Les Cérasontins, voyant qu'on se précipite de leur côté, croient qu'on leur en veut, fuient en courant et se jettent dans la mer. Quelques-uns des nôtres y tombent aussi, et tous ceux qui ne savent pas nager se noient. Que vous semble des Cérasontins? Ils ne

δείσαντες ἀποχωροῦσι	ayant eu-peur se retirent
πρὸς τὰ πλοῖα.	vers les (leurs) navires. [nous
Ἦσαν δὲ καὶ ἡμῶν	Et ils étaient (il y en avait) même de
νὴ Δία,	par Jupiter,
οἳ ἔδεισαν.	qui eurent-peur.
Ἐγώ γε μὴν	Moi du-moins certes
ἦλθον πρὸς αὐτοὺς	j'allai vers eux
καὶ ἠρώτων	et j'interrogeais
ὅ τι τὸ πρᾶγμά ἐστι.	ce que l'affaire est. [eux
Ἦσαν δὲ τῶν	Or ils étaient (il y en avait) d'*entre*
οἳ μὲν ᾔδεσαν οὐδέν,	qui d'une-part ne savaient rien,
εἶχον δὲ ὅμως	mais avaient cependant
λίθους ἐν ταῖς χερσίν.	des pierres dans les mains.
Ἐπεὶ δὲ ἐπέτυχόν	Mais après que j'eus rencontré
τινι εἰδότι,	quelqu'un sachant,
λέγει μοι	il dit à moi
ὅτι οἱ ἀγορανόμοι ποιοῦσι	que les agoranomes font
δεινότατα τὸ στράτευμα.	des choses très-affreuses à l'armée.
Ἐν τούτῳ τις ὁρᾷ	Sur cela quelqu'un voit
τὸν ἀγορανόμον Ζήλαρχον	l'agoranome Zélarque
ἀποχωροῦντα πρὸς τὴν θάλατταν,	se retirant vers la mer,
καὶ ἀνέκραγεν·	et il poussa-un-cri :
οἱ δὲ ὡς ἤκουσαν,	les autres lorsqu'ils eurent entendu,
ὥσπερ ἢ συὸς ἀγρίου	comme ou un sanglier sauvage
ἢ ἐλάφου φανέντος,	ou un cerf ayant paru,
ἵενται ἐπὶ αὐτόν.	se jettent sur lui.
Οἱ δὲ Κερασούντιοι αὖ	Or les Cérasontins d'un autre-côté
ὡς εἶδον	lorsqu'ils virent
ὁρμῶντας κατὰ αὐτούς,	*des hommes* s'élançant vers eux,
νομίζοντες σαφῶς	pensant clairement [mêmes
ἵεσθαι ἐπὶ σφᾶς,	se jeter (qu'on se jette) sur eux-
φεύγουσι δρόμῳ [ταν.	fuient par la course
καὶ ἐμπίπτουσιν εἰς τὴν θάλατ-	et tombent dans la mer. [mes
Τινὲς δὲ καὶ ἡμῶν αὐτῶν	Or quelques-uns aussi de nous-mê-
ξυνεισέπεσον,	tombèrent-dedans-avec,
καὶ ὅστις ἐτύγχανε	et quiconque se trouvait
μὴ ἐπιστάμενος νεῖν	ne sachant pas nager
ἐπνίγετο.	était suffoqué (noyé).
Καὶ τί δοκεῖτε	Et quelle chose pensez-vous [*sé ?*
τούτους;	ceux-ci (les Césasontins) *avoir pen-*

δοκεῖτε; ἠδίκουν μὲν οὐδέν, ἔδεισαν δὲ μὴ λύττα τις ὥσπερ κυσὶν ἡμῖν ἐμπεπτώκοι.

Εἰ οὖν ταῦτα τοιαῦτα ἔσται, θεάσασθε οἵα ἡ κατάστασις ἡμῖν ἔσται τῆς στρατιᾶς. Ὑμεῖς μὲν οἱ πάντες οὐκ ἔσεσθε κύριοι οὔτε ἀνελέσθαι πόλεμον ᾧ ἂν βούλησθε, οὔτε καταλῦσαι, ἰδίᾳ δὲ ὁ βουλόμενος ἄξει στράτευμα ἐφ' ὅ τι ἂν θέλῃ. Κἄν τινες πρὸς ὑμᾶς ἴωσι πρέσβεις ἢ εἰρήνης δεόμενοι ἢ ἄλλου τινός, κατακανόντες τούτους οἱ βουλόμενοι ποιήσουσιν ὑμᾶς τῶν λόγων μὴ ἀκοῦσαι τῶν πρὸς ὑμᾶς ἰόντων. Ἔπειτα δὲ οὓς μὲν ἂν ὑμεῖς ἅπαντες ἕλησθε ἄρχοντας, ἐν οὐδεμιᾷ χώρᾳ ἔσονται, ὅστις δ' ἂν ἑαυτὸν ἕληται στρατηγὸν καὶ ἐθέλῃ λέγειν, Βάλλε, βάλλε, οὗτος ἔσται ἱκανὸς καὶ ἄρχοντα κατακανεῖν καὶ ἰδιώτην ὃν ἂν ὑμῶν ἐθέλῃ ἄκριτον, ἢν ὦσιν οἱ πεισόμενοι αὐτῷ, ὥσπερ καὶ νῦν

nous avaient fait aucun tort, ils craignaient que nous ne fussions tout à coup enragés comme des chiens.

« Si un pareil ordre de choses subsiste, voyez en quel désarroi tombera notre armée. Vous tous réunis en corps, vous ne serez plus maîtres de faire la guerre, ou, si vous le voulez, d'y mettre un terme. Le premier venu conduira l'armée à son gré et où il voudra. S'il vous vient quelques envoyés pour vous demander la paix ou toute autre chose, qui voudra les fera mettre à mort et vous empêchera de rien entendre des paroles de ceux qui vous sont députés. Ensuite, tous ceux que vous aurez choisis pour chefs n'auront plus d'autorité. Quiconque s'élira lui-même stratége et voudra crier : « Jette! jette! » pourra tuer tout chef ou tout simple soldat qu'il lui plaira, sans forme de procès, s'il trouve des complaisants,

ἠδίκουν μὲν οὐδέν,	d'une-part ils n'avaient été-injustes
ἔδεισαν δὲ	d'autre-part ils craignirent [*en* rien,
μή τις λύττα	que quelque rage
ἐμπεπτώκοι ἡμῖν	ne fût tombée-sur nous
ὥσπερ κυσίν.	comme *sur* des chiens.
Εἰ οὖν ταῦτα	Si donc ces choses
ἔσται τοιαῦτα,	seront (doivent être) telles,
θεάσασθε	ayez considéré
οἵα ἡ κατάστασις τῆς στρατιᾶς	quelle la situation de l'armée
ἔσται ἡμῖν.	sera à (pour) nous. [nis)
Ὑμεῖς μὲν οἱ πάντες	Vous d'une-part les tous (tous réu-
οὐκ ἔσεσθε κύριοι	vous ne serez maîtres
οὔτε ἀνελέσθαι πόλεμον	ni d'avoir entrepris la guerre
ᾧ βούλησθε ἄν,	*contre* qui vous voudrez,
οὔτε καταλῦσαι,	ni de *l'*avoir déliée (terminée),
ὁ δὲ βουλόμενος ἰδίᾳ	mais celui voulant en-particulier
ἄξει στράτευμα	conduira l'armée
ἐπὶ ὅ τι θέλῃ ἄν.	vers quoi il voudra.
Καὶ ἄν τινες πρέσβεις	Et si quelques députés
ἴωσι πρὸς ὑμᾶς	vont vers vous
ἢ δεόμενοι τῆς εἰρήνης	ou ayant besoin de la paix
ἢ τινος ἄλλου,	ou de quelque autre chose,
οἱ βουλόμενοι	ceux voulant (qui voudront)
κατακανόντες τούτους	ayant tué ceux-ci
ποιήσουσιν ὑμᾶς μὴ ἀκοῦσαι	feront vous n'avoir pas entendu
τῶν λόγων	les discours
τῶν ἰόντων πρὸς ὑμᾶς.	de ceux allant vers vous.
Ἔπειτα δὲ	Et ensuite
οὓς μὲν ὑμεῖς ἅπαντες	ceux que d'une-part vous tous
ἕλησθε ἂν ἄρχοντας,	vous aurez choisis *pour* chefs,
ἔσονται ἐν οὐδεμιᾷ χώρᾳ,	seront en nulle place (autorité),
ὅστις δὲ	et quiconque
ἕληται ἂν ἑαυτὸν στρατηγὸν	aura choisi lui-même *pour* stratége
καὶ ἐθέλῃ λέγειν,	et voudra dire,
Βάλλε, βάλλε,	Lance, lance,
οὗτος ἔσται ἱκανὸς κατακανεῖν	celui-ci sera capable d'avoir tué
καὶ ἄρχοντα καὶ ἰδιώτην	et un chef et un particulier,
ὃν ὑμῶν ἐθέλῃ ἂν	celui de vous qu'il voudra
ἄκριτον,	sans-jugement,
εἰ οἱ πεισόμενοι αὐτῷ	si les devant obéir à lui

ἐγένετο. Οἷα δὲ ὑμῖν καὶ διαπεπράχασιν οἱ αὐθαίρετοι οὗτοι στρατηγοὶ σκέψασθε. Ζήλαρχος μὲν γὰρ ὁ ἀγορανόμος, εἰ μὲν ἀδικεῖ ὑμᾶς, οἴχεται ἀποπλέων οὐ δοὺς ὑμῖν δίκην· εἰ δὲ μὴ ἀδικεῖ, φεύγει ἐκ τοῦ στρατεύματος, δείσας μὴ ἀδίκως ἄκριτος ἀποθάνῃ.

Οἱ δὲ καταλεύσαντες τοὺς πρέσβεις διεπράξαντο ὑμῖν μόνοις μὲν τῶν Ἑλλήνων εἰς Κερασοῦντα μὴ ἀσφαλὲς εἶναι, ἂν μὴ σὺν ἰσχύι, ἀφικνεῖσθαι· τοὺς δὲ νεκροὺς οὓς πρόσθεν αὐτοὶ οἱ κατακανόντες ἐκέλευον θάπτειν, τούτους διεπράξαντο μηδὲ ξὺν κηρυκίῳ ἔτι ἀσφαλὲς εἶναι ἀνελέσθαι. Τίς γὰρ ἐθελήσει κῆρυξ ἰέναι κήρυκας ἀπεκτονώς; Ἀλλ' ἡμεῖς Κερασουντίων θάψαι αὐτοὺς ἐδεήθημεν.

Εἰ μὲν οὖν ταῦτα καλῶς ἔχει, δοξάτω ὑμῖν ἵνα, ὡς τοιούτων

comme cela est arrivé naguère. Quels exploits vous ont produit ces stratéges qui se sont créés eux-mêmes, voyez-les. Zélarque, cet agoranome, est-il coupable envers vous, il s'est enfui par mer, et il a échappé au châtiment : est-il innocent, il fuit loin de l'armée de crainte d'être mis à mort injustement et sans forme de procès.

« Ceux qui ont lapidé les envoyés ont fait que, seuls de tous les Grecs, vous ne pouvez être en sûreté à Cérasonte, si vous n'y venez en force. Ces morts, que naguère ceux même qui les avaient tués vous invitaient à venir ensevelir, ils ont fait qu'il n'est pas sûr pour vous d'aller les enlever même avec un héraut. Qui voudra être héraut, après avoir tué ceux des autres? Aussi avons-nous prié les Cérasontins d'ensevelir nos morts.

« Si vous approuvez tous ces faits, rendez un décret qui les confirme, afin que, s'ils se renouvellent, chacun se tienne sur ses gardes

ὦσιν,	sont, [nant.
ὥσπερ καὶ νῦν ἐγένετο.	comme il est arrivé aussi mainte-
Σκέψασθε δὲ	Or ayez examiné
οἷα οὗτοι οἱ στρατηγοὶ	quelles choses ces stratéges
αὐθαίρετοι	choisis-par-eux-mêmes
καὶ διαπεπράχασιν ὑμῖν	ont aussi exécutées pour vous.
Ζήλαρχος μὲν γὰρ	Car d'une-part Zélarque
ὁ ἀγορανόμος,	l'agoranome, [vous,
εἰ μὲν ἀδικεῖ ὑμᾶς,	si d'une-part il est-injuste-envers
οἴχεται ἀποπλεών	part s'éloignant-par-mer [peine;
οὐ δοὺς ὑμῖν δίκην·	n'ayant pas donné à vous (subi) une
εἰ δὲ μὴ ἀδικεῖ,	d'autre-part s'il n'est pas injuste,
φεύγει ἐκ τοῦ στρατεύματος,	il fuit de l'armée, [ment,
δείσας μὴ ἀποθάνῃ ἀδίκως	craignant qu'il ne soit mort injuste-
ἄκριτος.	sans-jugement.
Οἱ δὲ καταλεύσαντες	Et ceux ayant lapidé
τοὺς πρέσβεις	les députés
διεπράξαντο	ont fait
μὴ εἶναι ἀσφαλὲς	n'être pas sûr (sans danger)
ὑμῖν μόνοις μὲν τῶν Ἑλλήνων	pour vous seuls d'une-part des
ἀφικνεῖσθαι εἰς Κερασοῦντα	d'aller à Cérasonte [Grecs
εἰ μὴ σὺν ἰσχύι·	sinon avec force (en forces) ;
τοὺς δὲ νεκροὺς	d'autre-part les morts
οὓς αὐτοὶ οἱ κατακανόντες	que ceux-mêmes ayant tué
ἐκέλευον πρόσθεν θάπτειν,	*nous* engageaient auparavant à en-
διεπράξαντο	ils ont fait [sevelir,
εἶναι ἀσφαλὲς ἔτι	être sûr (sans danger) encore
μηδὲ ξὺν κηρυκίῳ	pas-même avec l'office-d'un-héraut
ἀνελέσθαι τούτους.	d'avoir enlevé ceux-ci.
Τίς γὰρ ἐθελήσει	Car qui voudra
ἀπεκτονὼς κήρυκας	ayant tué des hérauts
ἰέναι κῆρυξ;	aller *comme* héraut ?
Ἀλλὰ ἡμεῖς	Mais nous
ἐδεήθημεν Κερασουντίων	nous avons prié les Cérasontins
θάψαι αὐτούς.	d'avoir enseveli eux.
Εἰ μὲν οὖν	Si d'une-part donc
ταῦτα ἔχει καλῶς,	ces choses sont bien,
δοξάτω ὑμῖν	qu'elles aient été décrétées par vous,
ἵνα τις,	afin que quelqu'un (on),
ὡς τοιούτων ἐσομένων,	comme de telles choses devant être,

ἐσομένων, καὶ φυλακὴν ἰδίᾳ ποιήσῃ τις, καὶ τὰ ἐρυμνὰ ὑπερδέξια πειρᾶται ἔχων σκηνοῦν. Εἰ μέντοι ὑμῖν δοκεῖ θηρίων, ἀλλὰ μὴ ἀνθρώπων εἶναι τὰ τοιαῦτα ἔργα, σκοπεῖτε παῦλάν τινα αὐτῶν· εἰ δὲ μή, πρὸς Διός, πῶς ἢ θεοῖς θύσομεν ἡδέως, ποιοῦντες ἔργα ἀσεβῆ, ἢ πολεμίοις πῶς μαχούμεθα, ἢν ἀλλήλους κατακαίνωμεν; Πόλις δὲ φιλία τίς ἡμᾶς δέξεται, ἥτις ἂν δρᾷ τοσαύτην ἀνομίαν ἐν ἡμῖν; ἀγορὰν δὲ τίς ἄξει θαρρῶν, ἢν περὶ τὰ μέγιστα τοιαῦτα ἐξαμαρτάνοντες φαινώμεθα; Οὗ δὲ δὴ πάντων οἰόμεθα τεύξεσθαι ἐπαίνου, τίς ἂν ἡμᾶς τοιούτους ὄντας ἐπαινέσειεν; ἡμεῖς μὲν γὰρ οἶδ' ὅτι πονηροὺς ἂν φαίημεν εἶναι τοὺς τὰ τοιαῦτα ποιοῦντας.

Ἐκ τούτου ἀνιστάμενοι πάντες ἔλεγον τοὺς μὲν τούτων ἄρξαντας δοῦναι δίκην, τοῦ δὲ λοιποῦ μηκέτι ἐξεῖναι ἀνομίας

et essaye de se retrancher dans quelque lieu fort. Mais si vous croyez que ce sont là des actes de bêtes sauvages et non pas d'hommes, songez à y mettre un terme. Autrement, par Jupiter! comment ferons-nous aux dieux des sacrifices qui leur plaisent, après des actes impies? comment irons-nous combattre les ennemis, si nous nous égorgeons les uns les autres? Quelle ville nous recevra comme amis, si l'on voit chez nous pareil désordre? Qui osera nous apporter des vivres, quand il sera notoire que nous ne reculons pas devant les plus grands crimes? Si nous croyons avoir mérité quelque gloire, qui donc osera louer des hommes tels que nous? Je sais que nous nous regarderions comme des scélérats ceux qui tiendraient une pareille conduite. »

Aussitôt tous les Grecs se lèvent et disent qu'il faut commencer par sévir contre les coupables, ne plus tolérer à l'avenir de sem-

καί ποιήσῃ φυλακὴν ἰδίᾳ,	et ait fait garde en-particulier,
καὶ ἔχων τὰ ἐρυμνὰ ὑπερδέξια	et ayant les *lieux* forts élevés
πειρᾶται σκηνοῦν.	tâche de se cantonner.
Εἰ μέντοι τὰ ἔργα τοιαῦτα	Si cependant les actes tels [vages,
δοκεῖ ὑμῖν εἶναι θηρίων,	paraissent être à vous de bêtes-sau-
ἀλλὰ μὴ ἀνθρώπων,	mais non d'hommes,
σκοπεῖτέ	examinez (cherchez) [cesser) eux;
τινα παῦλαν αὐτῶν·	quelque cesse d' (moyen de faire
εἰ δὲ μή,	sinon,
πρὸς Διός,	par Jupiter, [dieux
πῶς ἢ θύσομεν θεοῖς	comment ou sacrifierons-nous aux
ἡδέως,	agréablement *pour eux*, [ennemis,
ἢ πῶς μαχούμεθα πολεμίοις,	ou comment combattrons-nous les
ἢν κατακαίνωμεν ἀλλήλους;	si nous nous tuons les uns-les-autres?
Τίς δὲ πόλις φιλιά	D'autre-part quelle ville *étant* amie
δέξεται ἡμᾶς,	recevra nous,
ἥτις ὁρᾷ ἂν ἐν ἡμῖν	qui verra en nous (chez nous)
τοσαύτην ἀνομίαν;	une telle illégalité?
τίς δὲ θαῤῥῶν	et qui ayant-confiance
ἄξει ἀγοράν,	apportera un-marché-de-vivres,
ἢν φαινώμεθα	si nous paraissons
ἐξαμαρτάνοντες τοιαῦτα	commettant-des-fautes telles
περὶ τὰ μέγιστα;	touchant les plus grandes choses?
Ἐπαίνου δὲ	D'autre-part *sur* la louange
οὗ δὴ οἰόμεθα	laquelle certes nous pensons
τεύξεσθαι πάντων	devoir obtenir de tous,
τίς ἐπαινέσειεν ἂν ἡμᾶς	qui aurait loué nous
ὄντας τοιούτους;	étant tels?
Οἶδα μὲν γὰρ	Car je sais d'une-part
ὅτι ἡμεῖς φαίημεν ἂν	que nous nous dirions
τοὺς ποιοῦντας ταῦτα	les faisant ces choses
εἶναι πονηρούς.	être méchants.
Ἐκ τούτου	A-la-suite-de cela
πάντες ἀνιστάμενοι ἔλεγον	tout se levant disaient [ces choses
τοὺς μὲν ἄρξαντας τούτων	ceux-d'une-part ayant commencé
δοῦναι	avoir donné (subi)
δίκην,	une peine (devoir être punis)
τοῦ δὲ λοιποῦ	d'autre-part *pour* le reste (désor-
μηκέτι ἐξεῖναι	n'être plus permis [mais)
ἄρξαι ἀνομίας·	d'avoir commencé une illégalité;

ἄρξαι· ἐὰν δέ τις ἄρξῃ, ἄγεσθαι αὐτοὺς ἐπὶ θανάτῳ· τοὺς δὲ στρατηγοὺς εἰς δίκας πάντας καταστῆσαι· εἶναι δὲ δίκας καὶ εἴ τι ἄλλο τις ἠδίκητο ἐξ οὗ Κῦρος ἀπέθανε· δικαστὰς δὲ τοὺς λοχαγοὺς ἐποιήσαντο. Παραινοῦντος δέ Ξενοφῶντος καὶ τῶν μάντεων συμβουλευόντων, ἔδοξε καὶ καθῆραι τὸ στράτευμα. Καὶ ἐγένετο καθαρμός.

VIII. Ἔδοξε δὲ καὶ τοὺς στρατηγοὺς δίκην ὑποσχεῖν τοῦ παρεληλυθότος χρόνου. Καὶ διδόντων, Φιλήσιος μὲν ὦφλε καὶ Ξανθικλῆς τῆς φυλακῆς τῶν γαυλικῶν χρημάτων, τὸ μείωμα εἴκοσι μνᾶς, Σοφαίνετος δέ, ὅτι ἄρχων αἱρεθεὶς κατημέλει, δέκα μνᾶς[1]. Ξενοφῶντος δὲ κατηγόρησάν τινες φάσκοντες παίεσθαι ὑπ' αὐτοῦ, καὶ ὡς ὑβρίζοντος τὴν κατηγορίαν ἐποιοῦντο. Καὶ ὁ Ξενοφῶν ἀναστὰς ἐκέλευσεν εἰπεῖν τὸν πρῶτον λέξαντα ποῦ καὶ ἐπλήγη. Ὁ δὲ ἀποκρίνεται· Ὅπου καὶ τῷ ῥίγει ἀπωλλύμεθα καὶ χιὼν πλείστη ἦν. Ὁ δὲ εἶπεν· Ἀλλὰ μὴν καὶ χει-

blables désordres, et mettre à mort le premier qui les renouvellera : les stratéges vont instruire le procès, on va rechercher toutes les autres fautes commises depuis la mort de Cyrus, et les lochages en seront juges. Sur la proposition de Xénophon, appuyée du conseil des devins, on décide de purifier l'armée, et l'expiation a lieu.

VIII. Il est décidé que les stratéges auront à rendre compte de leur conduite passée. Le compte rendu, Philésias et Xanthiclès sont condamnés à payer vingt mines de déficit dans la caisse de la marine. Sophénète est condamné à dix mines pour négligence dans ses fonctions de général. Xénophon est accusé par quelques hommes, prétendant qu'il les a frappés et le décrétant de violence. Xénophon se lève et somme le premier qui avait porté plainte de dire où il a été battu. Celui-ci répond : « Dans un lieu où nous mourions de froid, où nous étions couverts de neige. » Xénophon

ἀν δέ τις ἄρξῃ,
αὐτοὺς ἄγεσθαι ἐπὶ θανάτῳ·
τοὺς δὲ στρατηγοὺς
καταστῆσαι πάντας εἰς δίκας·
ἰκας δὲ εἶναι
καὶ εἴ τις
ἠδίκητό τι ἄλλο
ἐξ οὗ Κῦρος ἀπέθανεν·
ἐποιήσαντο δὲ τοὺς λοχαγοὺς
δικαστάς.
Ξενοφῶντος δὲ παραινοῦντος
καὶ τῶν μάντεων
συμβουλευόντων
ἔδοξε
καὶ καθῆραι τὸ στράτευμα.
Καὶ καθαρμὸς ἐγένετο.
VIII. Ἔδοξε δὲ
καὶ τοὺς στρατηγοὺς
ὑποσχεῖν δίκην
τοῦ χρόνου παρεληλυθότος.
Καὶ διδόντων,
Φιλήσιος μὲν ὦφλε
καὶ Ξανθικλῆς
τῆς φυλακῆς τῶν χρημάτων
γαυλικῶν,
τὸ μείωμα δέκα μνᾶς,
Σοφαίνετος δὲ δέκα μνᾶς,
ὅτι αἱρεθεὶς ἄρχων
κατημέλει. [τος
Τινὲς δὲ κατηγόρησαν Ξενοφῶν-
φάσκοντες παίεσθαι ὑπ' αὐτοῦ,
καὶ ἐποιοῦντο τὴν κατηγορίαν
ὡς ὑβρίζοντος.
Καὶ ὁ Ξενοφῶν ἀναστὰς
ἐκέλευσε τὸν λέξαντα πρῶτον
εἰπεῖν καὶ ποῦ ἐπλήγη.
Ὁ δὲ ἀποκρίνεται·
Ὅπου καὶ ἀπωλλύμεθα τῷ ῥίγει,
καὶ χιὼν ἦν πλείστη.
Ὁ δὲ εἶπεν·

et si quelqu'un commence,
eux être conduits pour la mort,
et les stratéges [ment;
avoir mis tous *les coupables* en juge-
et des jugements être
si quelqu'un aussi [que autre chose
avait été traité-injustement en quel-
depuis que Cyrus est mort;
et ils firent les lochages
juges.
Et Xénophon avertissant
et les devins
conseillant
il parut bon
d'avoir aussi purifié l'armée.
Et la purification eut-lieu.
VIII. Or il parut-bon
les stratéges aussi
avoir subi un jugement
du (pour le) temps passé. [*ment*,
Et *eux* donnant (subissant) *ce juge-*
Philésius d'une-part dut (fut con-
et Xanthiclès [damné à) payer
pour la garde de l'argent [dises,
produit-de-la-vente-des-marchan-
le déficit vingt mines,
d'autre-part Sophenète dix mines,
parce qu'ayant été choisi *pour* chef
il était-négligent. [phon
Et quelques-uns accusaient Xéno-
disant être frappés (par lui),
et ils faisaient l'accusation
de lui comme usant-de-violence.
Et Xénophon s'étant levé [mier
ordonna celui ayant parlé le pre-
avoir dit aussi où il fut frappé.
Et celui-ci répond :
Là-où et nous périssions par le froid,
et la neige était très-abondante.
Et lui dit :

μῶνός γε ὄντος οἷου λέγεις, σίτου δὲ ἐπιλελοιπότος, οἴνου δὲ μηδ' ὀσφραίνεσθαι παρόν, ὑπὸ δὲ πόνων πολλῶν ἀπαγορευόντων, πολεμίων δὲ ἑπομένων, εἰ ἐν τοιούτῳ καιρῷ ὕβριζον, ὁμολογῶ καὶ τῶν ὄνων ὑβριστότερος[1] εἶναι, οἷς φασιν ὑπὸ τῆς ὕβρεως κόπον οὐκ ἐγγίγνεσθαι. Ὅμως δὲ καὶ λέξον, ἔφη, ἐκ τίνος ἐπλήγης. Πότερον ᾔτουν σέ τι, καὶ ἐπεί μοι οὐκ ἐδίδως ἔπαιον; ἀλλ' ἀπῄτουν; ἀλλὰ περὶ παιδικῶν μαχόμενος, ἀλλὰ μεθύων ἐπαρῴνησα; Ἐπεὶ δὲ τούτων οὐδὲν ἔφησεν, ἐπήρετο αὐτὸν εἰ ὁπλιτεύοι. Οὐκ ἔφη· πάλιν εἰ πελτάζοι. Οὐδὲ τοῦτ' ἔφη· ἀλλ' ἡμίονον ἐλαύνειν ταχθεὶς ὑπὸ τῶν συσκήνων ἐλεύθερος ὤν. Ἐνταῦθα δὴ ἀναγιγνώσκει τε αὐτὸν καὶ ἤρετο· Ἦ σὺ εἶ ὁ τὸν

reprend : « S'il faisait le temps que tu dis, quand les vivres manquaient, quand on ne sentait pas une goutte de vin, que nous étions rendus de fatigues, ou harcelés par l'ennemi, si c'est alors que je t'ai insulté, je suis plus insolent que les ânes, dont la fatigue n'arrête pas, dit-on, l'insolence. Mais explique pourquoi je t'ai frappé. Te demandais-je quelque chose, et est-ce pour ton refus que je t'ai battu? Est-ce que j'exigeais une restitution? T'ai-je querellé pour un mignon, ou bien étais-je en état d'ivresse? » L'autre convenant que ce n'est rien de tout cela, Xénophon lui demande s'il était alors parmi les hoplites. « Non. — Avec les peltastes? — Non plus; mais moi, homme libre, je conduisais un mulet; les camarades de chambrée m'en avaient chargé. » Xénophon reconnaissant alors son homme : « N'es-tu pas, lui demande-t-il, celui qui transportait

Ἀλλὰ μὴν	mais assurément
καὶ χειμῶνός γε ὄντος	et un hiver certes étant
οἵου λέγεις,	tel-que tu dis,
σίτου δὲ ἐπιλελοιπότος,	et le blé ayant manqué,
μηδὲ δὲ παρὸν	et n'étant pas-même possible
ὀσφραίνεσθαι οἴνου,	de sentir du vin,
πολλῶν δὲ ἀπαγορευόντων	et beaucoup renonçant (accablés)
ὑπὸ πόνων,	par-suite des fatigues,
πολεμίων δὲ ἑπομένων,	et les ennemis suivant.
εἰ ὕβριζον	si j'usais-de-violence
ἐν καιρῷ τοιούτῳ,	dans une occasion telle,
ὁμολογῶ εἶναι	j'avoue être
ὑβριστότερος καὶ τῶν ὄνων	plus insolent même que les ânes,
οἷς φασιν κόπον	auxquels on dit la fatigue [tir)
οὐκ ἐγγίνεσθαι	n'être pas-dans (ne pas se faire sen-
ὑπὸ ὕβρεως.	par-suite-de l'insolence.
Ὅμως δὲ καὶ λέξον, ἔφη,	Mais cependant aie dit aussi, dit-il,
ἐκ τίνος ἐπλήγης.	à cause de quoi tu fus frappé.
Πότερον ᾔτουν σέ τι,	Est-ce que je demandais à toi quel-
καὶ ἔπαιον	et je frappais [que chose,
ἐπεὶ οὐκ ἐδίδως μοι;	attendu que tu ne donnais pas à
ἀλλὰ ἀπῄτουν;	mais (ou bien) je réclamais? [moi?
ἀλλὰ μαχόμενος περὶ παιδικῶν,	mais disputant pour un mignon,
ἀλλὰ μεθυὼν	mais étant-ivre,
ἐπαρῴνησα;	j'ai mal-agi-dans-le-vin?
Ἐπεὶ δὲ ἔφησεν	Et après qu'il eut dit
οὐδὲν τούτων,	aucune de ces choses *être*,
ἐπήρετο αὐτὸν	il interrogeait lui
εἰ ὁπλιτεύοι.	s'il était-hoplite.
Ἔφη οὐκ·	Il dit non;
πάλιν εἰ πελτάζοι.	ensuite s'il était-peltaste.
Ἔφη τοῦτο οὐδέ·	Il dit cela *n'être pas* non-plus;
ἀλλὰ ταχθεὶς	mais ordonné (chargé)
ὑπὸ τῶν συσκηνῶν	par les camarades-de-tente
ἐλαύνειν ἡμίονον	de pousser un mulet
ὢν ἐλεύθερος.	étant (quoiqu'il fût) *homme* libre.
Ἐνταῦθα δὴ	Là (alors) certes
ἀναγιγνώσκει τε αὐτὸν	et il reconnaît lui
καὶ ἤρετο·	et il interrogeait :
Ἦ σὺ εἶ	Est-ce-que toi tu es

κάμνοντα ἀπαγαγών; Ναὶ μὰ Δί', ἔφη· σὺ γὰρ ἠνάγκαζες· τὰ δὲ τῶν ἐμῶν συσκήνων σκεύη διέῤῥιψας. Ἀλλ' ἡ μὲν διάῤῥιψις, ἔφη ὁ Ξενοφῶν, τοιαύτη τις ἐγένετο. Διέδωκα ἄλλοις ἄγειν, καὶ ἐκέλευσα πρὸς ἐμὲ ἀπαγαγεῖν, καὶ ἀπολαβὼν ἅπαντα σῶα ἀπέδωκά σοι, ἐπεὶ καὶ σὺ ἐμοὶ ἀπέδειξας τὸν ἄνδρα. Οἷον δὲ τὸ πρᾶγμα ἐγένετο ἀκούσατε, ἔφη· καὶ γὰρ ἄξιον.

Ἀνὴρ κατελείπετο διὰ τὸ μηκέτι δύνασθαι πορεύεσθαι. Καὶ ἐγὼ τὸν μὲν ἄνδρα τοσοῦτον ἐγίγνωσκον ὅτι εἷς ἡμῶν εἴη, ἠνάγκασα δέ σε τοῦτον ἄγειν, ὡς μὴ ἀπόλοιτο· καὶ γάρ, ὡς ἐγὼ οἶμαι, πολέμιοι ἡμῖν ἐφείποντο. Συνέφη τοῦτο ὁ ἄνθρωπος. Οὐκοῦν, ἔφη ὁ Ξενοφῶν, ἐπεὶ προὔπεμψά σε, καταλαμβάνω αὖθις σὺν τοῖς ὀπισθοφύλαξι προσιὼν βόθρον ὀρύττοντα ὡς κατορύξοντα τὸν ἄνθρωπον, καὶ ἐπιστὰς ἐπῄνουν σε. Ἐπεὶ δὲ παρεστηκότων ἡμῶν συνέκαμψε τὸ σκέλος ὁ ἀνήρ, ἀνέκραγον

un malade? — Oui, par Jupiter! tu m'y avais forcé, après avoir culbuté le bagage de mes compagnons. — Mais cette culbute, dit Xénophon, voici comment elle s'est faite. Je répartis les effets entre d'autres soldats, pour les porter et me les remettre. Le tout m'ayant été rendu en bon état, je te l'ai remis en échange de mon homme. Mais écoutez comment cela s'est fait : la chose en vaut la peine.

« On laissait en arrière un homme qui ne pouvait plus marcher : je ne le connaissais que parce qu'il était un des nôtres. Je te force à le porter, sans quoi il est perdu ; car, si je ne me trompe, nous avions les ennemis en queue. » L'homme en convient. « Après t'avoir fait prendre les devants, poursuit Xénophon, je retourne à l'arrière-garde, et je te retrouve ensuite creusant une fosse pour enterrer ton homme. Je m'arrête et je t'approuve. Mais pendant que nous sommes là, le malade plie la jambe : tous les assistants

ὁ ἀπαγαγὼν τὸν κάμνοντα;	le ayant transporté le malade?
Ναὶ μὰ Δία, ἔφη·	Oui, par Jupiter, dit-il;
σὺ γὰρ ἠνάγκαζες·	car toi tu *me* forçais; [gages
διεῤῥίψας δὲ τὰ σκεύη	d'autre-part tu-éparpillas les ba-
τῶν ἐμῶν συσκήνων.	de mes compagnons-de-tente.
Ἀλλὰ ἡ διάῤῥιψις μέν,	Mais cet éparpillement d'une-part,
ἔφη ὁ Ξενοφῶν,	dit Xénophon,
ἐγένετο τοιαύτη τις.	fut tel.
Διέδωκα ἄλλοις ἄγειν,	je distribuai à d'autres *à* porter,
καὶ ἐκέλευσα ἀπαγαγεῖν πρὸς ἐμέ,	et j'ordonnai d'avoir rapporté à moi,
καὶ ἀπολαβὼν ἅπαντα σῶα	et ayant reçu toutes choses sauves
ἀπέδωκά σοι,	je *les* rendis à toi,
καὶ σὺ ἀπέδειξας ἐμοὶ	et toi tu as présenté à moi
τὸν ἄνδρα.	l' (cet) homme.
Ἀκούσατε δέ, ἔφη,	Mais ayez écouté, dit-il,
οἷον πρᾶγμα ἐγένετο·	quelle affaire eut-lieu;
καὶ γὰρ ἄξιον.	car *cela est* digne (en vaut la peine).
Ἀνὴρ ὑπελείπετο	Un homme était laissé-en-arrière
διὰ τὸ	à cause de ceci
μηκέτι δύνασθαι πορεύεσθαι.	ne pouvoir plus marcher.
Καὶ ἐγὼ ἐγίγνωσκον	Et moi je connaissais
τὸν μὲν ἄνδρα	cet homme d'une-part
τοσοῦτον ὅτι	autant (seulement) parce que
εἴη εἷς ἡμῶν,	il était un des nôtres,
ἠνάγκασα δέ σε	d'autre-part je forçai toi
ἄγειν τοῦτον	à porter celui-ci
ὡς μὴ ἀπόλοιτο·	afin qu'il ne pérît pas;
καὶ γάρ, ὡς ἐγὼ οἶμαι,	car, comme moi je pense,
πολέμιοι ἐφείποντο ἡμῖν.	des ennemis suivaient nous.
Ὁ ἄνθρωπος συνέφη τοῦτο.	L'homme avoua ceci.
Οὐκοῦν, ἔφη ὁ Ξενοφῶν,	Donc, dit Xénophon, [toi,
ἐπεὶ προὔπεμψά σε	Après que j'eus envoyé-en-avant
προσιὼν σὺν τοῖς ὀπισθοφύλαξιν	m'avançant avec ceux-de-l'arrière-
καταλαμβάνω αὖθις	je *te* trouve de-nouveau [garde
ὀρύττοντα βόθρον	creusant un trou
ὡς κατορύξοντα τὸν ἄνθρωπον,	comme devant enterrer l'homme,
καὶ ἐπιστὰς ἐπῄνουν σε.	et m'étant arrêté je louais toi.
Ἐπεὶ δὲ ἡμῶν παρεστηκότων	Mais après que nous nous tenant-
ὁ [illegible] τυνέκαμψε τὸ σκέλος,	l'homme eut plié la jambe, [auprès
οἱ παρυντες ἀνέκραγον	les étant-présents s'écrièrent

οἱ παρόντες ὅτι ζῇ ὁ ἀνήρ, σὺ δ' εἶπας· Ὁπόσα γε βούλεται· ὡς ἔγωγε αὐτὸν οὐκ ἄξω. Ἐνταῦθα ἔπαισά σε· ἀληθῆ λέγεις· ἔδοξας γάρ μοι εἰδότι ἐοικέναι ὅτι ἔζη. Τί οὖν; ἔφη, ἧττόν τι ἀπέθανεν, ἐπεὶ ἐγώ σοι ἀπέδειξα αὐτόν; Καὶ γὰρ ἡμεῖς, ἔφη ὁ Ξενοφῶν, πάντες ἀποθανούμεθα· τούτου οὖν ἕνεκα ζῶντας ἡμᾶς δεῖ κατορυχθῆναι; Τοῦτον μὲν ἀνέκραγον πάντες ὡς ὀλίγας παίσειεν· ἄλλους δ' ἐκέλευε λέγειν διὰ τί ἕκαστος ἐπλήγη. Ἐπεὶ δὲ οὐκ ἀνίσταντο, αὐτὸς ἔλεγεν.

Ἐγώ, ὦ ἄνδρες, ὁμολογῶ παῖσαι δὴ ἄνδρας ἕνεκεν ἀταξίας ὅσοις σώζεσθαι μὲν ἤρκει δι' ἡμᾶς, ἐν τάξει τε ἰόντων καὶ μαχομένων ὅπου δέοι· αὐτοὶ δὲ λιπόντες τὰς τάξεις, προθέοντες ἁρπάζειν ἤθελον καὶ ἡμῶν πλεονεκτεῖν. Εἰ δὲ τοῦτο πάντες

s'écrient qu'il est en vie. Alors toi : « Tant qu'il voudra, dis-tu ; pour moi, je ne le porte plus. C'est alors que je t'ai frappé ; tu dis vrai, car tu me faisais l'effet de savoir qu'il n'était pas mort. — Eh bien, répéta le plaignant, en est-il moins mort depuis que je te l'ai rendu ? — Et nous aussi, dit Xénophon, nous mourrons tous ; mais est-ce une raison pour nous enterrer tout vifs ? » Tout le monde alors s'écrie qu'il n'a pas assez frappé. Xénophon invite ensuite les autres à dire pourquoi chacun d'eux l'a été. Personne ne se levant, il dit :

« Oui, soldats, j'en conviens, j'ai frappé pour indiscipline beaucoup d'hommes, auxquels il aurait dû suffire d'être sauvés par vous : nous marchions en ordre et nous combattions quand il le fallait, tandis que ces hommes-là, quittant leurs rangs, et courant en avant, voulaient piller et gagner plus que nous. Si nous avions

ὅτι ὁ ἀνὴρ ζῇ,	que l'homme vit,
σὺ δὲ εἶπας ·	mais toi tu dis :
Ὁπόσα γε βούλεται ·	*qu'il vive* autant certes qu'il veut;
ὡς ἔγωγε	car moi-du-moins
οὐκ ἄξω αὐτόν.	je ne porterai pas lui.
Ἐνταῦθα ἔπαισά σε ·	Là (alors) je frappai toi ;
λέγεις ἀληθῆ ·	tu dis des choses vraies ;
ἔδοξας γάρ μοι	car tu parus à moi
ἐοικέναι εἰδότι	ressembler à *quelqu'un* sachant
ὅτι ἔζη.	qu'il vivait.
Τί οὖν, ἔφη,	Quoi donc, dit-il,
ἀπέθανεν ἧττόν τι	est-il moins mort *en* quelque chose,
ἐπεὶ ἐγὼ	après que moi
ἀπέδειξα αὐτόν σοι;	j'eus montré (rendu) lui à toi ?
Καὶ γὰρ ἡμεῖς, ἔφη ὁ Ξενοφῶν,	Car nous aussi, dit Xénophon
ἀποθανούμεθα πάντες ·	nous mourrons tous ;
δεῖ οὖν ἕνεκα τούτου	faut-il donc à cause de cela
ἡμᾶς κατορυχθῆναι ζῶντας ;	nous avoir été enterrés vivants
Πάντες μὲν ἀνέκραγον	Tous d'une-part s'écrièrent
ὡς παίσειε τοῦτον	qu'il avait frappé celui-ci
ὀλίγας ·	peu de *coups* (trop peu); [dire
ἐκέλευε δὲ ἄλλους λέγειν	d'autre-part il engageait d'autres à
διὰ τί ἕκαστος ἐπλήγη.	pour quoi chacun fut frappé.
Ἐπεὶ δὲ οὐκ ἀνίσταντο,	Mais comme ils ne se levaient pas,
αὐτὸς ἔλεγεν ·	lui-même disait :
Ὦ ἄνδρες, ἐγὼ ὁμολογῶ	O hommes, moi j'avoue
παῖσαι δὴ	avoir frappé certes
ἕνεκεν ἀταξίας	à cause d'indiscipline
ἄνδρας ὅσοις	des hommes tous-ceux-auxquels
ἤρκει μὲν	il suffisait d'une-part
σώζεσθαι διὰ ἡμᾶς,	d'être sauvés à cause de nous, [tant
ἰόντων τε ἐν τάξει καὶ μαχομένων	*nous* et allant en rang et combat-
ὅπου δέοι ·	là-où il fallait;
αὐτοὶ δὲ	eux-mêmes d'autre-part
λιπόντες τὰς τάξεις,	ayant quitté les (leurs) rangs,
προθέοντες,	courant-en-avant
ἤθελον ἁρπάζειν	voulaient piller
καὶ πλεονεκτεῖν ἡμῶν.	et avoir-plus-que nous.
Εἰ δὲ πάντες	Or si tous
ἐποιοῦμεν τοῦτο,	nous faisions ceci,

ἐποιοῦμεν, ἅπαντες ἂν ἀπωλόμεθα. Ἤδη δὲ καὶ μαλακιζόμενόν τινα καὶ οὐκ ἐθέλοντα ἀνίστασθαι, ἀλλὰ προϊέμενον αὐτὸν τοῖς πολεμίοις καὶ ἔπαισα καὶ ἐβιασάμην πορεύεσθαι. Ἐν γὰρ τῷ ἰσχυρῷ χειμῶνι καὶ αὐτός ποτε ἀναμένων τινας συσκευαζομένους, καθεζόμενος συχνὸν χρόνον, κατέμαθον ἀναστὰς μόλις καὶ τὰ σκέλη ἐκτείνας. Ἐν ἐμαυτῷ οὖν πεῖραν λαβών, ἐκ τούτου καὶ ἄλλον, ὁπότε ἴδοιμι καθήμενον καὶ βλακεύοντα, ἤλαυνον· τὸ γὰρ κινεῖσθαι καὶ ἀνδρίζεσθαι παρεῖχε θερμασίαν τινὰ καὶ ὑγρότητα, τὸ δὲ καθῆσθαι καὶ ἡσυχίαν ἔχειν ἑώρων ὑπουργὸν ὂν τῷ τε ἀποπήγνυσθαι τὸ αἷμα καὶ τῷ ἀποσήπεσθαι τοὺς τῶν ποδῶν δακτύλους, ἅπερ πολλοὺς καὶ ὑμεῖς ἴστε παθόντας.

Ἄλλον δέ γε ἴσως ὑπολειπόμενόν που διὰ ῥᾳστώνην καὶ κω-

tous fait cela, nous étions tous perdus. Il y a plus : quelque soldat mou, refusant de se relever et se livrant lui-même à l'ennemi, je l'ai frappé, je l'ai contraint de rallier. En effet, dans le grand froid, ayant moi-même attendu ceux qui pliaient bagage, je me suis aperçu que j'avais peine à me relever et à étendre les jambes. D'après cette expérience personnelle, dès que je voyais quelqu'un s'asseoir en paresseux, je l'activais : car le mouvement et l'action donnent de la chaleur et de la souplesse, tandis que la station et le repos, ainsi que je l'ai vu, aident le sang à se glacer et les doigts des pieds à se geler ; accidents que vous savez être arrivés à plusieurs d'entre vous.

« Quelque autre soldat, arriéré par nonchalance, et qui empêchait vous l'avant-garde et nous l'arrière-garde d'avancer, je l'ai peut-être frappé du poing, afin qu'il ne fût pas frappé de la lance des ennemis. Il est donc permis à ceux que j'ai sauvés ainsi de me

ἅπαντες ἀπολώμεθα ἄν.	tous nous aurions péri. [frappé
Ἤδη δὲ καὶ ἔπαισα	D'autre-part maintenant et j'ai
καὶ ἐβιασάμην πορεύεσθαι	et j'ai contraint à marcher [sant
καί τινα μαλακιζόμενον	quelqu'un (plus d'un) aussi mollis-
καὶ οὐκ ἐθέλοντα ἀνίστασθαι,	et ne voulant pas se lever,
ἀλλὰ προϊέμενον αὑτὸν	mais s'abandonnant lui-même
τοῖς πολεμίοις.	aux ennemis.
Ἐν γὰρ τῷ ἰσχυρῷ χειμῶνι	Car dans le violent hiver
καὶ αὐτός ἀναμένων ποτέ	et moi-même attendant un jour
τινας συσκευαζομένους,	quelques-uns faisant-leurs-paquets,
καθεζόμενος συχνὸν χρόνον,	étant assis un long temps,
κατέμαθον	je m'aperçus
ἀναστὰς	m'étant levé (que je me levais)
καὶ ἐκτείνας τὰ σκέλη	et ayant étendu (que j'étendais) les
μόλις.	avec-peine. [jambes
Λαβὼν οὖν πεῖραν	Ayant donc pris expérience
ἐν ἐμαυτῷ,	en moi-même,
ἐκ τούτου	à-la-suite-de cela,
καὶ ἤλαυνον ἄλλον,	je poussais aussi un autre,
ὁπότε ἴδοιμι	lorsque je *le* voyais
καθήμενον καὶ βλακεύοντα·	s'étant-assis et étant-paresseux ;
τὸ γὰρ κινεῖσθαι	car le se mouvoir
καὶ ἀνδρίζεσθαι	et se-montrer-homme
παρεῖχέ τινα θερμασίαν	fournissait une certaine chaleur
καὶ ὑγρότητα,	et une *certaine* souplesse,
ἑώρων δὲ τὸ καθῆσθαι	mais je voyais le rester-assis
καὶ ἔχειν ἡσυχίαν	et avoir du repos (se tenir en repos)
ὂν ὑπουργὸν τῷ τε	étant contribuant et à ceci
τὸ αἷμα ἀποπήγνυσθαι	le sang se figer
καὶ τῷ	et à ceci
τοὺς δακτύλους τῶν ποδῶν	les doigts des pieds
ἀποσήπεσθαι,	être gangrenés, [savez
ἅπερ καὶ ὑμεῖς ἴστε	lesquelles choses vous aussi vous
πολλοὺς παθόντας.	beaucoup ayant éprouvées
Ἔπαισα δὲ πύξ,	D'autre-part j'ai frappé du poing,
ὅπως μὴ παίοιτο λόγχῃ	afin qu'il ne fût pas frappé de la
ὑπὸ τῶν πολεμίων,	par les ennemis, [lance
ἴσως γε ἄλλον	peut-être du-moins un autre
ὑπολειπόμενόν που	resté-en-arrière quelque-part
διὰ ῥᾳστώνην	par nonchalance

λύοντα καὶ ὑμᾶς τοὺς πρόσθεν καὶ ἡμᾶς τοὺς ὄπισθεν πορεύεσθαι ἔπαισα πύξ, ὅπως μὴ λόγχῃ ὑπὸ τῶν πολεμίων παίοιτο. Καὶ γὰρ οὖν νῦν ἔξεστιν αὐτοῖς σωθεῖσιν, εἴ τι ὑπ' ἐμοῦ ἔπαθον παρὰ τὸ δίκαιον, δίκην λαβεῖν. Εἰ δ' ἐπὶ τοῖς πολεμίοις ἐγένοντο, τί μέγα ἂν οὕτως ἔπαθον ὅτου δίκην ἂν ἠξίουν λαμβάνειν; Ἁπλοῦς μοι, ἔφη, ὁ λόγος. Ἐγὼ γὰρ εἰ μὲν ἐπ' ἀγαθῷ ἐκόλασά τινα, ἀξιῶ ὑπέχειν δίκην οἵαν καὶ γονεῖς υἱοῖς καὶ διδάσκαλοι παισί. Καὶ γὰρ οἱ ἰατροὶ καίουσι καὶ τέμνουσιν ἐπ' ἀγαθῷ. Εἰ δὲ ὕβρει νομίζετέ με ταῦτα πράττειν, ἐνθυμήθητε ὅτι νῦν ἐγὼ θαῤῥῶ σὺν τοῖς θεοῖς μᾶλλον ἢ τότε, καὶ θρασύτερός εἰμι νῦν ἢ τότε, καὶ οἶνον πλείω πίνω, ἀλλ' ὅμως οὐδένα παίω· ἐν εὐδίᾳ γὰρ ὁρῶ ὑμᾶς. Ὅταν δὲ χειμὼν ᾖ καὶ θάλαττα μεγάλη ἐπιφέρηται,

demander compte du traitement que je leur ai infligé contrairement à la justice. Mais s'ils étaient tombés au pouvoir des ennemis, quel traitement plus terrible n'auraient-ils pas eu à subir, et dont ils croiraient avoir à demander raison? Je vous parle à cœur ouvert. Si j'ai puni quelqu'un pour son bien, je dois être puni comme un père qui châtie ses enfants ou un maître ses disciples. C'est aussi pour le bien que les médecins coupent et brûlent. Mais si vous croyez que j'ai agi par violence, réfléchissez que, grâce aux dieux, j'ai bien plus de confiance aujourd'hui qu'alors, que je me sens aujourd'hui plus d'audace que jadis, que je bois plus de vin ; et cependant je ne frappe personne : c'est que je vous vois au port. Mais durant la tempête, quand la mer est soulevée, ne voyez-vous pas que, pour le moindre signe de tête, le pilote s'emporte contre

καὶ κωλύοντα ὑμᾶς	et empêchant vous
τοὺς πρόσθεν	ceux *étant* en-avant
καὶ ἡμᾶς τοὺς ὄπισθεν	et nous ceux *étant* en-arrière
πορεύεσθαι.	de marcher.
Καὶ γὰρ οὖν νῦν	En effet donc maintenant
ἔξεστιν αὐτοῖς σωθεῖσιν	il est permis à eux étant sauvés.
εἰ ἔπαθον ὑπὸ ἐμοῦ τι	s'ils ont souffert de moi quelque
παρὰ τὸ δίκαιον,	contre le juste, [chose
λαβεῖν δίκην.	d'avoir pris un châtiment.
Εἰ δὲ ἐγένοντο	Mais s'ils étaient devenus
ἐπὶ τοῖς πολεμίοις,	au-pouvoir des ennemis, [soufferte
τί οὕτω μέγα ἔπαθον ἂν	quelle chose si grande auraient-ils
ὅτου ἠξίουν ἂν	de laquelle ils eussent-trouvé-juste
λαμβάνειν δίκην;	prendre un châtiment?
Ὁ λόγος, ἔφη,	Le discours, dit-il,
ἁπλοῦς μοί.	*est* simple à moi.
Ἐγὼ γὰρ εἰ μὲν	Car moi si d'une-part
ἐκόλασά τινα ἐπὶ ἀγαθῷ,	j'ai puni quelqu'un pour un bien,
ἀξιῶ	je trouve-juste (je demande)
ὑπέχειν δίκην	de subir la peine [fils
οἵαν καὶ γόνεις υἱοῖς	telle-que et les parents *pour* leurs
καὶ διδάσκαλοι παισί.	et les maîtres pour les enfants.
Καὶ γὰρ οἱ ἰατροὶ	Et en effet les médecins
καίουσι καὶ τέμνουσιν	brûlent et coupent
ἐπὶ ἀγαθῷ.	pour un bien.
Εἰ δὲ νομίζετέ με	Mais si vous pensez moi
πράττειν ταῦτα ὕβρει,	faire ces choses par violence,
ἐνθυμήθητε ὅτι	ayez songé que
ἐγὼ θαῤῥῶ νῦν	moi j'ai-confiance maintenant
σὺν τοῖς θεοῖς	avec les (l'aide des) dieux
μᾶλλον ἢ τότε,	plus qu'alors, [dacieux qu'alors,
καὶ εἰμι νῦν θρασύτερος ἢ τότε,	et *que* je suis maintenant plus au-
καὶ πίνω πλείω οἶνον,	et *que* je bois plus de vin, [sonne;
ἀλλὰ ὅμως παίω οὐδένα·	mais cependant je ne frappe per-
ὁρῶ γὰρ ὑμᾶς ἐν εὐδίᾳ.	car je vois vous dans le calme.
Ὅταν δὲ χειμὼν ᾖ,	Mais lorsqu'une tempête est,
καὶ θάλαττα ἐπιφέρηται	et que la mer est portée-sur (se
μεγάλη,	grande (avec force), [précipite)
οὐχ ὁρᾶτε	ne voyez-vous pas
ὅτι πρωρεὺς μὲν	que le prorète d'une-part

οὐχ ὁρᾶτε ὅτι καὶ νεύματος μόνου ἕνεκα χαλεπαίνει μὲν πρωρεὺς [1] τοῖς ἐν πρώρᾳ, χαλεπαίνει δὲ κυβερνήτης τοῖς ἐν πρύμνῃ; ἱκανὰ γὰρ ἐν τῷ τοιούτῳ καὶ μικρὰ ἁμαρτηθέντα πάντα συνεπιτρῖψαι. Ὅτι δὲ δικαίως ἔπαιον αὐτοὺς καὶ ὑμεῖς κατεδικάσατε τότε· ἔχοντες ξίφη, οὐ ψήφους, παρέστητε, καὶ ἐξῆν ὑμῖν ἐπικουρεῖν αὐτοῖς, εἰ ἐβούλεσθε. Ἀλλά, μὰ Δία, οὔτε τούτοις ἐπεκουρεῖτε, οὔτε σὺν ἐμοὶ τὸν ἀτακτοῦντα ἐπαίετε. Τοιγαροῦν ἐξουσίαν ἐποιήσατε τοῖς κακοῖς αὐτῶν ὑβρίζειν ἐῶντες αὐτούς. Οἶμαι γάρ, εἰ ἐθέλετε σκοπεῖν, τοὺς αὐτοὺς εὑρήσετε καὶ τότε κακίστους καὶ νῦν ὑβριστοτάτους.

Βοΐσκος γοῦν ὁ πύκτης, ὁ Θετταλός, τότε μὲν διεμάχετο, ὡς κάμνων, ἀσπίδα μὴ φέρειν, νῦν δ', ὡς ἐγὼ ἀκούω, Κοτυωριτῶν πολλοὺς ἤδη ἀποδέδυκεν. Ἢν οὖν σωφρονῆτε, τοῦτον τἀναντία ποιήσετε ἢ τοὺς κύνας ποιοῦσι· τοὺς μὲν γὰρ κύνας τοὺς χαλε-

[1] les matelots de la proue, le timonier s'emporte contre ceux de la poupe? c'est qu'en pareil cas la faute la plus légère peut tout perdre. Du reste, vous avez prononcé vous-mêmes que j'ai eu raison de frapper ces gens, car vous étiez autour de moi tenant en main non pas des cailloux de suffrages, mais des armes, et vous pouviez leur venir en aide, si vous le vouliez. Mais, par Jupiter, vous ne leur êtes point venus en aide, et vous n'avez pas frappé avec moi celui qui abandonnait son rang. Vous avez autorisé la conduite de ces lâches en donnant les mains à leur insolence : car je le crois, si vous vouliez y faire attention, vous verriez qu'ils étaient alors les plus lâches et qu'ils sont maintenant les plus insolents des hommes.

Boïscus, un lutteur thessalien, bataillait récemment pour porter son bouclier : il se disait malade ; et maintenant, à ce que j'entends dire, il a dépouillé je ne sais combien de Cotyorites. Si vous êtes sages, vous ferez avec lui le contraire de ce qu'on fait avec les chiens. Les chiens méchants, on les met à l'attache le jour, et on

χαλεπαίνει τοῖς ἐν πρώρᾳ	se fâche contre ceux à la proue
καὶ ἕνεκα μόνου νεύματος,	même à cause d'un seul signe-de-
κυβερνήτης δὲ	et *que* d'autre-part le pilote [tête,
χαλεπαίνει	se fâche-contre
τοῖς ἐν τῇ πρυμνῇ;	ceux étant à la poupe?
ἐν γὰρ τῷ τοιούτῳ	car dans la *circonstance* telle
καὶ μικρὰ ἁμαρτηθέντα	même de petites choses faites-mal
ἱκανὰ συνεπιτρῖψαι	*sont* suffisantes *pour* avoir broyé-
πάντα.	toutes choses. [ensemble
Ὑμεῖς δὲ καὶ	Mais vous aussi
κατεδικάσατε τότε	vous avez prononcé alors
ὅτι ἔπαιον αὐτοὺς δικαίως·	que je frappais eux justement ;
παρέστητε ἔχοντες ξίφη,	vous étiez-présents ayant des épées,
οὐ ψήφους,	non des cailloux-de-suffrage,
καὶ ἐξῆν ὑμῖν	et il était-permis à vous,
ἐπικουρεῖν αὐτοῖς, εἰ ἐβούλεσθε.	de secourir eux, si vous *le* vouliez.
Ἀλλά, μὰ Δία,	Mais, par Jupiter,
οὔτε ἐπεκουρεῖτε τούτοις,	ni vous ne secouriez ceux-ci,
οὔτε ἐπαίετε σὺν ἐμοὶ	ni vous ne frappiez avec moi
τὸν ἀτακτοῦντα.	celui étant-indiscipliné.
Τοιγαροῦν ἐποιήσατε ἐξουσίαν	Donc vous avez fait (donné) licence
τοῖς κακοῖς αὐτῶν	aux mauvais *d'entre* eux,
ἐῶντες αὐτοὺς ὑβρίζειν.	en laissant eux être-insolents.
Οἶμαι γάρ,	Car je pense,
εἰ ἐθέλετε σκοπεῖν,	si vous voulez examiner,
εὑρήσετε τοὺς αὐτοὺς	vous trouverez les mêmes *hommes*
καὶ τότε κακίστους,	et alors les plus mauvais,
καὶ νῦν ὑβριστοτάτους.	et maintenant les plus insolents.
Βοΐσκος γοῦν ὁ πύκτης,	Ainsi Boïscus le combattant-au-pu-
ὁ Θετταλός,	le Thessalien, [gilat,
διεμάχετο τότε μέν,	combattait (résistait) alors d'une-
ὡς κάμνων,	comme étant-fatigué, [part
μὴ φέρειν ἀσπίδα,	*pour* ne pas porter *son* bouclier,
νῦν δέ, ὡς ἀκούω,	et maintenant, comme j'entends-
ἀποδέδυκεν ἤδη	il a dépouillé déjà [dire,
πολλοὺς τῶν Κοτυωριτῶν.	beaucoup des Cotyorites.
Ἢν οὖν σωφρονῆτε	Si donc vous êtes sages [traires
ποιήσετε τοῦτον τὰ ἐναντία	vous ferez à celui-ci les choses con-
ἢ ποιοῦσι τοὺς κύνας·	*de ce* que l'on fait aux chiens ;
δεδέασι μὲν γὰρ	car d'une-part on attache

πους τὰς μὲν ἡμέρας διδέασι, τὰς δὲ νύκτας ἀφιᾶσι, τοῦτον δέ, ἢν σωφρονῆτε, τὴν νύκτα μὲν δήσετε, τὴν δὲ ἡμέραν ἀφήσετε. Ἀλλὰ γάρ, ἔφη, θαυμάζω ὅτι, εἰ μέν τινι ὑμῶν ἀπηχθόμην, μέμνησθε καὶ οὐ σιωπᾶτε, εἰ δέ τῳ ἢ χειμῶνα ἐπεκούρησα, ἢ πολέμιον ἀπήρυξα, ἢ ἀσθενοῦντι ἢ ἀποροῦντι συνεξεπόρισά τι, τούτων οὐδεὶς μέμνηται, οὐδ' εἴ τινα καλῶς τι ποιοῦντα ἐπῄνεσα, οὐδ' εἴ τιν' ἄνδρα ὄντα ἀγαθὸν ἐτίμησα ὡς ἐδυνάμην, οὐδὲ τούτων μέμνησθε. Ἀλλὰ μὴν καλόν γε καὶ δίκαιον καὶ ὅσιον καὶ ἥδιον τῶν ἀγαθῶν μᾶλλον ἢ τῶν κακῶν μεμνῆσθαι. Ἐκ τούτου μὲν δὴ ἀνίσταντο καὶ ἀνεμίμνησκον· καὶ περιεγένετο ὥστε καλῶς ἔχειν·

les lâche la nuit : lui, si vous êtes prudents, vous l'attacherez la nuit, et le lâcherez le jour.

« Mais en vérité, dit-il en terminant, je m'étonne que vous vous rappeliez ce que j'ai pu vous faire de désagréable, et que vous ne puissiez vous en taire ; tandis que s'il en est à qui j'ai porté secours durant le froid, que j'ai défendus contre l'ennemi, à qui j'ai rendu service dans la maladie ou dans la détresse, personne ne s'en souvient. Si j'ai loué ceux qui faisaient une belle action, si j'ai honoré quelque brave, autant qu'il était en moi, on ne se le rappelle pas davantage. Et cependant il est beau, il est juste, c'est un devoir agréable et sacré de se souvenir du bien plutôt que du mal. »

A ces mots, chacun se lève l'esprit tout entier aux souvenirs, l'affaire s'arrange au mieux.

τοὺς κύνας τοὺς χαλέπους,	les chiens ceux *étant* difficiles,
τὰς μὲν ἡμέρας,	à-la-vérité *pendant* les jours,
ἀφιᾶσι δὲ	d'autre-part on *les* lâche
τὰς νύκτας,	*pendant* les nuits,
ἢν δὲ σωφρωνῆτε,	mais, si vous êtes sages,
δήσετε τοῦτον,	vous enchaînerez celui-ci,
τὴν νύκτα μέν,	d'une-part *pendant* la nuit,
ἀφήσετε δὲ	d'autre-part vous *le* lâcherez
τὴν ἡμέραν.	*pendant* le jour.
Ἀλλὰ γάρ, ἔφη,	Mais en effet, dit-il,
θαυμάζω ὅτι,	je m'étonne que,
εἰ μὲν ἀπηχθόμην	si d'une-part je suis devenu odieux
τινὶ ὑμῶν,	à quelqu'un de vous, [taisiez pas,
μέμνησθε καὶ οὐ σιωπᾶτε,	vous vous *en* souveniez et ne vous
εἰ δὲ ἐπεκούρησά τῳ	mais si j'ai secouru à quelqu'un
χειμῶνα,	l'hiver (contre l'hiver),
ἢ ἀπήρυξα πολέμιον	ou repoussé l'ennemi,
ἢ ξυνεξεπόρισά τι	ou fourni quelque chose
ἢ ἀσθενοῦντι	à *quelqu'un* ou étant-malade
ἢ ἀποροῦντι,	ou étant-dans-le-besoin [ses,
οὐδεὶς μέμνηται τούτων,	personne ne se souvient de ces cho-
οὐδὲ εἰ ἐπήνεσά τινα	ni si j'ai loué quelqu'un
ποιοῦντά τι καλῶς,	faisant quelque chose bien,
οὐδὲ εἰ ἐτίμησα, ὡς ἐδυνάμην,	ni si j'ai honoré, comme je pouvais,
τινὰ ἄνδρα ὄντα ἀγαθόν,	quelqu'homme étant bon,
οὐδὲ μεμνήσθε τούτων.	ni vous ne vous souvenez de ces
Ἀλλὰ μὴν	Mais certes [choses.
καλόν γε καὶ δίκαιον	il *est* beau du-moins et juste
καὶ ὅσιον καὶ ἥδιον	et saint et plus agréable [(du bien)
μεμνῆσθαι τῶν ἀγαθῶν	de se souvenir des choses bonnes
μᾶλλον ἢ τῶν κακῶν.	plutôt que des mauvaises (du mal).
Ἐκ τούτου μὲν δὴ	A-la-suite-de cela d'une-part certes
ἀνίσταντο καὶ ἀνεμίμνησκον·	ils se levaient et se rappelaient;
καὶ περιέγενετο	et *la chose* arriva
ὥστε ἔχειν καλῶς.	de manière à être bien.

NOTES

DU CINQUIÈME LIVRE DE L'ANABASE.

Page 2 : 1. Ἀναβάσεως. Ἀνάβασις, qui vient du verbe ἀναβαίνω (monter), signifie l'action de marcher en haut. Et, en effet, les Grecs, partis de l'Hellespont, s'étaient élevés en s'avançant vers le centre de l'Asie.

2. Κύρου. Cyrus, auquel l'histoire donne le surnom de *le Jeune*, pour le distinguer du grand Cyrus, le fondateur de la monarchie persane.

3. Εὐξείνῳ Πόντῳ. Le Pont-Euxin, aujourd'hui la mer Noire.

4. Τραπεζοῦντα. Trapézonte, aujourd'hui *Trébizonde*, colonie de Sinope dans la Colchide. Cette ville devait son nom à sa forme quadrangulaire, τράπεζα.

Page 4 : 1. Ὀδυσσεύς. Allusion à un passage de l'*Odyssée* où Homère nous montre les Phéaciens déposant sur le rivage d'Ithaque Ulysse plongé dans un profond sommeil. (Voir l'*Odyssée*, chant XIII, vers 79 et 119.)

2. Χειρίσοφος. Le lacédémonien Chirisophe, depuis la mort des généraux qui avaient péri par la trahison de Tissapherne, dirigeait avec Xénophon la retraite des Grecs. Plus tard il fut investi du commandement de l'armée, mais il le garda peu de temps. Il mourut pendant l'expédition d'une potion qu'il avait prise pour la fièvre.

Page 6 : 1. Ξενοφῶν. L'athénien Xénophon, l'auteur même de ce récit.

Page 10 : 1. Κατάγοιμεν. Κατάγειν ναῦν, c'est amener un vaisseau au port ou vers la terre, par opposition à ἀνάγειν ναῦν, faire avancer un vaisseau dans la haute mer.

Page 12 : 1. Πεντηκόντορον. Un pentécontore était un navire à cinquante rames.

2. Περίοικον. Les perièques étaient les habitants des villes soumises à Sparte.

3. Σεύθῃ. Seuthès, roi de Thrace.

4. Τριακόντορον. Un triacontore était un navire à trente rames.

Page 14 : 1. Λόχον. Le loche était une compagnie de cinquante hommes, commandée par un λοχαγός, lochage.

2. Κόλχοι. Les Colques, habitants de la Colchide, sur les bords du Pont-Euxin.

Page 16 : 1. Στάδια. Le stade était d'environ 185 mètres.

Page 22 : 1. Ἐπαιάνισαν. Le péan était un hymne guerrier que les Grecs chantaient avant le combat.

2. Ἐνυαλίῳ. Enyalius, qui vient du vieux verbe ἔνω ou ἐνύω, *tuer*, est un des noms de Mars. De la même racine est formé Ἐνυώ, Enyo ou Bellone, déesse de la guerre.

Page 24 : 1. Τολμίδην. Tolmidas d'Élée, dont le nom revient souvent dans ce récit, était, suivant Xénophon, le meilleur crieur de son temps.

Page 34 : 1. Κερασοῦντα. Cérasonte, aujourd'hui *Kérésoun*. Ce fut de cette ville, dit-on, que Lucullus importa le cerisier en Italie. De là les mots *cerasus* et *cerasum* pour désigner l'arbre et le fruit.

2. Οἱ δὲ ἄλλοι.... N'est-il pas étonnant que les fatigues, la faim, le froid, les maladies, des combats continuels eussent enlevé aux Grecs si peu de monde! Quelle est l'armée moderne qui supporterait ainsi de pareilles épreuves?

Page 36 : 1. Νέων ὁ Ἀσιναῖος. Néon d'Asinée remplaçait Chirisophe alors absent. Après la mort de celui-ci, il fut nommé stratége.

2. Θησαυρόν. Autour du temple de Delphes s'élevaient plusieurs édifices où les peuples et les particuliers portaient des sommes considérables, soit pour les offrir au dieu, soit même pour les mettre en dépôt. Chaque peuple de la Grèce avait un de ces édifices, ou trésors. Le plus riche était celui des Corinthiens.

3. Κλεάρχῳ. Cléarque, général lacédémonien, qui joua le principal rôle dans cette expédition, jusqu'au moment où il périt par la trahison de Tissapherne.

4. Ξένος.... αὐτοῦ. C'était Proxène qui avait engagé Xénophon dans cette expédition.

5. Ἀγησιλάῳ. Agésilas, roi de Sparte, dont Xénophon a écrit la vie ou plutôt le panégyrique.

6. Νεωκόρῳ. Le néocore était le ministre du temple.

7. Ἔφευγεν. Xénophon, de retour à Athènes, fut accusé de laconisme, c'est-à-dire d'attachement à Lacédémone, et condamné à l'exil.

Page 40 : 1. Φολόης. Pholoé, montagne d'Arcadie, couverte de bois ; elle s'abaissait en Élide, près d'Olympie.

Page 42 : 1. Μοσσυνοίκων. Les Mossynèques, c'est-à-dire habitants de maisons de bois (μόσσυν), étaient des peuples du Pont.

2. Πρόξενον. « On trouve dans les principales villes de la Grèce des proxènes chargés d'accueillir les étrangers; tantôt ce sont des particuliers en liaison de commerce ou d'hospitalité avec des particuliers d'une autre ville; tantôt ils ont un caractère public et sont reconnus pour les agents d'une ville ou d'une nation, qui, par un décret solennel, les a choisis avec l'agrément du peuple auquel ils appartiennent. » (Barthélemy, *Voyage du jeune Anacharsis*, t. III, chap. XXIV.)

Page 52 : 1. Εὐώνυμον. Mot à mot : de bon augure, et, par suite, gauche. Chez les anciens, tous les signes, tels que coups de tonnerre, vols d'oiseaux, apparitions de météores qui se manifestaient à gauche, étaient réputés favorables.

Page 62 : 1. Παρασάγγαι. La parasange, mesure itinéraire des Perses, correspondait à notre lieue de 4 kilomètres.

Page 64 : 1. Σινώπης. Sinope, aujourd'hui *Sinoub*, ville grecque de l'Asie Mineure, sur le Pont-Euxin, en Paphlagonie.

Page 66 : 1. Κορύλαν. Corylas, satrape de la Paphlagonie.

Page 70 : 1. Ἁρμοστήν. L'harmoste était un magistrat chargé de la police des villes.

Page 76 : 1. Ἱερὰ ξυμβουλὴ λεγομένη εἶναι. C'était, en effet, un proverbe grec que la délibération est chose sacrée, ἱερὸν ἡ συμβουλὴ χρῆμα.

Page 80 : 1. Ὁ ἄρχων. Ce chef était Cotys, qui plus tard fit alliance avec Agésilas contre le roi de Perse.

2. Θερμώδοντα. Le Thermodon, aujourd'hui le *Thermeh*. C'était sur les bords de ce fleuve que les anciens plaçaient le royaume fabuleux des Amazones.

3. Πλέθρων. Le plèthre était d'environ 31 mètres.

4. Ἶριν. L'Iris, aujourd'hui l'*Iékil-Irmack*.

5. Ἅλυν. L'Halys, aujourd'hui le *Kisil-Irmack*. Ce fleuve est célèbre par l'oracle ambigu qui causa la perte de Crésus.

Page 82 : 1. Παρθένιος. Le Parthénius, aujourd'hui le *Bartin*.

2. Ἡρακλείαν. Héraclée, aujourd'hui *Erkéli*.

Page 86 : 1. Δαρεικούς. La darique valait 18 fr. 55 c. C'était une pièce d'or au type de Darius le Mède, sur laquelle était représenté un archer décochant une flèche.

2. Τὰς δέκα ἡμέρας. Allusion à un fait qui est rapporté en ces

termes dans le premier livre de l'Anabase : « Cyrus fait venir le devin Silanus d'Ambracie et lui donne 3000 dariques parce que, onze jours auparavant, il lui avait annoncé pendant qu'il sacrifiait qu'Artaxercès ne combattrait pas de dix jours. Or, Cyrus lui avait dit : « Il n'y aura pas du tout de combat, s'il n'y en a pas dans l'es- « pace de ces dix jours. Si tu dis vrai, je te promets dix talents. » C'était cet or qu'il lui comptait, les dix jours étant expirés. »

Page 90 : 1. Νουμηνίας. La néoménie était la nouvelle lune, puis, par extension, le premier jour du mois.

2. Κυζικηνόν. Le statère de Cyzique valait 28 drachmes ou environ 25 fr. C'était une pièce d'or sur une face de laquelle était gravée une tête de femme, peut-être celle de Cybèle, et sur l'autre un lion.

Page 92 : 1. Ἀρχῆς. Ce gouvernement comprenait les pays que l'on vient de nommer, l'Éolide, la Troade, la Phrygie.

2. Δερκυλλίδᾳ. Dercyllidas, général lacédémonien.

Page 102 : 1. Αγορανόμους. Les agoranomes présidaient à la distribution ou à l'achat des vivres. On voit par là que les accusations contre les commissaires des vivres ou les intendants ne datent pas d'hier. Ces allusions trouveront leur explication dans la suite du discours de Xénophon.

Page 104 : 1. Βορέας. Le borée, vent du nord.

2. Νότος. Le notus, vent du sud.

Page 114 : 1. Ἔξωθεν τῶν ὅπλων. Les soldats plaçaient leurs armes en ordre devant les tentes sur le front du camp.

Page 124 : 1. Μνᾶς. La mine valait 100 drachmes, environ 90 fr. de notre monnaie.

Page 126 : 1. Ὑβριστότερος. C'était un proverbe grec que Lucien rappelle dans le *faux Sophiste:* Ὄνων ἁπάντων ὑβριστοτάτους, et dans le *Pêcheur* : Ἀσελγεστέρους τῶν ὄνων. Ici Xénophon le détourne légèrement de son sens.

Page 136 : 1. Πρωρεύς. Le prorète qui se tenait à la proue et commandait aux matelots, mais était subordonné au pilote, κυβερνήτης.

FIN.

Imprimerie générale de Ch. Lahure, rue de Fleurus, 9, à Paris.

LES AUTEURS LATINS

EXPLIQUÉS

D'APRÈS UNE MÉTHODE NOUVELLE PAR DEUX TRADUCTIONS FRANÇAISES,

L'une littérale et *juxtalinéaire*, présentant le mot à mot français en regard des mots latins correspondants; l'autre correcte et précédée du texte latin; avec des Sommaires et des Notes en français, par une Société de Professeurs et de Latinistes. Format in-12.

Cette collection comprendra les principaux auteurs qu'on explique dans les classes

EN VENTE :

	fr.	c.
CÉSAR : *Guerre des Gaules*, par M. Sommer. 2 volumes	9	»
Livres I, II, III et IV. 1 volume	4	»
Livres V, VI et VII. 1 volume	5	»
CICÉRON : *Catilinaires* (les quatre), par M. J. Thibault	2	»
La première Catilinaire, séparément	»	50
— *Dialogue sur l'Amitié*, par M. Legouëz, porfesseur au lycée Bonaparte	1	25
— *Dialogue sur la Vieillesse*, par MM. Paret et Legouëz	1	25
— Discours contre Verrès *sur les Statues*, par M. J. Thibault, de l'ancienne École normale	3	
— Discours contre Verrès *sur les Supplices*, par M. O. Dupont	3	»
— *Discours pour la loi Manilia*, par M. Lesage	1	50
— *Discours pour Ligarius*, par M. Materne	»	75
— *Discours pour Marcellus*, par le même	»	75
— *Plaidoyer pour le poëte Archias*, par M. Chansselle	»	90
— *Plaidoyer pour Milon*, par M. Sommer, agrégé des classes supérieures	1	50
— *Plaidoyer pour Murena*, par M. J. Thibault	2	50
— *Songe de Scipion*, par M. Ch. Pottin	»	»
CORNELIUS NEPOS : *Vies des grands Capitaines*, par M. Sommer	»	»
HORACE : *Art poétique*, par M. Taillefert, proviseur du lycée d'Orléans	»	75
— *Epîtres*, par le même auteur	2	»
— *Odes* et *Épodes*, par MM. Sommer et A. Desportes. 2 vol.	4	50
Le 1er et le 2e livre des *Odes*, séparément. 1 vol. 2 fr. » c.		
Le 3e et le 4e livre des *Odes* et les *Épodes*, séparément 2 fr. 50 c.		
— *Satires*, par les mêmes auteurs	2	»
LHOMOND : *Epitome historiæ sacræ*	3	»
PHÈDRE : *Fables*, par M. D. Marie, ancien élève de l'École normale	2	»
SALLUSTE : *Catilina*, par M. Croiset, professeur au lycée Saint-Louis	1	50
— *Jugurtha*, par le même	3	50
TACITE : *Annales*, par M. Materne, censeur du lycée Saint-Louis. 4 vol.	18	»
Livres I, II et III. 1 volume	6	»
Le Ier livre séparément	3	50
Livres IV, V et VI. 1 volume	4	»
Livres XI, XII et XIII. 1 volume	4	25
Livres XIV, XV et XVI. 1 volume	4	»
— *Germanie* (la), par M. Doneaud, licencié ès lettres	1	»
Vie d'Agricola, par M. H. Nepveu	1	75

SUITE DES AUTEURS LATINS.

	fr.	c.
TÉRENCE : *Adelphes* (les), par M. Materne	2	»
— *Andrienne* (l'), par le même	2	50
VIRGILE : *Eglogues* ou *Bucoliques*, par MM. Sommer et A. Desportes	1	»
La première Eglogue, séparément	»	30
— *Énéide*, par les mêmes, 4 volumes	16	»
Livres I, II et III, réunis. 1 volume	4	»
Livres IV, V et VI, réunis. 1 volume	4	»
Livres VII, VIII et IX, réunis. 1 volume	4	»
Livres X, XI et XII, réunis. 1 volume	4	»
Chaque livre séparément	1	50
— *Géorgiques* (les quatre livres), par les mêmes	2	»
Chaque livre séparément	»	60

LES AUTEURS GRECS

EXPLIQUÉS

D'APRÈS UNE METHODE NOUVELLE PAR DEUX TRADUCTIONS FRANÇAISES,

L'une littérale et *juxtalinéaire*, présentant le mot à mot français en regard des mots grecs correspondants; l'autre correcte et précédée du texte grec; avec des Sommaires et des Notes en français; par une Société de Professeurs et d'Hellénistes. Format in-12.

Cette collection comprendra les principaux auteurs qu'on explique dans les classes.

EN VENTE :

	fr.	c.
ARISTOPHANE : *Plutus*, par M. Cattant, professeur au lycée de Nancy	2	25
BABRIUS : *Fables*, par MM. Théobald Fix et Sommer	4	»
BASILE (SAINT) : *De la lecture des auteurs profanes*, par M. Sommer	1	25
— *Observe-toi toi-même*, par le même	»	90
— *Contre les usuriers*, par le même	»	75
CHRYSOSTOME (S. JEAN) : *Homélie en faveur d'Eutrope*, par M. Sommer	»	60
— *Homélie sur le retour de l'évêque Flavien*, par le même	1	»
DÉMOSTHÈNE : *Discours contre la loi de Leptine*, par M. Stiévenart	3	50
— *Discours pour Ctésiphon ou sur la Couronne*, par M. Sommer	3	50
— *Harangue sur les prévarications de l'Ambassade*, par M. Stiévenart	6	
— *Olynthiennes* (les trois), par M. C. Leprévost	1	50
Chaque Olynthienne séparément	»	50
— *Philippiques* (les quatre), par MM. Lemoine et Sommer	2	»
Chaque Philippique séparément	»	60
ESCHINE : *Discours contre Ctésiphon*, par M. Sommer	4	»
ESCHYLE : *Prométhée enchaîné*, par MM. Le Bas et Théobald Fix	2	»
— *Sept contre Thèbes* (les), par M. Materne, censeur du lycée Saint-Louis	1	50
ÉSOPE : *Fables choisies*, par M. C. Leprévost	»	75
EURIPIDE : *Electre*, par M. Théobald Fix	3	»
— *Hécube*, par M. C. Leprévost, professeur au lycée Bonaparte	2	»
— *Hippolyte*, par M. Théobald Fix	3	50
— *Iphigénie en Aulide*, par MM. Théobald Fix et Le Bas	3	25

SUITE DES AUTEURS GRECS.

	fr.	c.
GRÉGOIRE DE NAZIANZE (S.): *Éloge funèbre de Césaire*, par le même	»	25
— *Homélie sur les Machabées*, par le même	»	25
GRÉGOIRE DE NYSSE (**SAINT**) : *Contre les usuriers*, par M. Sommer	»	75
— *Éloge funèbre de saint Mélèce*, par le même	»	75
HOMÈRE : *Iliade*, par M. C. Leprévost, prof. au lycée Bonaparte. 6 vol.	20	»
Chants I, II, III et IV réunis. 1 volume	3	50
Chants V, VI, VII et VIII réunis. 1 volume	3	50
Chants IX, X, XI et XII réunis. 1 volume	3	50
Chants XIII, XIV, XV et XVI réunis. 1 volume	3	50
Chants XVII, XVIII, XIX et XX réunis. 1 volume	3	50
Chants XXI, XXII, XXIII et XXIV réunis. 1 volume	3	50
Chaque chant séparément	1	»
Odyssée, par M. Sommer, agrégé des classes supérieures. 6 vol.	24	»
Chants I, II, III et IV réunis. 1 volume	4	»
Le premier chant, séparément	»	90
Chants V, VI, VII et VIII réunis. 1 volume	4	»
Chants IX, X, XI et XII réunis. 1 volume	4	»
Chants XIII, XIV, XV et XVI réunis. 1 volume	4	»
Chants XVII, XVIII, XIX et XX réunis. 1 volume	4	»
Chants XXI, XXII, XXIII et XXIV réunis. 1 volume	4	»
ISOCRATE : *Archidamus*, par M. C. Leprévost	1	50
— *Conseils à Démonique*, par le même	»	75
— *Éloge d'Evagoras*, par M. Ed. Renouard, licencié ès lettres	1	»
LUCIEN : *Dialogues des morts*, par M. C. Leprévost	2	25
PÈRES GRECS (Choix de Discours tirés des), par M. Sommer	7	50
PINDARE : *Isthmiques* (les), par MM. Fix et Sommer	2	50
— *Néméennes* (les), par les mêmes	3	»
— *Olympiques* (les), par les mêmes	3	50
— *Pythiques* (les), par les mêmes	3	50
PLATON : *Alcibiade* (le premier), par M. C. Leprévost	2	50
— *Apologie de Socrate*, par M. Materne, censeur du lycée Saint-Louis	2	»
— *Criton*, par M. Waddington-Kastus, agrégé de philosophie	1	25
— *Phédon*, par M. Sommer	5	»
PLUTARQUE : *De la lecture des poëtes*, par M. Ch. Aubert	3	»
— *Vie d'Alexandre*, par M. Bétolaud, professeur au lycée Charlemagne	3	»
— *Vie de César*, par M. Materne, censeur du lycée Saint-Louis	2	»
— *Vie de Cicéron*, par M. Sommer	3	50
— *Vie de Démosthène*, par le même	2	»
— *Vie de Marius*, par le même	3	»
— *Vie de Pompée*, par M. Druon, proviseur du lycée de Rennes	5	»
— *Vie de Solon*, par M. Sommer	3	»
— *Vie de Sylla*, par M. Sommer	3	50
SOPHOCLE : *Ajax*, par M. Benloew et M. Bellaguet, inspecteur d'Académie.	2	50
— *Antigone*, par les mêmes	2	25
— *Électre*, par les mêmes	3	»
— *Œdipe à Colone*, par les mêmes	2	»
— *Œdipe roi*, par MM. Sommer et Bellaguet	1	50
— *Philoctète*, par MM. Benloew et Bellaguet	2	50
— *Trachiniennes* (les), par les mêmes	2	50
THÉOCRITE : *Œuvres complètes*, par M. Léon Renier	7	50
La première Idylle, séparément, par M. C. Leprevost	»	45
THUCYDIDE : *Guerre du Péloponèse*, livre deuxième, par M. Sommer	5	»
XÉNOPHON : *Apologie de Socrate*, par M. C. Leprévost	»	60
— *Cyropédie*, livre premier; par M. le docteur Lehrs	1	25
— livre second; par M. Sommer	2	»
— *Entretiens mémorables de Socrate* (les quatre livres), par le même	7	50
Chaque livre séparément	2	»

LES AUTEURS ANGLAIS

EXPLIQUÉS

D'APRÈS UNE MÉTHODE NOUVELLE PAR DEUX TRADUCTIONS FRANÇAISES,

L'une littérale et *juxtalinéaire*, présentant le mot à mot français en regard des mots anglais correspondants; l'autre correcte et précédée du texte anglais; avec des Sommaires et des Notes en français; par une Société de Professeurs et de Savants. Format in-12.

EN VENTE

SHAKSPEARE : *Coriolan*, par M. Fleming, ancien professeur de langue anglaise à l'École polytechnique. Broché.. 6 fr. »

LES AUTEURS ALLEMANDS

EXPLIQUÉS

D'APRÈS UNE MÉTHODE NOUVELLE PAR DEUX TRADUCTIONS FRANÇAISES,

L'une littérale et *juxtalinéaire*, présentant le mot à mot français en regard des mots allemands correspondants; l'autre correcte et précédée du texte allemand; avec des Sommaires et des Notes en français, par une Société de Professeurs et de Savants. Format in-12.

EN VENTE

LESSING : *Fables* en prose et en vers, par M. Boutteville, professeur suppléant de langue allemande au lycée Bonaparte. Broché........................ 1 fr. 50 c.

SCHILLER : *Guillaume Tell*, par M. Th. Fix, professeur de langue allemande au lycée Napoléon. Broché.. 6 fr. »

— *Marie Stuart*, par le même.. 6 fr. »

LES AUTEURS ARABES

EXPLIQUÉS

D'APRÈS UNE MÉTHODE NOUVELLE PAR DEUX TRADUCTIONS FRANÇAISES,

L'une littérale et *juxtalinéaire*, présentant le mot à mot français en regard des mots arabes correspondants, l'autre correcte et précédée du texte arabe.

EN VENTE

HISTOIRE DE CHEMS-EDDINE ET DE NOUR-EDDINE, *extraite des Mille et une Nuits*, par M. Cherbonneau, professeur d'arabe à la chaire de Constantine.. 5 fr.

LOKMAN : *Fables*, avec un dictionnaire analytique des mots et des formes difficiles qui se rencontrent dans ces fables, par M. Cherbonneau. 1 vol. in-12. Prix. 3 fr.

Paris. — Imprimerie de Ch. Lahure, rue de Fleurus, 9.

LIBRAIRIE DE L. HACHETTE ET Cie

NOUVELLE COLLECTION D'ÉDITIONS CLASSIQUES

des

PRINCIPAUX AUTEURS CLASSIQUES GRECS

[illegible]

Cette collection comprendra les principaux ouvrages qu'on explique dans les classes.

[illegible]

ANDOCIDE [illegible]
BABRIUS : Fables [illegible]
BASILE (Saint) : De la lecture des auteurs profanes [illegible]
— Contre les usuriers [illegible]
— [illegible]
CHRYSOSTOME (S. JEAN) : Homélie en faveur d'Eutrope [illegible]
— Homélie sur le retour de l'évêque Flavien [illegible]
DÉMOSTHÈNE : Discours contre la loi de Leptine [illegible]
— Discours pour Ctésiphon ou sur la Couronne [illegible]
— Harangue sur les prévarications de l'ambassade [illegible]
— Les trois Olynthiennes [illegible]
— Les quatre Philippiques [illegible]
ESCHINE : Discours contre Ctésiphon [illegible]
ESCHYLE : Prométhée enchaîné [illegible]
— Les Sept contre Thèbes [illegible]
ÉSOPE : Fables choisies [illegible]
EURIPIDE : [illegible]

[illegible]

Paris. — Imprimerie générale de Ch. Lahure, rue de Fleurus, 9.

www.ingramcontent.com/pod-product-compliance
Ingram Content Group UK Ltd.
Pitfield, Milton Keynes, MK11 3LW, UK
UKHW031900260826
14628UKWH00002B/890